嫌妻當家 2

風文創 238

芭蕉夜喜雨 著

風文創 238

目錄

第十三章

下半晌的時候，明玨和明珩便從城裡回來了，還帶回了好消息。

那綠柳山莊的管事聽了明珩一說，連鄉間隨處可見的草繩在他的嘴裡都成了好東西，半信半疑，又聽說明玨是個秀才，正好他家主子正在莊子裡巡視，就把兄弟倆請進去了。

莊子的主人劉員外聽了兄弟兩人的解說，又半信半疑地把莊子裡的花匠都喊了來。

那莊子極大，闢了好幾個園子，又挖了湖，請了十來個經年的花匠在打理，目前正是缺這缺那的階段。

十來個花匠得到莊子主人花了大價錢請了來，生恐別處移過來的名花名木在他們手底下養不活，正焦頭爛額的在想法子呢，聽了明玨和明珩一說，眼睛發光，恨不得掏個本子把他們說的話都一字一句記下來。

明珩和明玨在出門之前，聽喬明瑾說了好些關於養花護草的好法子，那都是後世的寶貴經驗，他們背了下來，在莊子裡一說，頓時就把那些老花匠鎮住了。

園子的主人說要見一見這位能人，請他來幫著指點一下莊子的建設，順便對莊子裡的花木做個指導。

明珩和明玨兄弟倆哪裡能把姊姊供出來？明珩是個機靈的，就說是曾經聽京裡來的花匠說過，讓那莊子的主人都聽愣了，肅然起敬。

那莊子的主人還以為對方是哪家貴人的府裡出來的，或是哪個宮裡出來的，對兄弟兩人說的關於養護及如何施肥的事更是深信不疑。

或許是這個年代的讀書人原本就受人尊敬的緣故，那園子的主子很是信任明玨，絲毫不覺得明玨說的會是錯的，或是他會拿話誆騙他。

秀才哪，這般紆尊降貴到他家指點，還能誆了他不成？

那員外還特別喜歡明珩的機靈，請兄弟兩人陪著他在莊子裡吃了一頓豐盛的中飯，飯後就直說要把兩人家裡的肥料都買了去，以後他所需要的肥料還由兄弟兩人專供，又說除了園子，他家還有好幾個莊子呢。

誰不喜歡看著莊稼增產，哪個人得了能增產的法子，又會跟錢過不去的？

當場雙方就談妥了價格，說到時就用麻袋裝了來，一麻袋的肥料就給十文錢。

兄弟兩人得了主人家的許諾，登時就喜孜孜地告辭回來了。

回到家，興奮得連家門都還沒進，兄弟兩人立刻馬不停蹄地駕著牛上山。

兄弟倆見了喬明瑾興奮異常，喬明瑾聽完也是高興得很。

這回可不只能賣肥了，連草繩都能賣出去不少。

這些日子家裡也積攢了好些草繩，就是她家不夠，回頭讓祖母、娘及明瑜，再加上外婆和兩個舅母一起，這些女人在家就可以搓草繩換錢，還不耽誤她們做農活，只要閒時搓一搓，就能搓出好長一段了，快的話，一天能搓好幾大捆呢。

對於喬明瑾來說，沒有什麼比聽到又有東西可以賣錢更高興的事了。

多攢一些錢讓孩子能頓頓吃好、吃飽就是她目前最大的目標。

如今她恨不得在林子裡時時轉上一轉，看看還有什麼是可以拿去換錢的，到時全部拉回家去。

「姊，那劉員外說一麻袋可以給十文錢呢！到時咱一牛車就裝一百袋，這樣一天就能賣一兩銀子了，比賣柴還多，姊也不用辛苦賣柴了。」

明珩很是興奮地對喬明瑾說道。

喬明瑾笑著看了他一眼，說道：「這一牛車可拉不到一百袋，一麻袋的肥料裝滿可是重得很呢，往牛車上堆，倒是能堆得多，只是得看牛拉不拉得動。」

明玨便往拴在樹上的牛那裡看了一眼，又說道：「幾十袋還是能拉的，一袋就裝個三、五十斤，我看過糧店拉糧，一牛車能裝七、八十袋呢，這牛可比馬能拉活。」

喬明瑾聽了，也扭頭看了自家的牛一眼，想了想便說道：「每次就拉五十袋吧，這路遠著呢，也別累著牛。以後一天賣柴、賣雞蛋，次一天就專門拉了肥料去賣，若是起得早，應能拉得上兩趟，這樣平均一天也能有半兩銀子的收入，一個月就有十幾兩，可是能略略鬆一口氣了。」

她頓了頓又道：「等姊再攢上一段時間，咱就買上一、兩畝田，再種上穀子等糧食，之後就不用回回都去城裡買糧吃了，如今就是買了地，姊也沒空去管。」

明玨聽了便說道：「沒事的，姊，我和明珩、明琦都會在這邊幫妳，家裡也沒多少事，娘和奶奶都能忙得過來，而且還有明瑜呢。」

明珩和明琦在旁邊聽了也朝喬明瑾猛點頭。

雙胞胎自從來了下河村，感覺比在家裡輕鬆多了，沒有爹和奶奶在旁邊絮絮叨叨說上一堆規矩，跟著姊姊可有趣多了，而且姊姊還會經常跟他們講一些以前沒聽過的東西，他們更喜歡跟著姊姊。

喬明瑾聽完明玨的話，又各自看了幾個弟妹一眼，心裡極為安慰。她何其有幸，遇上這麼好的娘家人，有這麼懂事的弟弟、妹妹。

喬明瑾心裡感慨萬千，笑著對幾個人說道：「那咱們就說好了，一天進城裡賣柴，一天往那莊子上送肥料，咱們幾個輪著來，誰累了誰就在家裡休息。」

明珩和明琦齊齊搖頭表示不累。

明玨說姊姊一個女子，這樣來回往城裡奔波怕是會吃不消，從家裡出來的時候，祖母就拉著他的手交代他，要他多幫著姊姊一些，不要讓姊姊拋頭露面、太過辛苦。

喬明瑾笑了笑，沒說話。

這日日起早趕路，日子長了也吃不消。

最好是四個人分做兩批，兩人送一天歇一天，這樣大家都不會太累。

不然若有人病倒了，這看病吃藥的錢沒準兒她都出不起。

「那你們倆明天去城裡送柴火，不過別忘了幫爹領一些抄書的活計回去。」

「欸，我都記著呢。」明珩聽了大聲回道。

「小舅舅、小舅舅，琬兒也記得呢！要替外公把書領回家，還要拿外公抄好的書去換錢！」

小琬兒仰著頭大聲說道，生怕別人忘了她。

之前她一直拉著喬明瑾的裙襬，乖巧地站在那裡聽大夥說話，一直插不上嘴，這會兒終於有機會插了一句。

眾人聽了都笑了起來。

明琦和明珩跑過去對著她越長越有肉的臉蛋一頓揉搓。

小琬兒緊緊抱著喬明瑾的大腿，臉就趴在喬明瑾的腿上，扭來扭去。

明珩掐不到她的臉，乾脆把她抱了起來，直接扛在肩上，說道：「走，小舅舅帶妳捉野雞去！咱們晚上捉一隻野雞回家炒來吃，好不好？」

小琬兒樂得直拍手。「好好，咱們去捉野雞！讓娘來做，小姨炒得不好吃。」

「妳個小東西，竟敢嫌棄小姨做的東西不好吃？看小姨不好好教訓妳！」

明琦說著就虛張聲勢地撲了過去。

「小舅舅快跑，小姨追來了！」

三個人便你追我趕了起來，身影迅速掩入林子的深處，只聽到琬兒格格的笑聲。

這林子雖大，可是並沒有什麼凶獸，喬明瑾也很放心讓他們三個人鑽進林子裡去玩。

下午的時候，岳仲堯也進山來了，幫著姊弟兩人砍柴。

但喬明瑾和明玨都沒有與他多說話，明玨也只是跟他打了招呼就埋頭砍柴去了。

岳仲堯很識趣，他看了娘子一眼，便從腰間拿出自帶的柴刀幫著砍柴，喬明瑾看他有備而來，也就隨他去了。

只是岳仲堯還沒有待多久，岳東根便來叫他回家。

岳仲堯只是詢問了何事，並沒有跟著回去。

隔了一會兒，又有人找來了，這次是岳小滿帶了柳母來。

那柳母見了喬明瑾，還笑咪咪地與喬明瑾打招呼。「瑾娘，還記得我吧？上次我來的時候，我們還見過一面的。」

喬明瑾笑著看了她一眼，又瞥了岳仲堯一眼。

丈母娘都跟上山來了，瞧這魅力……不盯緊點，怕是要跑了？

喬明瑾在心裡笑了笑，自顧自做著自己的活，不理會她。

柳母又走近了一步，說道：「上次我看到瑾娘的時候，妳還一臉紅潤，這才多久，竟是瘦了這麼多，很辛苦吧？這砍柴的活計哪裡是女人能做的？我去城裡的大戶人家送針線活，那府裡雖然廚房裡也有女人，各房各院也有粗使婆子，可那些府裡就是粗使婆子都不做砍柴的活計呢。」

喬明瑾聽了暗笑，想說我連粗使婆子都不如吧？可那又怎樣呢？又沒礙著您老人家什麼事。

旁邊的岳仲堯聽了一臉陰沈，眉頭皺了起來。

他如今看到妻子這麼辛苦，要養著她自己不說還要養女兒，心裡早已疼痛無比了，哪裡還能見到別人這麼說他的妻子？

岳仲堯狠狠地瞪了岳小滿一眼，不明白他妹妹為什麼要把柳母帶來。

岳小滿接到三哥投過來的眼光，畏縮了一下，訕訕地低下頭去，心裡也是極委屈。

那柳母哄了全家上下的歡心，說是在城裡住久了，到這鄉下竟是多呼吸一口氣都覺得舒坦，還說沒進過山，想著要上山來看看。

她娘聽了，都恨不得親自領了人進山，她哪裡能讓她娘進山？誰知道她娘遇上三嫂會說些什麼怪話？於是她便自告奮勇帶著人來了。

哪知這個柳母看著言笑晏晏，竟是個綿裡藏針的。

岳小滿想拉著柳母回轉，哪知道那柳母錯了錯身，岳小滿就一下子拉了個空。

只聽那柳母又對著喬明瑾說道：「妳如今這般辛苦，仲堯瞧在眼裡都難受得很，我認識城裡好些大戶人家的管事，聽說妳針線活不錯，到時我幫妳引見引見，妳到大戶人家裡當個繡娘，一個月做得好的話，也能有一、二兩銀子拿呢！哪裡沒有比妳現在這樣舒服？而且好多府裡，都是可以帶著孩子去的，妳家琬兒跟著妳在大戶人家裡住著，沒準兒還能學到大戶人家小姐們的一些規矩，以後也不愁嫁了。」

柳母說完便笑意盈盈地看向喬明瑾。

喬明瑾則是越聽眉頭皺得越緊。

妳是我什麼人？憑什麼來管我？我要怎麼生活，要怎麼活著，礙著妳什麼事？

喬明瑾正要說話，那頭明玨就先笑著開口。「哎呀，這不知情的還以為這位嬸子是哪個大戶人家裡出來的婆子呢，專門來為大戶人家挑選奴僕來的？」

明玨看著那柳母一臉鐵青，心裡暗爽，又說道：「我姊姊雖然現在吃了上頓、不知下頓，可她還有我們喬家，還有我外祖雲家，哪家嘴裡不能給她和我外甥女省一口飯吃？沒辦法，娘家人多就是有這個優勢，要是可以，我們家早就把我姊姊接回去了，哪裡知道那岳家為什麼就是不放人。」

柳母聽了心裡暗惱，這是說她家女兒娘家人少嗎？她夫家的確是沒人，都死絕了，只剩她男人一個，如今也是死了；而她娘家也都不認她了，女兒如今便只剩下她和兒子兩個親人。

還有這人說的是什麼話？是岳家不放喬明瑾離開嗎？喬明瑾是想離開，不是想留在這裡繼續當大婦？

柳母看了岳仲堯一眼，岳仲堯卻看都不看她。

瑾娘聽到這一番話定是惱了，他心裡惴惴不安。

喬明瑾在明玨說完之後，也不想開口，看也不看岳仲堯一眼，撿起柴刀就拉了明玨往山腹裡走了。

柳氏說了好一通話，發現喬氏似乎絲毫不受影響，而且好像毫不在意的樣子。

她這次來可不是要這樣的效果的。

最好是讓喬氏看到自己的劣勢，主動求去，這樣她女兒就不是平妻，而是大婦了。之後再拿捏著自家男人救過岳仲堯一命的事，還怕岳仲堯對她女兒不好？以後不全力供她兒子讀書？

可是現在是什麼情況？

岳仲堯則往自家娘子離開的方向定定地看了一眼，就大步下山去了。

柳母不承想那岳仲堯竟是連打招呼都不打，逕自轉身走了，嘴巴愣愣地張在那裡，心頭暗恨。

又看到岳小滿也不來攙著她了，只跟在她兄長後面下山，便跺了跺腳，嘴裡暗罵，果然是一群爛泥，上不得檯面。

她嘴裡抱怨著，也跟著跌跌撞撞地下山去了。

天邊染了昏黃的時候，喬明瑾帶著幾個弟妹和女兒拉著柴火回家。

而何曉春已是幫著把家裡兩個水缸裡的水都挑滿了。

喬明瑾瞧了他這幾天，他是個木訥少言的，但是看了他做的活計，可真是不錯，雖說前頭沒有達到喬明瑾的要求，不過喬明瑾只略略指點了一番，說了一些需要改進的地方，他自己便琢磨著把它們改好了，經過修改過的成品，讓喬明瑾極為滿意。

何曉春除了做活非常賣力之外，家裡哪裡有事，他也都不落下的，每日除了幫著挑兩趟水，打掃庭院的活也被他包了。

而且家裡做什麼他便跟著吃什麼，從不挑揀，讓喬明瑾很是窩心。

回到家不久，秀姊抱著一個籮筐上門來了，她帶的是要託賣的雞蛋。

喬明瑾讓明珩抱下去清點並做托架，她自己則和秀姊坐在廚房裡說話。

秀姊就住岳家隔壁，自然免不了說起隔壁岳家來的那兩位客人。

還說岳家本來是要中午吃過飯就送她們娘倆走的，哪想到那個柳媚娘竟說要等明早和岳仲堯一起回城。

秀姊說著便撇了撇嘴。

沒羞沒臊的，這還沒嫁過來呢，就這麼黏了，生怕別人搶了還是怎麼的？

秀姊還說自那娘倆來了之後，村裡有幾個好事之人專門跑過去看，還有不少人被柳媚娘一把乾果、一把瓜子地拉攏住了。

她說著都恨不得把那些人拉過來打一頓。

瑾娘嫁過來都好幾年了，是個什麼稟性，難道大夥都沒看在眼裡？如今母女兩人都被逼著住到村子周邊去了，不給個同情心，竟還對著那個破壞別人家庭的柳媚娘攀親討好去了？秀姊光想想心裡就不忿。

喬明瑾聽了嘴上只是笑了笑，她哪有閒心去管別人要做什麼？且那家人愛做什麼便讓他們做去，跟她皆不相關。

岳仲堯要跟柳媚娘親親熱熱一家人，她也沒二話，這些都與她們娘倆沒有絲毫關係。她關起門來過她的日子，並不指望誰都能為她們母女說一句好話。

如今秀姊能跟她家還這般親熱，已是難能可貴了。

還有平日裡經常讓自家孩子送菜過來的那幾戶人家，這些人的恩情，喬明瑾也都有記下來。

如今她也沒有什麼可以回報的，只能先記在心裡，以圖後報。

秀姊說了一頓，見喬明瑾沒受任何影響，仍是笑咪咪地聽她說話，一顆心便放了回去。她也知道提這話不好，不過總不能讓瑾娘從別處聽到這些，她怕瑾娘聽了心裡難過。不過如今看來倒是她想多了，瑾娘好像並不在意的樣子。

秀姊又拉著喬明瑾說了一會兒話，還說她家的兩個孩子自從得了喬明瑾的糕餅糖塊，現在是天天念叨著要來找琬兒玩呢。

喬明瑾便笑著說道：「妳就讓他們來找琬兒玩啊，我家琬兒如今也沒個伴，懂事得讓我心疼，有人陪她一起玩，我還能放心些。」

秀姊聽了便道：「可你們都要做事的，沒得讓他們耽誤了你們。」

「沒事的，若是妳和大雷哥不方便帶他們，就把他們放到我家來，如今曉春也在家裡，家裡時時都有人的。你們若是有事要出門，就讓他們在我家吃飯好了，只求孩子莫要嫌棄。」

秀姊作勢拍了她一把。「妳當秀姊我是大戶人家呢？還嫌棄妳家的吃食！那兩個孩子本來今天要來找琬兒玩的，是我不讓，如今琬兒都能幫著妳做活了，怕他們來吵著琬兒。」

「讓他們儘管來玩唄，他們若是要幫著家裡耙松毛，跟著我們一起，還能有個照應。」

秀姊聽完便應了下來，又說了幾句話，才轉身回家。

直到一家人吃過晚飯，岳仲堯都沒有再出現。

小琬兒還奇怪她爹今天怎麼不來家裡挑水了？好幾次抬頭去看她娘，但是也不敢問，吃過晚飯便一個人跑到大門口，往來路上探看去了。

喬明瑾瞧了，心裡一陣陣發酸。

也許每個孩子心裡，都是盼著能有爹有娘的吧？

看著女兒小小的身子扶著門框等著，踮著腳往村裡的大路上探看，累了又跑到門檻上坐著，再托腮伸著脖子往來路上望……聽到聲響，又歡歡喜喜地小跑著出去……

喬明瑾瞧在眼裡，眼淚都要滾下來了。

她在女兒身後默默看著，沒有出聲，也不去抱她，任她一個人在外邊等。也許等不到，孩子就會失望地回來了。

後來，直到喬明瑾抱她去洗澡，哄她睡覺，岳仲堯仍是未出現。

小琬兒委屈得噘了嘴，一臉的不高興，話都不願說。

喬明瑾把她塞到被子裡，女兒就窩在那裡不動彈了，大大的眼睛轉來轉去的，還是不說話。

喬明瑾也不打擾她，徑直去找了何曉春，去看他這一天做的東西。

等到一家人都熄了燈睡下之後，岳仲堯的身影才出現在喬明瑾家的大門口。

他的手舉了數次，想敲門，但看著黑漆漆的屋子，他終是放下了手。

高大的身子就著夜色在門檻上坐了許久。

他想著休沐的這兩天，跟娘子、女兒在一起的時間都還不到兩、三個時辰，心裡就忍不住一陣難受。

昨晚女兒看見他能一邊抱著她，一邊還能穩穩當當地挑著兩桶滿滿的水，氣還都不喘一聲，驚得嘴張得圓圓的，特別可愛，後來還嘰嘰喳喳地跟他說她娘挑水的窘事，邊說邊格格笑得歡快。

她還說她娘挑水的時候，都不會與她說話，只顧埋頭走路，也不看她，還學著她娘挑水的樣子給他看，惹得他又是好笑又是心酸。

岳仲堯想起女兒張大嘴巴跟他說的話。「爹爹好厲害喔！」心裡就軟成一灘水。

他又想起妻子以前連重活都沒做過，現在要天天去挑水，一家子要吃、要喝、要用，一天沒準得挑個好幾趟，心裡便如針刺一樣痛。

明天又要上衙當差去了。

岳仲堯想著，就在黑漆漆的夜裡長長地嘆氣，直坐到更深露重才回轉。

次日天沒亮，岳仲堯就一個人在星夜裡趕著進城了，也沒等柳母和柳媚娘。

那母女兩人被安排住在老岳頭的四弟家，昨晚本來跟岳仲堯說好要一道走的，只是岳仲堯昨天在喬明瑾門口枯坐了大半夜，心裡一直堵著一口氣。

若不是那兩人，他這次難得的休沐還能跟妻女同樂的。

那邊，柳母和柳媚娘一直睡到日頭高升，本來還以為岳仲堯會在家裡等著她們娘倆，誰知道他早已不見了人影。

柳母不免又在心裡暗罵了好一通。

最後她們只好在吳氏的拱手作揖之下，千哄萬哄地給她們雇了村裡的一輛牛車，才和女兒坐著牛車走了。

喬明瑾並不知道這些事情，一早起身給一家子做了早飯，又送了兄弟兩人出了門之後，她就上山去了。

今天秀姊的兩個孩子來找琬兒玩，幾人在山裡嘰嘰喳喳地鬧騰得厲害，山雞、野兔都被驚飛了不少。

如今山中溪澗裡的蒲菜經過這麼些天的摘採，已是不多了，只能再賣個幾天，下一次還得再養養，等著新的長出來。

所幸現在有了肥土，又找到了好的買家，這樣哪怕一天只拉個二、三十袋，也能緩和不少，除了自家能鬆一口氣，娘家也能幫上一把了。

到時，若是她沒有太多的時間打理田地裡的活計，就攢錢在雲家村買一、兩畝田地，交給她娘和舅家去打理，她只要在收糧時拿些糧食，母女倆就不用再到集上買糧吃了。

這下河村民的生活水平比雲家村要好一些，可能沒那麼多要賣的田地，倒是雲家村那邊有好些地，荒地也有不少。

那時在雲家村置一些田，也不怕別人瞧見了說一些歪話，或眼紅什麼的。

快到下午的時候，明珩和明玨從城裡回來了，還拉回了好些裝肥土用的麻袋，有了兩人的加入，柴砍得更快。

喬明瑾看著柴枝撿得差不多了，就和明琦一起在林子裡挖肥土裝袋。

這山裡的林木極為茂密，也沒有什麼亂砍亂伐之說，樹木都長得極好，林木鬱鬱蔥蔥、高大挺拔，有些大的，一個人環抱都抱不過來。

樹底下的腐葉也不知覆了幾層，越往下越肥沃，這肥料要是下到地裡，怕是那糧食都不止會增產一成而已。

姊妹兩人把樹葉耙開，再用鏟子把肥土鏟到袋子裡。

把樹葉耙開的時候，樹葉下面會有一些小蟲子，這些可都是雞的最愛。

雞若是吃了這些蟲子，或許每天都會多下一顆蛋。

喬明瑾看著數量可觀的蟲子，想著自家是不是可以養上一些雞？

女兒還小，明琦和明珩也正在長身體，家裡經常吃不到肉，若是養了雞，就能給幾個孩子偶爾吃一些雞蛋了。

而且那家雞都認窩，到時間就會自動回窩。

到時候，早上挑著雞籠到林子裡把牠們放養，黃昏時等牠們回了籠子，再用牛車把牠們連籠子帶回家……喬明瑾越想越覺得此事可行。

搞不好，此法餵養的雞還長得比別家的好，能賣上好價錢呢。

她越想越興奮，好像已經看到自家雞鴨成群，每天雞蛋都吃不完，孩子們聽到吃雞蛋掉頭就跑的情景。

她一直在想著此事的可行性，精神就有些渙散。

明琦在旁邊專門給她拉袋子，她則鏟肥土往袋裡裝，有好幾次都把土倒在明琦手上，一半進去了，一半漏到地上。

那蟲子她也不挑揀了，直接往袋裡裝，肥土撒在明琦手上的時候，蟲子也掉在明琦的手上，把明琦嚇得哇哇叫。

喬明瑾這才被驚醒，看了自家妹妹那模樣，笑個不停，被明琦狠瞪了好幾眼，才回過神，專心鏟肥土。

姊妹倆很快就裝了五十袋。

明珩和明玨把柴都運回家後，又帶了何曉春過來幫著把肥土抬上牛車。

五十袋的肥土說是不多，但全部裝上牛車之後，那牛卻使勁蹬了好幾下，才艱難地朝前挪動一點點。

喬明瑾見了，心裡緊了緊，本來她還想著每次拉個五十袋，起早一點，一天能趕兩趟，如今見這牛拉得如此費勁，怕是一車拉五十袋也是極為艱難。

家裡離城裡路途遠著，萬一這牛半路再傷了，只怕是得不償失。

幾人好不容易護著牛回到家，卸了車板，看著牛在一旁直噴氣，齊齊對視了一眼，就動手把二十袋肥土卸了下來。

等幾人歇整好了，正待吃晚飯的時候，門忽然被敲響了。

明珩起身拉了門閂，把門打開，就看到吳氏帶著兩個兒媳婦站在門口。

吳氏瞥了明珩一眼，嘀咕道：「飯都吃不上了，倒是有那閒空養旁人。」

明珩裝作沒聽見，問道：「妳來有什麼事？」他說話的同時，手還把著門框不放。

吳氏一隻腳正要擠進來，看到明珩把著門不放，皺著眉就要開口，跟在她後面的孫氏和于氏對視了一眼，孫氏就搶著說道：「我們找你姊姊有事說呢，你讓我們進去啊。」

明珩不為所動，仍是把著門框，說道：「有事就在這裡說吧，跟我說也是一樣的。」

吳氏暗罵了一句，就想用身子擠開明珩擠進去。

哪知明珩從小就幫家裡做活，這些天又在山上砍了不少柴，力氣大得很，加上吳氏也沒用全力，倒是一下子沒能把明珩擠開。

吳氏便氣得罵道：「你不想我們進去，是不是你姊在裡面做些什麼見不得人的事？藏了野男人，怕我們看到吧？」

明珩聽了吳氏的話，氣得夠嗆，正待跳起來反駁，就聽到喬明瑾淡淡地說道：「明珩，讓客人進來吧。」

吳氏一把甩開明珩的手走了進去，孫氏和于氏也緊緊跟在後面。

這兩人臉上有種將要看到好戲的興奮，彷彿都泛了光。

三人進到院裡，就看到喬明瑾帶了好幾個人圍坐在一張簡單的木桌子前，正要吃晚飯。

吳氏先是往飯桌上瞟了一眼，心裡多少有些不屑，一盤肉都沒有，他們家這兩天可是天天有肉吃呢……

她再往桌子上看去，心裡又不忿起來。

本來以為這喬氏只會吃一些地瓜乾當飯的，她家沒地，又沒菜，怕是鹹菜都沒得吃，正想譏諷幾句。「看吧，離了我岳家，過不下去了吧？」

沒想到她這一看，桌上雖然沒肉，但竟也有三個菜外加一個雞蛋湯。

她岳家那麼多人還只吃兩個菜一個湯，而且再看那飯，雖是摻了地瓜絲，但卻是乾飯。

吳氏心裡頓時不平衡了。

本來她是想看著這娘倆過得苦哈哈，一臉菜色，最後過不下去了，跑來向她求饒，要求回去做牛做馬好換一口飯吃，再由著她來搓揉呢。

這樣不僅成全了她兒子，也成全了她吳氏的大義，到時且看村子裡誰還會在背後非議她？

卻是不承想，這母女兩人不僅沒有一臉菜色，那小東西臉上竟還長肉了，而且她還養了這麼多人！

還有，旁邊那個男人是誰？

柳母說的沒錯，這家裡果然是養了野男人！

吳氏覺得她好像抓到了喬明瑾的把柄，也不打算挑刺了，只把這一條拎出來，就夠她受的。

到時哪裡有和離的事，直接是休離！

吳氏隱隱有些興奮。

親家母走時，拉著她說了大半天話，她可是都聽在心裡了。

人家親家母可還送了她一支銀簪子呢，那才叫大氣，才叫會做人。

吳氏恨不得趕快把這件事解決了，不然那二十五兩銀子她要等到什麼時候才能拿到？夜長夢多啊。

再說小滿也大了，正是要說親的時候，可不能一直拖著耽誤了，這年頭好女婿可不止一家在盯著。

吳氏想著，心裡便有了一種勝券在握之感，忙朝兩個兒媳婦使了使眼色。

那孫氏極聰明，也很會看婆婆的眼色，三個妯娌裡她是最懶的一個，卻因她會哄著吳氏，她挨的訓卻最少。

孫氏一接到吳氏的目光，就衝喬明瑾說道：「哎呀，瑾娘，你們這是吃飯呢？廚房都坐不下了吧，還要搬到庭院裡來吃，你們可得快著些吃，不然一會兒還要費錢點油燈，那燈油可不便宜呢。」

于氏也不甘示弱，急著在婆母面前表現一把，也忙搶著說道：「瑾娘，你們吃這麼簡單啊，連個肉都沒有，瞧琬兒這臉瘦的，我們北樹這幾天天天在家吃肉，都說吃膩了，非要我到地裡拔些青菜做給他吃。琬兒，明天來家裡吃飯啊。」

吳氏聽了兩個媳婦的話，滿意地點了點頭，真是說到她心坎上了，就等著喬氏來求她賞口飯吃呢。

孫氏等著于氏說完了，下巴又朝何曉春那揚了揚，問道：「三弟妹，這個男人是誰啊？妳這樣可不對啊，昨天老三人還在家裡的，雖然妳和琬兒搬了出來，但是妳和老三還沒和離呢。」

何曉春聽了臉上通紅，連忙把頭低了下去。

吳氏見了，臉上便露了幾分譏笑。

果然是和離的女人不好找人呢，這男人哪一點比得上她的兒子？

而且這喬氏膽子也太大了吧，竟公然把人帶到家裡養起來了？

明珩和明玨幾個聽了，都握緊了手中的筷子，一臉憤憤。

明琦正要開口，喬明瑾淡淡地朝她掃了一眼，她才萬分不甘地把嘴巴閉上了。

喬明瑾往吳氏三人看去。

吳氏還是那模樣，此刻臉上帶了志得意滿的微笑，看起來倒是比平日裡少了一些尖刻。

而孫氏和于氏還是唯恐天下不亂，一副等著看好戲的樣子。

喬明瑾看了三人一眼，嘴角揚了揚，這可難得，母女倆搬出來有好些日子了，這吳氏還是頭一次上門呢。

柳母一走就上門來了，莫不是柳母給了她什麼指示？

吳氏見喬明瑾一副淡然的模樣，心裡非常不舒服。

她兒子現在可是官差，每個月都有固定的月俸，不知道多少人羨慕呢，偏她鐵了心要離開。

一個女人非要上山砍柴，能砍幾回柴？

到時缺腳斷胳膊沒飯吃的時候，可別哭哭啼啼地找上門來，此時裝一副清高的樣子給誰看？

吳氏極討厭她這副清冷的樣子，好像什麼事她都毫不在意。

喬明瑾又掃了吳氏三人一眼，淡淡說道：「妳們來我家可是有事？剛才也說了，這天馬上就要暗了，我們可得快些吃飯，不然還真點不起油燈，如果沒什麼事，我們就不陪妳們聊了。」

她說完不管三人的表情，就招呼弟妹和何曉春吃飯，還往何曉春的碗裡挾了大大一筷子的蒲菜。

何曉春已經慢慢平靜下來了，他還真怕因為自己的緣故，讓人誤會瑾姊姊。

如今看瑾姊姊不在意，他心裡也鬆了一口氣。

吳氏見喬明瑾還往那不知名姓的男人碗裡挾菜，一股氣就騰地湧了上來，喝道：「喬氏，妳別不知廉恥！如今妳還沒跟我兒和離，就公然把男人帶到家裡了？妳不要名聲，我岳家還要臉面呢！」

喬明瑾沒什麼反應，又分別往幾個弟妹和女兒的碗裡各挾了一筷子的菜，還一邊招呼他們快些吃，對吳氏的話就像風吹過耳邊一般。

孫氏和于氏見吳氏發怒，也跟著好言相勸。「瑾娘，娘在和妳說話呢，問妳這個男人是誰，妳這樣把陌生的男人往家裡帶，有沒有想過三弟的臉面？他可還要在衙門裡當差的，這讓他怎麼抬得起頭來？」

喬明瑾吞下一口飯後，才漫不經心地說道：「他抬不抬得起頭和我有什麼干係？岳家如何也跟我沒關係，我家可不只這一個男人，妳們莫不是沒看到？」

她說完也不看她們，繼續扒飯。

她哪有時間跟人瞎扯？她已把草繩能幫助花木保濕、保溫的作用都告知了那個莊子裡的花匠，喬明瑾相信他們若是為了保住那份工作，為了得到更多的賞錢，就是不全然相信她說的，也必是會試上一試。

到時，草繩的需求量就會大了。

等過兩天，明玨到家裡拿爹抄好的書的時候，就讓明玨告訴娘她們，可以在村子裡多收一些稻草，多搓一些草繩；明瑜和祖母在家閒時也是可以搓草繩賺錢的。

喬明瑾兀自想著自己的掙錢大計，沒看到吳氏聽了她的話，那張臉都脹得黑青了。

吳氏暗道這女人果真是不要臉，幸虧已經分居出去，也馬上就要和老三和離了，不然這樣的兒媳婦，真是能把他們岳家的臉都丟乾淨了。

吳氏便喝道：「也不知道妳爹娘怎麼教妳的，竟是沒一點廉恥，當初我家真是瞎了眼了才會把妳娶回來！幸虧祖宗保佑，又送了一個好女人到我兒面前。妳如今這般，可不要怪我家把妳休了，到時可不是妳要和離了，而是我們家要休棄了妳！」

喬明瑾走到現在這步，也不怕她說些什麼，和離也好，休棄也罷，對她來說都無所謂了。

和離，當然對她和對她娘家來說要好一些，可若是不成，休棄就休棄吧，也沒什麼大不了的，這年頭，臉面也不能當飯吃，只要把女兒給她就成。

喬明瑾便道：「那快些讓岳仲堯給我一紙休書吧，我等著呢。可別忘了再到族長那邊說一聲，當時可是寫了協議的，也別忘了琬兒是歸我。」

吳氏聽了氣得胸膛一起一伏的，也不知這個女人倚仗的是什麼？一個女人沒了男人還怎麼過活？難道帶著一個孩子，半老徐娘的還能嫁到更好的人家嗎？

吳氏心裡嗤笑了下。

站在她兩側的孫氏和于氏也沒想到喬明瑾竟然連休棄都不怕，頓時有些看不懂了，妯娌兩個齊齊望向喬明瑾，想在她臉上看出一些別樣的情緒。

只是喬明瑾連一個眼光都沒給她們。

這時明玨便說道：「三位可還有什麼別的事嗎？我們真的要吃飯了，這馬上天就黑了，還費燈油。」

明珩也站起來說道：「沒事就走吧，我還要關門呢。」

吳氏三人對視了一眼，只好恨恨地走了出去。

吳氏臨走時，還回頭衝喬明瑾說道：「話是妳說的，等我兒休棄妳時，可不能反悔！」

「我定不反悔。」喬明瑾定定地看著她說道。

吳氏便甩著手走了。

夜裡，吳氏躺在床上翻來覆去，想著柳母跟她說的話。柳母說，若是她女兒能當大婦，那她兒子還會給姊姊多添些嫁妝。柳母暗示得很清楚，意思是說她家兒子得的那一半，還會拿一部分出來分給姊姊。吳氏想著原本二十五兩銀子的嫁妝已是不少了，若再加上她兒子的那一份，不就有四、五十兩了？到時就能給女兒辦一場風光的婚事，也能備上一份豐厚的嫁妝，而且還能有不少剩餘呢……

吳氏光想著就興奮得很，繼續翻來覆去的，被老岳頭喝斥了好幾次，也絲毫不收斂，折騰了大半夜，終於決定明日要親自進城去一趟。

第十四章

吳氏那邊如何，喬明瑾並不知曉。

她一早把兩個弟弟送出門就忙活自己的事去了，一邊還心不在焉地等著結果。

雖說山莊的主人應諾過要收她家的肥，只是這東西並不難找，若是被人得了消息，以更低的價格賣給他怎麼辦？

若只是一錘子買賣倒也沒什麼，綠柳山莊要想把景觀林木都弄好，怕是需要不少肥土，再加上劉員外其他的田莊，需求量不少，喬明瑾還想靠這個先掙來兩、三畝田地錢呢。

就是一天只拉三十袋過去，也有三百文錢，可是相當於他們賣五回柴火的了。

這肥料弄得一點都不費力，可不像砍柴，全身痠痛不說，還得擔心被枯樹砸到。

一天三百文，隔一天送一次，一個月就有四兩半錢了，加上賣柴及其他得的錢，攢個兩、三個月，應該能買兩畝地了。

若是這生意被人搶了，或是最後價格降了下來，都不是什麼好消息。

這一天，喬明瑾都在林子裡想著這事。

或許能有什麼改良配方，燒草木灰、柴灰也是能肥田的，能不能調一調，調個更好的肥料出來？

可惜她想了也是白想，在這方面，她完全就是個門外漢。

所幸下午明珩、明玨回來的時候，帶回了三串用麻繩串起來的錢幣，兄弟倆都一臉笑咪咪的，喬明瑾的心便安了。

明珩還迫不及待地告訴喬明瑾，劉員外答應以後他家的肥料都由他們家供應了，而且還看中了明玨，讓明玨給他家小兒子當先生呢。

喬明瑾連忙問這是怎麼回事。

原來劉員外家裡有一個極為頑劣的幼子，九歲了，不愛讀書，天天淘氣搗蛋，氣走了好幾個先生，那劉員外見明玨是個秀才又舉止不俗，心中暗喜，便問明玨願不願意到他家給他兒子當先生，他願意一個月出十兩銀子做為束脩。

劉員外原也是莊戶人家出來的，祖上積了一些財富，到他這代家裡的田地是越攢越多，算是小有資產，吃穿不愁，平時也就沒什麼糟心的事，唯一遺憾的就是家裡幾代沒出過一個讀書人。

所以劉員外格外看重聰明的幼子，從小就請先生回來教養他，怎奈小兒頑劣，白白費了他一番心思。

劉員外見明珩極聽明玨的話，又是個秀才，想著或許他能治得住自家那頑劣小兒，便開出一月十兩的高價請明玨留下。

只是劉員外的態度雖誠懇，明玨還是婉拒了。

這一個月十兩銀子其實挺吸引人的，有了這十兩銀子，家裡也能輕鬆不少。只是要當先生就要住到劉家去，那姊姊家裡怎麼辦？明玨當場便婉拒了。

喬明瑾聽完兄弟倆的話，沈默不語。

這一個月十兩銀子可是不少了，她現在累死累活一個月也賺不到幾兩銀子。有了這份工作，明玨就可以輕鬆一些，還能一邊教書一邊溫書，如今他還只是秀才，但以明玨的悟性，他還能走得更遠。

且喬家有了這一筆銀子，明珩也能唸得起書了，奶奶和爹一定會很高興的。

只是她並沒有把她的想法說出來。

直到天邊昏黃，一家人拔了蒲草、裝了柴火齊齊往家回的時候，喬明瑾也沒說出口。

一家人才回到家不久，秀姊又帶著長河和柳枝上門來了。

如今秀姊也掌握到他們家進城的規律了，知道他們是隔一天才進一次城，白天一般都不在家。

村裡有些人知道白天喬明瑾不在家，她又住在村子的周邊，所以便把要賣的東西放到秀姊家，讓秀姊再帶過來。

今天秀姊除了幫村裡幾戶人家把雞蛋送過來，還讓長河抱來一個籮筐，裝著滿滿一籮筐的菜。

秀姊也知道喬明瑾沒空到村子裡走動，來的時候經常會跟喬明瑾說一些村子裡的事，一些八卦什麼的。

於是秀姊便說起隔壁岳家發生的事，說是吳氏一大清早就上城裡去了，應該是去找岳仲堯商量早些迎娶柳媚娘的事，順便把喬明瑾的事解決掉。

可是好像在城裡被岳仲堯拒絕了。

也不知道岳仲堯跟吳氏說了些什麼，反正住在隔壁的秀姊下午的時候就聽到吳氏在院子裡指桑罵槐，一會兒說岳老三不孝，不體諒家裡什麼的，一會兒又說她命苦什麼的，反正是罵了好久。

剛才秀姊過來的時候，吳氏還沒歇嘴呢。

喬明瑾聽了，皺了皺眉頭。

她也弄不明白岳仲堯的想法，難道真的要聽族長的，等生下嫡子才娶二房？

他是舒服了，天高皇帝遠，一個月難得回來一、兩次，他娘吳氏可就住在村裡呢，只要不爽就時不時來找她發洩一回，她哪吃得消？

喬明瑾光想著頭就疼得很，自己哪有那個閒心跟吳氏吵架？

秀姊見喬明瑾不是很喜歡聽到岳家的消息，說了說也就歇了。

喬明瑾便跟秀姊說起其他的話來，問她昨天可把蟲子餵雞吃了？雞愛不愛吃？

秀姊聽了，立刻眉開眼笑。「愛吃！哪有不愛吃的？都用搶的呢，兩個孩子還說要跟著你們進山裡找蟲子餵雞。」

喬明瑾便笑了起來，人愛吃肉，難道雞就只願吃素的？

她把自己的想法跟秀姊說道：「秀姊，我想養些雞，除了有雞蛋給幾個孩子吃，養大了也能拿去換錢，得些銀錢，也好給家裡添些進項，妳覺得怎樣？」

她也不避著秀姊，把自己要將雞拿到山林裡放養的事說給她聽。

秀姊眼睛一亮，說道：「這事好啊！把那雞往山林裡一放，都不用餵食了，可是能省不少糧食，而且還省心，又不用擔心家裡氣味太重，把地弄得髒。天黑的時候，等牠們都進了籠子再挑回來，反正現在我們兩家都有牛車了，也不用擔心挑來挑去的麻煩。」

秀姊越說越是興奮，連說明天就開始要把雞往林子裡放養。

她回頭看到喬明瑾這邊別說沒有雞，就是連個能孵的雞蛋都沒有，立馬又說道：「瑾娘妳放心，明天我就幫妳在村子裡買上幾隻半大的母雞，再買一些小雞來，養個一、兩個月就能生蛋了。我今天帶來的雞蛋也多，我幫妳挑著看看，有哪些能孵出小雞的，我拿回去讓我家的雞幫妳孵。等我幫妳買了母雞和小雞，我們兩家就一起放到那林子裡。」

秀姊是個行動派，話音一落就蹲下身子，幫著挑揀雞蛋了。

兩人挑揀了小半個時辰，才挑出三十顆，秀姊放在籃子裡說是要拎回自家孵，弄得好像是她家的事一樣。

喬明瑾看了很是感動，想了想，便對秀姊說道：「秀姊，妳要不要跟我們一起挖肥土賣？」

秀姊聽了不明所以，喬明瑾就把肥土的事跟她說了一遍。

秀姊沒想到這林子裡的爛葉爛土還是田裡的好東西，眼睛便晶晶亮了起來，得知喬明瑾賣出一袋十文錢的高價，更是驚奇不已。

喬明瑾是想著秀姊幫了她太多忙，一直沒機會回報，這肥也許挖不了幾天，村子裡的人就會跟著挖了，到時，秀姊從別人那裡知道了，說不準會對她有些什麼想法。

村子裡是沒有什麼秘密可言的。

林子裡也不是只有她一個人砍柴，家家戶戶都會到林子裡撿柴火、耙松毛，他們都知道了她抓野雞、抓野兔的法子，這些天，林子裡的人多了起來，到處可見撒酒麴抓野雞的。

雖說有些人沒有牛車，路途又遠，不能像她一樣用牛車拉了柴去賣，但眼紅她的人不少，大些的柴火她有時也要找好久才能找到。

這莊戶人家就是這樣，你跟別人一樣，甚至比別人過得慘，人家也許會同情你一把，偶爾還會接濟你一下，平時再串串門子什麼的。

但是一旦你過得好了，比他們日子過得更好，就會有人眼紅，甚至會說一些歪話。

賣柴火別人雖不能仿效，但是誰家沒個幾畝田地？若知道那爛葉淤泥能肥田還能增產，只怕家家都要往那山上挖肥土的。

秀姊聽了喬明瑾的話，想了想便說道：「不用了，我挖一些到我家的地裡肥肥田就行了，哪能搶你們的生意？這也就是賣個新鮮，知道的人多了，哪裡還會有人買？」

喬明瑾聽了秀姊的話，心裡一陣安慰。

當初她邀秀姊一起砍柴賣，那時她還沒有牛車，原本秀姊是可以跟她一起砍柴去賣的，再加上牛車又是她家的，就是一家裝一半，秀姊一天也能有幾十文的收入，一個月就能攢下不少錢。她男人岳大雷在外頭一個月做苦力，也沒能攢幾百文的。

只是當時秀姊拒絕了，如今她聽了要賣肥土，她還是毫不猶豫拒絕了。

喬明瑾又勸了她幾句，見她真心拒絕，便只好把這分感激記在心裡。

兩人又說了幾句話，秀姊這才叫了自家和琬兒玩得開心的兩個孩子回家去。

晚上吃過飯，喬明瑾等一家人都洗漱好，便把明玨叫到了屋裡，還把何曉春一道叫來，說起了劉員外要聘明玨當先生的事。

明玨還是那句話，說喬明瑾太辛苦了，他要留在下河村幫姊姊，等喬明瑾過段日子緩過來了，再考慮旁的事。

何曉春這幾日也跟喬家的幾個姊弟一起吃、一起住，對這一家子更瞭解了些，也覺得喬明瑾這樣太辛苦了，還是讓明玨在家裡幫她好一些。

明珩和明琦聽了也連連點頭，說讓明玨在家裡，一家人齊心協力把日子過好。

喬明瑾聽了幾個弟妹嘰嘰喳喳說了一堆，很感欣慰，何其有幸，遇上了這樣好的弟妹。

但最後她還是說出了自己的想法——她想讓明玨去給劉員外的兒子當先生。

明玨聽了剛要張口說話，就被喬明瑾制止。

只聽她說道：「讓你去當先生，這不單是為了你自己。你當了先生，在教書之餘重新把書拾起來，將來也好再去考一場。你要知道，祖母和爹對你一直是寄予厚望，看得出來，他們很希望你和明珩將來能替他們爭一口氣的。」

明玨沈默了，連明珩都垂下了頭。

喬明瑾又說道：「當先生，除了你會有一個好的讀書環境之外，也能幫著家裡一些。這十兩銀子可不少，一般的秀才上門當個西席，也就三、五兩銀子，那是劉員外的兒子太頑劣，氣走好幾位先生，才給出這麼好的條件。有了你這份工錢，家裡也會好過一些，慢慢攢著，明珩也有錢讀書了，將來你就是去赴考也有錢了，這麼好的事情，為什麼要拒絕？」

明玨沈默了好久，才抬頭看著喬明瑾說道：「可是姊，我走了，妳會很辛苦。」

喬明瑾便笑著說道：「你不要替姊擔心，之前你沒來，我和明珩、明琦不也做得很好嗎？是你來了，姊才偷起懶來，你不在，明珩、明琦還是會做得很好的，是不是？」

明珩和明琦狠狠地點頭。

明珩還拍著胸脯說道：「二哥，你就放心吧，有我在，不會讓姊姊太辛苦的。」

喬明瑾和明玨看著都笑了。

明玨說道：「你能幹些什麼？好些天沒看書了吧？以後有時間還是要看些書，不然，就是以後家裡條件好了，再送你去讀書，你也跟不上。」

明珩不說話，他覺得跟著姊姊這樣也挺好的。

喬明瑾看了明珩一眼，對明玨說道：「現在也是特殊情況，以後明珩上城裡回來，不用上山了，就在家裡看些書，而且你也不用替姊擔心，現在雖然難些，但也不會一直這樣的。等姊攢一些錢，買了田地之後，就不會這麼辛苦了，可能隔個三、四天才會進城一趟，或是再找些別的什麼事做，不會總是這麼辛苦。」

明玨聽了，想了想，便道：「現在姊又要賣柴，又要往山莊送肥土，若是我走了，姊便要天天往城裡去了。一是太過辛苦，二是這樣就沒時間上山砍柴了，我還是等過段時間再去吧。」

喬明瑾想了想，現在確實是有些困難，她等於是領了兩份活計。

當初隔一天送柴火，也是想著留一天空，上山砍些柴和休息休息的。

如今若明玨走了，她就要天天進城了，怕是會吃不消，也沒空砍柴，而且那肥土大概也藏不了多長時間。

這山又不是她一個人的，只要村裡人知道了，必是會全員上山挖肥土往田裡撒。

喬明瑾想了想，又對明玨說道：「你明天進城裡送柴火，回來的時候，到雲家村去和爹、祖母說一聲，看他們怎麼說。咱這肥土，姊可能就只能賣個一月半月的，後天你去山莊的時候，就應下來吧，不過跟那劉員外說等一個月後再去，這樣姊這邊也有個緩衝期。」

明玨想了想便應了下來。一家人又說了一些話，才各自散了。

到五月底的時候，喬明瑾已經往綠柳山莊送了大半個月的肥土了。

這些日子還算順利，光是賣肥土就已是攢了十兩銀子，當然只是明珩和明珏送去的，是得不了這麼多銀子的，是因為劉員外聽了明珏說要延後一個月再去當先生，原因是要在家幫姊姊的忙，他就派人來他們家裡搬肥土了。

每天派人來拉兩牛車，都是在喬家裝好，再用厚氈布蓋上的肥土，旁人也看不出牛車上裝的是什麼東西。

加上喬明瑾他們正好住在村子的周邊，除了秀姊知道那肥土是要拿去賣錢的之外，倒是沒什麼人知道這件事。

只不過這些日子上山挖肥土的人漸漸多了起來。

村裡就是田畝最少的人家，也有兩、三畝地，得知這東西能肥田，哪裡能無動於衷？

喬明瑾想著這些日子山上幾乎被深翻了一遍，有些無奈。

好在這些日子，明珏不用往綠柳山莊送肥土，空閒時，除了幫喬明瑾砍柴，兄弟倆就在山上幫喬明瑾挖肥土裝袋，再運回家裡放著，好讓劉家的小廝來的時候有貨拉走。

山上人雖多，卻沒人知道他們裝那麼多袋肥土是準備賣錢用的，只以為那些肥土是要送到喬明瑾娘家去。

這大半個月裡，喬明瑾的雞也養起來了。

秀姊幫她在村子裡買了幾隻半大的母雞，還有十來隻半大的小雞，就有二十幾隻了。

何曉春是個能幹的木匠，給二十幾隻雞做幾個雞籠子還不是簡單至極？

再過幾日，孵出來的小雞就都有窩了。

每天天亮後，喬明瑾便和何曉春挑了幾個雞籠子進山，再把雞放出籠，然後等下午兄弟倆回來，再用牛車把雞籠拉回來。

那雞極愛吃山裡的蟲子，又有地方撒歡，不知有多高興，這才大半個月，瞧著就長胖了一圈，都能拿去賣錢了。

而這大半個月來，也不知怎麼回事，岳仲堯一直沒有休沐回村子裡來。

小琬兒天天到家門口去等，都沒等到她爹。

喬明瑾每天看著女兒那張失望的臉，心裡酸澀得厲害。

偶爾，明珩和明玨會哄她說在城裡見到她爹了，兩人哄著小琬兒說她爹太忙了，才沒空回來，說回來得了空一定來看她，小東西這才略略好過一些。

而喬父、喬母和祖母藍氏聽說明玨要去城裡給人當先生，有些心動又有些擔心喬明瑾，便有些為難，只是沒想到喬明瑾卻力勸明玨去，喬父、喬母和藍氏也就不再多勸了。

畢竟這一個月十兩銀子確實不少了，家裡也是處處需要錢的，兄弟倆的筆墨紙硯，將來明玨趕考的花用，哪一樣不需要錢呢？

這晚，喬明瑾把這些日子攢下的錢都拿了出來，一家人湊在一起又數了一遍。

前兩日開始，家裡就沒蒲菜賣了，就是河裡那些零星的蒲菜都被喬明瑾拔去了不少，要是她夠狠，可能蒲菜就會在下河村絕跡。
不過好在這些日子，除了賣肥土得的錢外，賣蒲菜也是一個進項，十二文一斤，那東西又吃秤，倒是賣了不少錢。
在賣肥土之前，家裡已是攢了三十四兩銀子了，加上賣肥土得的十兩多，家裡已有四十四兩銀了。
這大半個月來賣蒲菜又得了二十五兩銀子，再加上賣柴、賣雞蛋、賣其他東西得的差價，還有賣野雞、野兔得的三兩多銀子，家裡現在總共有七十二兩銀子了。
一家人高高興興地把錢數完，看著撒在床上的銀角子和串成好多串的銅板，都高興地咧著嘴笑。
不說明珩、明玨幾個，就連喬明瑾也是頭一次看見這麼多錢。
姊弟幾個兩眼放光，連小琬兒都在一旁高興地拍手直叫。「好多錢錢啊！」
然後她的兩隻小手抓住銀角子和銅板，直念叨。「這一塊是一兩，可以換十個一角的……這塊是一錢，可以換一串圓錢……」
小東西怕是還記得那次在酒樓裡賣傘，要拿一角銀子跟人換五十個銅板的事。
喬明瑾看著女兒，笑了笑。
這些日子，喬明瑾有空的時候，已在教她數數了，還讓何曉春劈了很多把又細、削得又滑的竹棍子給她數數玩。

明珩和明琦也在一旁跟著學。

字不認識可以慢慢學著，但是不能不會數數。

把一角銀子當成一個銅板用，可是要鬧笑話的。

再說莊戶人家的娃子，都要到集裡以物易物，哪裡能不懂數數？

喬明瑾不自覺地教起幾個孩子一些簡單的加減乘除算法。

小琬兒還在數數，只會十以內的加減，一下子還消化不了那麼多。

倒是明珩和明琦學得極認真，幾乎喬明瑾教的，姊弟兩人都能消化得了，尤其是明珩，腦子好，出題讓他做很快就做好了，心算也特別厲害。

害得喬明瑾不知該喜還是該憂，這弟弟，難道真的要走商途？

閒時，喬明瑾也會讓他多看些書，正好明玨也在，能多指點他一下。

另一邊，何曉春來了近一個月，依著喬明瑾的要求，東西終於做出來了。

喬明瑾對他做出來的東西非常滿意。

家裡從沒買過筆啊、墨啊之類的東西，她跟何曉春都只是嘴上說說，東指點一些西指點一處，也難為何曉春在沒有圖紙的情況下把她要的東西，完完整整、無一相差地做了出來，而且與喬明瑾記憶中的東西完全吻合。

本來以何曉春的手藝要做一個算盤，選好料之後，即便再怎麼細心打磨，兩、三天就能做好一個了，可這下硬是花了一個月才做了出來。

當然做得也不只一把算盤，而是好多好多把。

這年代沒什麼專利權，這東西做出來，別人瞧著好用，必是會模仿著做出來。

不說木匠多得很，就是普通的莊戶人家裡也都有一、兩個會做些木工活的，且這東西並不難做。

不能阻止別人模仿，便只能搶個先機。

喬明瑾的想法是先大量地做出來，然後找個好的途徑把它們賣了。

等到別人意識到這是個好東西，再去模仿的時候，她已是賣出了許多，已經賺到了第一桶金。

喬明瑾讓何曉春一口氣做了一百把出來，這其間除了他們幾個，並沒有人知道他做的是何物，保密功夫做得極好。

喬明瑾拿了一把還泛著木材原香的算盤細看，摩娑著木紋及邊角，很是光滑，沒有一絲扎手，只塗了清漆，看起來很舒服。

這算盤經過喬明瑾一番改良，雖然看著跟時下的算盤相差不大，長方形，分了上梁下梁，有十幾二十個檔位，但細看下來，和時下用的算盤還是有很大的區別。

首先，它已不再是黑黝黝的顏色。

喬明瑾沒有讓何曉春上色，只是上了一層清漆，稍做提亮，保持了木材的原色，還能看到好看的木質紋理，瞧著很是輕鬆，使用久了，眼睛也不會覺得累，不會讓人盯著黑色的算珠久了，會有頭暈和壓抑之感。

這是整體顏色一個重要的改變。

另外一個改變就是珠子和珠子之間，不再是全部貼在一起的圓珠。

時下的算盤為了清盤方便，珠子中間的空心留得挺寬，經常看到帳房先生在使用算盤之前抓著算盤一陣搖晃，算珠被搖得噼啪響，然後用手撥珠子使之歸檔，清盤的聲音很大。

這樣的珠子在清盤的時候容易出錯，撥打的時候容易漂珠或帶珠。

漂珠就是撥的時候太輕，珠子不靠檔不靠梁；帶珠就是撥打快了的時候，因為兩珠之間離得近，容易把不是本檔本位上的算珠撥了上去。

有時候，差了一珠，就謬之千里。

喬明瑾做的算盤，全是按照現代改良版來做，把圓珠子改成了菱形，這樣珠子和珠子之間便不再緊密貼合，而是留了好些空隙，方便手指的撥動，只有圍著梁的那一點，珠子和珠子是貼合在一起的。

而這樣也避免了手指撥算珠的時候，會出現帶珠的情況，不會把下面的珠子一起撥動了，自然就能減少出錯率。

此外，原本她還想做一個重大改變的。

喬明瑾是想做成現代的算盤樣子，就是上檔的兩個珠子只留一個，下檔的五個珠子只留四個，因為在珠算的過程中，最上檔的和最下檔的珠子幾乎是用不到的，因為「一下五去四，一去九進一」。

但是後世用的是十進位，而時下還是十六進位，最典型的例子就是「半斤八兩」。

小時候，喬明瑾一直以為這個成語是指半斤和八兩差不多，意思是兩個東西相差無幾。

但其實不是，而是半斤就是八兩的意思。

所以這個改變沒能完成。

但還有一個最重大的改變，就是在算盤的左上角做了清盤用的一個活塞，又做了一個機關，這樣子就不用浪費時間清盤了。

有了這個活塞的清盤機關後，右手把帳目算完，可同時用左手按下清盤的活塞清理，以計算下一道帳目。

由機關把上下梁的珠子自動撥回原位，而且整齊劃一，不會出現漂珠沒歸檔的情況。

就像打麻將有個自動麻將機，不用你排麻將，節省時間，還不容易作弊。

這些都是現代算盤最重要的變革。

喬明瑾相信把這些算盤拿出來賣，識貨的人一定會掏錢買的。

一家人聽了喬明瑾對這算盤的解說之後，紛紛拿了一把，不管會不會，按著清盤器就把算盤清得啪啪響。

幾個人雖沒打過算盤，但聽喬明瑾這麼一說，也知道做出來的這東西跟時下的算盤不一樣，定是能賣出去的，便很是興奮。

除了一百把大的，喬明瑾還讓何曉春做了二十把極精緻、極細巧，只有巴掌大的小算盤。

這二十把她是準備賣出高價的。

現在的人若是外出，或是要上哪收租，都會自帶一把算盤在身上。

有大有小，材料也不一，有些精緻的還是墨玉做成的，出門在外隨身帶著，能使用又能做成顯擺的配飾掛在身上，要用時就拿出來晃一晃，清盤再計算。

為了清盤方便，珠子穿梁中間的圓洞都做得很大，所以掛在腰間的算盤便會隨著行走噼啪作響。

有些人很享受這些聲響，因為現今的人若能得一份帳房的活計，那都是極讓人羨慕的事，風吹不著，雨又淋不到，拿的工錢還高，當然樂意帶把小算盤顯擺。

這年頭，能懂得加減乘除的人必是下過工夫學的，都會識文斷字，這些帳房走在路上，腰挺得都比旁人直，兜裡也都有些閒錢，喬明瑾這二十把算盤便是打算向這些人兜售。

當天吃過飯，喬明瑾就和一家人商討起怎麼銷售的事。

這個晚上，喬明瑾把前世的一些銷售方法羅列了出來，供明珩、明玨等人參謀。

他們家若要搶占先機，不僅要把這些算盤賣出去，還要讓人知道經過這些變革的算盤是他們家先做出來的，這個準備過程就不能馬虎了。

幾個人埋頭商量了一陣，發現目前的生意人兜售貨物，還是停留在店銷。而行銷也不過止於貨郎走街竄巷，向別人兜售簡單的日常所需罷了。再有就是一些三姑六婆到別人的宅子裡，向不能拋頭露面的婦人、小姐推銷她們賣的東西，這便是時下行銷的簡單表現。

而他們家如今並沒有那個本錢開鋪子，所以不能像旁人那樣把東西陳列出來供人們上門挑揀。

他們有的只是兩條腿和一張嘴。

對於喬明瑾他們來說，目前只能停留在做些無本買賣的階段。

幾個人商量後，喬明瑾便把六個人分成了三組，把何曉春也算上了。

這些天裡，何曉春一直埋頭苦做，做的東西還不錯，但喬明瑾需要他走出去瞭解市場的反應，將來也好做出更優質的東西。

鑑於他木訥少言，就把他和能言善道、古怪機靈的明珩分在一組。

明珩那孩子在喬明瑾看來，著實是個人才，嘴皮子索利不說，為人又靈活，腦子精明，是最好的人選。

而讓何曉春跟著明珩，是想讓他護著明珩一些，畢竟何曉春比明珩要大了幾歲，又有一身力氣，跟在明珩身邊，喬明瑾多少也能放心一些。

喬明瑾讓兩人專門到街上一間鋪子、一間門店地拜訪。

現在的人們要算帳，可沒有什麼計算機之類的東西，或是隨手抓枝筆在紙上演算什麼的，全都要靠算盤。

所以但凡是開鋪子的，不管店大店小，都會設一個帳房，即便沒有專門的帳房，起碼店主本身也是要會撥算珠的。

那麼，至少每一家鋪子必是要備上一個算盤。

前世的喬明瑾大學唸的是會計，如今在她看來，這算盤就跟後世的每家公司都有一個會計是一樣的道理。

喬明瑾安排完明珩和何曉春，見兩人沒有異議，便輪到明玨和明琦。

她安排兄妹兩人專門跑城裡的書院和私塾，向學院的教習和學子們介紹改良版算盤的好處。

時下幾乎每間書院都設有算經科，學子們幾乎人人都要學如何使用算盤，若這兩人能說動學院改用他們改良過的算盤，那這個訂單量必不會少。

這兩人組合，一個是秀才，一個是嬌滴滴的女娃，別人即便要拒絕也不會拒得狠了，讓他兩人在一組還有這個意思。

喬明瑾怕明玨會顧著秀才的身分，不好意思做買賣，臉皮薄，不知如何開口，便讓明琦跟著他。明琦長得一臉可愛又人畜無害的樣子，一般人都不會當面拒絕他們，只要給他們兩人說話的機會，那這算盤必能賣出一把、兩把，總有識貨的人。

而剩下要上門拜訪的，就是喬明瑾要做的事了。

但凡是大戶人家，均有自己的產業，必定會設有帳房，再講究一些的人家，還設了內帳房和外帳房。

越是家大業大的，那帳房裡幹活的人就越是多。

總帳房裡還分設各個小帳房，分管各種明細，一些大戶人家的帳房人數有時候還會多達幾十、上百人。

若是她能說動其中一家，讓每個帳房都人手一把她的算盤，那她就不愁賣了。

小琬兒沒人帶，最後只好跟著她。

有小琬兒在身邊，沒準兒還有一些好處呢！女兒長得討喜，嘴巴又甜，有她跟在身邊，或許一開始娘倆不會很快就被人趕出去。

只要有人願意聽她說話，喬明瑾就有信心把自己的東西賣出去。

分組後，喬明瑾又指點了大家一些銷售要點，諸如話要如何說，又要如何突顯他們算盤的優點等等……

她還教他們一些珠算的術語及如何打算盤，明玨學得最好，明珩也能演算完，雖不熟練，但唬唬人還是夠了。

這一晚，一家人討論到很晚，才興奮地睡去。

次日，天剛亮，不用喬明瑾叫起，幾個人便自動自發地早早起了。

小琬兒生怕會被喬明瑾扔在家裡，在她起身的時候，也揉著眼坐了起來。

喬明瑾把女兒揉眼睛的手拉了下來，笑著對她說道：「娘不是說過嗎，不要這麼揉眼睛，眼睛會痛痛，髒東西也會進去，琬兒不記得了嗎？」

小東西抬起惺忪的眼睛望向喬明瑾，機械地點頭，還是一臉迷糊樣。

喬明瑾不免有些心疼。

女兒還有三、四個月才滿四歲，她並不想女兒這麼早就跟著她起床了。

小孩子起得太早，對身體發育不好，這麼大的孩子得讓她睡足五個時辰以上才是。

喬明瑾心疼地掀了被子把女兒又塞進被子裡，柔聲道：「琬兒再睡一會兒啊，等等娘做好早飯，再來叫我們琬兒起床好不好？」

小東西瞇著眼睛朝她點頭。「嗯，娘別忘了喔，不能把琬兒丟在家裡喔。」

「好，娘一定會帶著我們琬兒的。」

喬明瑾剛說完，發現女兒很快又睡了過去。

幾個人吃完早飯，喬明瑾就抱了三個孩子坐上牛背。

她和明玨、何曉春，只能交換著坐在柴堆前面的車板上，坐一會兒便下來走一走。

所幸牛車拉了一車的柴火，走得很慢，在旁邊跟著走也還能跟得上。

出門時，喬明瑾用布袋把一百把算盤全部裝好了。

她早在幾天前就幫每人各做了一個布兜，可斜掛在胸前，布兜做得挺大，裡面能放兩、三把算盤。

另外二十把小算盤，她給每個人分了兩把，剩下的則由她自己帶著。

每個人身上帶得不多，畢竟他們不知市場反應如何，能不能賣得出去？除了他們身上帶的，喬明瑾準備將剩下的算盤放在綠柳山莊劉員外處。

那劉員外似乎很是看重明玨，早早便把明玨的房間準備好了，床鋪、褥子、用具一應俱全，就等著他去授課，所以她很放心把東西放在那裡。

而綠柳山莊雖然建在城外，但離城不遠，如果到最後算盤賣得好，去那裡拿貨也要不了多少時間。

這一路從下河村往城裡的路上，除了小琬兒夾在明珩和明琦中間睡得正香外，其他人則是一路走，一路演練著買賣。

明玨等人都是頭一次做這樣的買賣，覺得新鮮無比。

這可是一兩銀子一把的算盤哪，乖乖！

喬明瑾見明玨、明珩等人口齒伶俐，連客人可能拒絕的話都想到要如何回答，讓她信心倍增。

很快，在幾個人一路走一路扮演生意人和顧客的練習中，青川縣的城門出現在幾個人的眼前——

第十五章

到了城外，他們先放下明玨和明琦，讓他們兩人帶了部分算盤放到綠柳山莊去，剩下的四人送了柴火，又在集上賣了雞蛋等物，寄了牛車，然後分頭行動去了。

喬明瑾叮囑了明珩和何曉春一番，也帶著琬兒走了。

她的目標很明確，東貴西富，便徑直去了西街，也不擇地，看見門口就順著臺階上去。

「小哥，麻煩你幫我叫一下你家的帳房總管好嗎？」

林府大門口兩個十三、四歲的小廝打量著這個還有幾分姿色的少婦。

這少婦還帶著一個三、四歲的女娃，小女孩烏溜溜的眼睛眨呀眨地望著他倆。

兩個年輕的小廝看著琬兒都露出了笑臉，其中一個小廝還蹬蹬蹬地跑到門房那裡，抓了一大把糖果出來塞給小琬兒。

小東西笑得更歡了，咧著嘴，用奶聲奶氣的聲音仰頭衝那小廝道：「謝謝小哥哥。」

那個給她糖塊的小廝頓時笑得見牙不見眼的。「快吃，看好不好吃。」

小東西先遞給了那小廝一顆，道：「小哥哥也吃。」

那小廝笑得更是開心，幫她剝了油紙就塞了一顆到她嘴裡。「哥哥不吃，小妹妹吃。」

另一個小廝見了，心頭癢癢，在身上摸索了大半天，但卻沒有摸到什麼東西是可以哄小孩的，頓時有些懊惱。

平日裡哪個貴人出門回來時不塞給他一堆吃的、喝的？今天怎地竟是沒有了？他便恨恨地往旁邊的夥伴身上瞪了一眼，哼，倒讓你先賣了個好。

不過他心裡卻在嘀咕：這麼漂亮的女娃，還有這麼好看的小娘子，難道是總帳房的外室？哎呀，不得了！那可得趕著去稟報，沒準兒去晚了，還會挨總帳房一頓批！

那總帳房可是除了他們家老太爺，連老爺、太太都要禮讓三分的人物。

「小娘子，妳且在這裡等等，我這就去幫妳叫啊！」

那小廝小跑著進府裡去了，臨走前還踢了同伴一腳，示意他好好照顧這對母女。

另一個小廝得了同伴的暗示，打了一個激靈，都是人精，根本不用開口吩咐，一個眼神就夠了。

他招呼喬明瑾道：「這位太太，您看您要不要先到我們門房那裡去等一等？門房雖然簡陋，但好歹還有個凳子可坐。」

喬明瑾想了想，朝他點頭道了謝，就牽著琬兒的手進了門房。

門房並不大，裡頭放了一張小床，應該是給看門的人休息用的，除此之外還有一張小桌及兩把椅子，桌上有茶水還有一些瓜子之類的東西。

門房的活計也不輕鬆，要他們練就一雙火眼金睛倒還不至於，但起碼不能把不相干的人放進府去，有時候一天下來，眼睛都沒歇著的時候；但有時，可能連著幾天都沒半個人進出大門，閒得只能數螞蟻玩，所以一般大戶人家都會在大門內側設一個耳房，供看門人休息之用，還方便門房晚上宿在那裡。

這會兒小琬兒進了耳房，充分發揮她的優勢，沒多久就跟那個看門的小廝混得熟了。

喬明瑾在一旁微笑地看著，又坐了一會兒，才聽到有腳步聲走近。

有個男聲問道：「是誰找我？」

喬明瑾聞言，站起身步出門外。

方才去府內找人的小廝正好就跟在說話的男子身邊，忙接話道：「王帳房，就是這位小娘子找你，還帶了一個女娃呢。」

他說完曖昧地看了那帳房一眼。

那小廝話音剛落，小琬兒也跟在喬明瑾身後鑽了出來，見有陌生人，便怯怯地倚到喬明瑾腳邊，半抬頭望向來人。

王帳房看著倒不像是帳房的樣子，一副忠厚老實的模樣。

那人見了喬明瑾，上下打量著她，打量完這母女倆，心裡不免有些困惑。

這誰啊？不認識啊。

方才他在帳房裡聽門房報說有人找，本來不予理會，但又聽小廝說是一個小婦人帶著一個三、四歲的女娃找過來。

他想了想，就跟著出來了，可是眼前這母女倆，他不認識啊。

喬明瑾不卑不亢地迎向那王帳房打量的目光。

等他打量完了，她才微笑著說道：「是王帳房嗎？小婦人這廂打擾了，實在是有些事情一定要找您，請問您能坐下來聽小婦人說幾句話嗎？」

那王帳房看了喬明瑾一眼，又低頭看了看正抓著自家娘親大腿怯怯地看向他的小女娃，一時心軟，點了點頭。

「那就在這門房裡說吧。」他說完率先進了門房。

喬明瑾牽起自家女兒的手跟在後面，跟著走了進去。

王帳房在小桌前坐了下來，目光看向喬明瑾。

而喬明瑾也不忤，在他對面坐了下來。

她並不急著賣算盤，先跟那王帳房寒暄了幾句，才問道：「王帳房每天都要用到算盤嗎？」

這話問的，他一個帳房，不用算盤難道還拿花剪啊？

這小娘子也不知是什麼身分，就這麼上門來找自己這個陌生的男人，還獨自一人跟著男人進到小房間裡敘話，不避不忌的，還這麼大膽無謂地盯著男人的臉看，真是奇怪又膽大的女人。

喬明瑾見他抿嘴不語，沒有很在意，笑了笑，從隨身帶的布包裡掏出一把算盤遞給他。

「王帳房覺得我這把算盤做得怎樣？」

王帳房初初一愣，等把算盤接過來後，眼睛一亮，還忍不住用手試著撥起珠子來。

喬明瑾看他小心謹慎地試了又試，開始還很慢，漸漸地，動作便越來越快。

然後她便看到他眼睛裡露出來的驚喜。

喬明瑾心裡一喜，知道事成了一半。

「這是什麼？」

王帳房指著左上角的活塞問道。

只是還不待喬明瑾回話，他已是自己用手按了下去。

活塞後面連著的機關，立刻自動把上梁和下梁的算珠撥回了原位。

「嗯，不錯！」

那王帳房連著說了三個不錯，一邊說一邊又連按了那活塞好幾下，聽到那珠子被清得噼啪響，高興地咧著嘴笑。

「這個叫什麼？」

「叫清盤器。」

王帳房聽了連連點頭。

「這是妳想出來的？」王帳房看向喬明瑾問道。

「是，是小婦人想出來的。」喬明瑾看了一眼琬兒，想了想便說道：「我女兒從小沒什麼玩具，見她小舅的算盤便搶來玩，我想著這算盤能鍛鍊孩子的耐性、眼力、腦力及手指的靈活度，就開始教她玩。見她手小，每次撥完的珠子都歸不到檔位，不是漂珠就是帶珠，便想到了這個。」

喬明瑾或真或假地說了清盤器的由來。

那王帳房聽完，往安靜坐在一旁聽大人說話的琬兒那裡看了一眼。

「妳找我，是想我買下妳這種算盤？」

喬明瑾看著他笑了。

「王帳房想必看出來了，不用我多說，就能瞧出我家這算盤與時下算盤的不同，它若不好，我也不會來找你。」

她說完，拉過王帳房面前的算盤，當著那王帳房的面演算了一遍加百，然後又是速度飛快地演算了一遍減百。

喬明瑾動作極快，手指翻飛，不過幾息，一套加百子、減百子就做完了。

王帳房看到最後，眼睛瞪得越來越大。

不過這麼幾息時間，空空的盤面經過加百又減百，再回到空空的盤面，像沒被人動過一樣。

王帳房再也不敢輕視眼前的這個小婦人了。

「妳、妳學過？」

「是，我學過。」

開玩笑，她可是從幾歲就開始學打算盤了，小時候父母經常不在家，陪著她的只有一把算盤，她從小便把手指的靈活度練得極好，後來又練了點鈔，能夠五秒數完一疊百張百元鈔，還能一邊數一邊從中找出假鈔來。

而王帳房眼前似乎只看得到喬明瑾纖細的手指不停翻飛，讓他看得目瞪口呆。

這加減百子其實在後世，只是練珠算的基礎罷了。

加百子就是一加二加三加四……一直加到一百；而減百子，就是從一百減九十九減九十八……一直減到一。

加百子得出的結果是五千零五十，而減百子得出的結果是零，最後盤面上是空的，只要有一筆算錯了或漏了，都得不出正確的結果。

坐在一旁的小琬兒雖然已看她打過數次了，但此時還是看得眼睛眨都不眨。

她娘一算完，她就在一旁高興地直拍手。「娘好厲害喔！娘教琬兒，琬兒要學。」

「好，等閒時，娘就教琬兒。」

喬明瑾笑咪咪地看了女兒一眼，又把目光移到王帳房的臉上。

「王帳房可是看出這個算盤的好處了？」

那王帳房拿起那把算盤翻來覆去看了又看，還用左手連按了幾次清盤器，隨後在喬明瑾面前也演算了一遍，只是速度明顯慢多了。

但王帳房卻極高興。

「哈哈哈，比老夫平日用的時候快多了！」

喬明瑾見眼前正笑得開懷的王帳房，心裡總算是鬆了一口氣。

沒什麼比自己的東西能得到別人的認可更讓人高興的了。

見那王帳房正高興著，喬明瑾便直接了當地問道：「王帳房可是要來上一把？」

王帳房聞言看了喬明瑾一眼，嘴角含笑，問道：「小娘子打算賣多少錢一把？」

喬明瑾想了想，便道：「一兩銀子？」

喬明瑾本來是打算逮著肥羊就宰的，但見這王帳房也不像那等精明奸滑之人，想了想只好算了。

這個價錢是跟幾個弟妹們商量好的價錢，不會太貴，也不會顯得她家改良後的算盤太廉價。

王帳房聽了，嘴邊的笑意更深，笑著說道：「雖然妳這算盤做工並不考究，但就衝著這清盤器，價格便不止一兩銀。」

見喬明瑾好像有些後悔的樣子，他更是覺得這小娘子好玩。

很聰明，但做生意心還太軟，不夠狠。

於是他又說道：「不知小娘子如何稱呼？這樣的算盤妳還有幾把？」

喬明瑾回道：「小婦人姓喬，這樣的算盤還有一些。您也看到了，雖然這些點子都極好，但是旁人也是極容易模仿的，所以小婦人家裡這次便多做了些，今天是頭一次出來賣，走到您這，還是頭一家呢。」

王帳房很是奇怪地看了喬明瑾一眼。

一般的婦人都會介紹自己夫家的姓氏，但這小娘子卻只說了娘家的姓。

王帳房又往安靜地陪坐在一旁的女娃那裡投去一眼，心裡似乎有些瞭解了。

想來這婦人家裡有些不妥吧？只怕夫婿是亡故了，不然怎會一個人帶著這麼小的孩子出來拋頭露面、兜售東西？

臉上不免有了幾分同情，他想了想，便說道：「我們府裡有內外帳房十二人，我是總管事，妳就給我們一人來一把吧；另外我們府裡還有各處鋪子、莊子的帳房，不過這要等我稟過了我家老爺才好作主。妳明兒這個時間再來聽信吧，若妳不方便過來，告知我住址，我派了小廝去尋妳也是可以。」

喬明瑾聽了心裡大喜，忙說道：「小婦人住得遠，在松山集下面的村子呢，不麻煩王帳房，小婦人明天一定來府裡聽信！謝謝王帳房了，太感謝了！」

小琬兒也滑下凳子，學著她娘的模樣朝王帳房鞠躬道謝。

王帳房見了又是心酸又是好笑。

喬明瑾道過謝，想了想又從兜裡掏出一把巴掌大的小算盤，對著那王帳房說道：「王帳房且看看，這樣的小算盤可是需要？」

王帳房不曾想這喬娘子還能想到做出這樣方便攜帶的小算盤出來，拿在手裡試了試，覺得很不錯。

雖然小，但不像時下的算盤，要很仔細地撥珠子才能避免帶珠。因為這珠子改成了菱形，減少了出錯率，且分量還很輕，也做了一個清盤器，比時下的小算盤可是好太多了。

王帳房笑著點頭道：「嗯，這很不錯，我要一把，這個要多少銀子？」

喬明瑾也看出這個王帳房是個實在人，便說道：「這小算盤我做得精緻，本打算賣五兩銀子的，您要的話，就給三兩吧。」

王帳房笑了笑，對喬明瑾的印象又好了一些。

他摸了摸小琬兒的頭，掏了五十兩面額的銀票遞給喬明瑾。

「這小算盤我要三把，這把我先拿走，明天妳再帶兩把來，若是我還要，明兒妳來聽信的時候，我會再跟妳說的。」

喬明瑾接過銀票細看了看。

那王帳房瞧見了，一點都不意外。

這喬娘子能打一手的好算盤，會幾個字也不足為奇，只是也不知是哪家的女子？看似莊戶人家出身，細看又不大像，識文斷字又收拾得索利，還知書達禮，莫非是落魄大家裡出來的？

王帳房不過在心裡過了過，倒沒好奇去問，見這娘倆收到銀票一臉歡喜，也覺得心情好。

喬明瑾仔細看過那張銀票，又把它推了回去，道：「小婦人找不開。」

王管事便笑著說道：「這是給妳三把小算盤和十二把大算盤的錢，明天若還要，到時再另算錢。拿著吧，這算盤值這個價，明天妳再把另外的算盤送來就行。」

他說完拿過一大一小兩個算盤，轉身便進了府裡。

喬明瑾在他身後鞠了一躬。

難得頭一回就遇到這麼好說話的人。

母女倆告辭離開的時候，喬明瑾從包裡抓了一大把銅錢塞到那兩個小廝手裡，謝了他們一番，這才帶著琬兒走了。

接下來她又如法炮製，接連又去了十來個府上，都是在門口讓門房通報，專門找帳房。找老爺、太太不一定能找得到，但是找帳房大多數都能找到人的。

這出來的十來個帳房中，有喜歡的，當然也有嫌貴的，說木料不好，只不過是普通的木材而已，不值得一兩銀子。

還有幾個人拿了算盤在手裡細細翻看，只是喬明瑾並沒給他們太多觀摩的機會，她第一桶金還沒賺到呢，哪能讓旁人這麼快就學了去？

這十來個帳房中，謝府有一個帳房在看到喬明瑾的算盤之後，轉身就喚了一個年輕的帳房出來，讓她和那個年輕帳房比打算盤，要是她算得又準，用時又最短，謝府便買下她的算盤；還說若是喬明瑾贏了，他就幫著府裡的帳房每人都買上一把，且府裡的各大鋪子、各處莊子的帳房也都人手配上一把。

總共要六十把大的，再要三十把小的，只看喬明瑾有沒有這個本事做下這一單生意了。

那帳房自然有看輕喬明瑾的意思在。

喬明瑾的性子雖不是那種一受刺激就腦子發熱的人，但這關係到銀子，她便不能跟銀子過不去，自然是接下了挑戰。

不過她也提了條件，若是她贏了，這算盤就由一兩銀子提為五兩銀，小算盤由五兩提到十兩，而且還要白紙黑字寫下來。

聽說了喬明瑾要應戰，又提了這個條件，謝府的帳房頓時便轟動了，連謝府閒在家中的老太爺都擠出來看熱鬧。

那謝老太爺原本就是白手起家，小時候並不識字，給人當學徒，後來還跟著學算盤，學得好不辛苦。

發達之後，見到算盤打得很厲害的人，他都會千方百計地收羅到府裡來，所以謝府的帳房算得上是極厲害的，不說做帳如何，起碼打算盤是一等一的，見到有人挑戰，自然都湧出來看熱鬧。

比賽時，雙方都沒有看紙，而是有人站在旁邊拿著紙給兩人唸數字。

這比試的法子是謝家老太爺提出來的。

他還加了一句，說若是喬明瑾贏了，不僅按紙上寫的買下她的六十把大算盤和三十把小算盤，還要按這個數再加一倍；到時候他們謝家的少爺、小姐人手一把，若有多的，就送給親戚家小孩當禮物。

除此之外還加了一百兩的彩頭，誰贏誰就能把銀子拿走。

最後連那謝府的另外十幾個帳房都心動不已，爭著搶著要跟喬明瑾比試。

一百兩銀子呢，誰不想拿？一個鄉下來的小娘子，還能比得過他們這些日日浸淫此道的人？

但最後他們還是公推那個算盤打得最好的年輕帳房跟喬明瑾比試。

比賽時，喬明瑾的包裡只剩最後一把大算盤和一把小算盤了，她把它們都拿了出來，放到比試桌上。

等謝老太爺喊了開始之後，喬明瑾便兩隻手同時開動，圍觀的人無不看得目瞪口呆，連那在一旁唸數字的老帳房都呆在原地，差點唸不下去。

喬明瑾一邊撥算盤珠子，還有時間一邊看看四周的狀況。

前世的她為了練算盤，跟著錄音機不知練了多少年，機器裡一說開始，喬明瑾就跟著清盤開始打，等答錄機裡柔柔的女聲唸完最後一個數字，她的結果也出來了。

等答錄機裡唸出答案，她也不用去看盤面，答案早就印在她的腦中。

再說兩個算盤同時打有什麼稀奇的？她這樣玩了好多年，再熟悉不過，即便現在有人跟得上她的速度，也沒人像她兩個算盤一起算來得快。
喬明瑾看著一群人呆若木雞的樣子，開心地笑了起來。
經過這一輪比試，謝府的帳房再也不敢輕視這個鄉下來的小婦人了。
真是沒天理，不過是一個鄉下小婦人，竟然算盤打得比他們這一群經年的老帳房還好，不僅快且準，還能同時使用兩個算盤！
若是他們都能學會了這個本領，哪裡還用對著那厚厚一疊堆得比他們還高的帳冊愁眉苦臉？
在一旁圍觀的帳房頓時心熱了，恨不得把喬明瑾腦子裡的東西全掏出來，安到自個兒腦子裡。
那跟喬明瑾比試的年輕帳房，早已是一臉的羞愧，方才還趾高氣揚的，以為自己憑著這個本事，被老太爺看中收進府裡，一個月拿著十兩的工錢，住得舒舒服服的，誰都要高看自己一眼。
哪知卻被這不知哪裡冒出來的鄉下婦人打擊得體無完膚，小夥子臉上頓時青紅交錯，只是此時卻沒人顧得上去瞧他，都盯著喬明瑾，恨不得把她拖進謝府，好讓她傳授一技半技。
那謝府老太爺更是心喜，原本他就極喜歡算盤打得好的人，當場便對喬明瑾說道：「小娘子，妳是姓喬吧？我給妳一個月二十兩——不，五十兩，妳留在我們府裡的帳房吧！」
喬明瑾聽了直冒汗，急忙說道：「多謝老太爺抬愛，小婦人家裡事情多，孩子還小，實在是不能住到城裡，只怕要辜負老太爺的厚愛了。」
謝老太爺聽了卻不打算放過喬明瑾，還想拉著喬明瑾進府內詳談。
喬明瑾擺脫不得，只好說：「多謝老太爺了，只是我們一家人今天是來賣算盤的，除了我，還有其他弟妹在旁的地方賣呢。而且我們還要趕回鄉下去，不如等我忙過這件事，再到府上來拜訪？」
謝老太爺見確實留不住人，只好做罷，隨即又在方才的紙上蓋上自己的私章，跟喬明瑾按比試之前的說法，下了訂單。
喬明瑾見了，有些不好意思。
先前她只是見那帳房看不起人，便想著若她比贏了，就把那大算盤賣到二兩一把，小算盤賣五兩一把，也好膈應膈應那些看不起她的人。
沒承想竟然把謝老太爺招來了，添了彩頭不說，還把訂單量提了一倍。
這一百二十把大算盤，六十把小算盤，加起來可就要一千二百兩了！
這近兩百把的算盤，謝府能用得掉嗎？有這麼多帳房？
她本想說沒必要當真的，卻沒想到那謝老太爺很快就按下了自己的私印。
那老太爺是個人精，哪裡會不知喬明瑾心頭所想，笑著說道：「喬娘子放心，我府裡的帳房有十幾二十位，每人配一把大的再配一把小的，這就四十把了。而我家鋪子裡總有一、兩個帳房吧？還有各處莊子，訂下的這些算盤只怕還不夠分的；若有多的，我老頭子拿去送人，旁人也只有感激的分，這送算盤可是送財神，哪有人不愛？」

喬明瑾也跟著笑了起來。

也是，這年頭做生意的，都喜歡送別人算盤，就像成了親的女人得到一幅送子觀音像一樣。

只是人家都送金算盤，哪有送這種木質算盤的？

謝老太爺看了她一眼，又說道：「妳這算盤是個新鮮的，即便材質不怎麼樣，但收禮的人只會有高興的分；再說這些銀子對我來說也不值什麼，千金難買我高興，且收著吧，記得喔，妳可是答應要來給我當帳房的喔。」

喬明瑾聽了一陣冒汗，她什麼時候答應要進謝府當帳房了？一千二百兩就想讓她給他們謝家賣命啊？

喬明瑾並沒接話，反正自己沒答應他，又沒跟他簽契約，最重要的是沒跟他說自己住在何處。

那帳房總共點了十三張一百兩的銀票給她。

喬明瑾接了過去，仔細看了又看，又一一點算好，這才小心翼翼揣到貼身的荷包裡。

喬明瑾揣好銀票後，很快便拉著小琬兒告辭了出來，還是早走為妙，那老爺子精著呢。

她走了幾步，抬頭望天，已是午時了。

喬明瑾帶著女兒徑直去了城裡的彙通銀莊，把銀票都存了，又找開了林府那王帳房給的五十兩銀票，換了十兩的碎銀帶在身上，瞧著天色不早，見女兒有些疲累，便俯身抱起了她。

小東西被喬明瑾抱在懷裡，圈著自家娘親的脖子，軟軟地趴在喬明瑾的肩頭。

「琬兒是不是餓了？」

喬明瑾輕撫著女兒小小的背柔聲問道。

小東西想了想，有氣無力地道：「嗯，娘，琬兒餓了，糖糖也沒了。」

喬明瑾聽了，一陣自責。

方才在謝府的時候，女兒就小聲說餓了，但那時她正跟謝府的帳房們賭一口氣，就跟女兒說餓了就吃糖，吃糖就不餓了。

女兒便吃起林府小廝送的糖，滿滿一荷包的糖就被女兒當乾糧吃完了。

「是娘不好，娘這就帶我們琬兒去吃東西好不好？」

「嗯。」小東西軟軟地應道，不過很快又抬起頭對喬明瑾說道：「我們去找舅舅和姨姨，一起吃。」

喬明瑾親了親女兒小小的臉蛋，心疼地道：「好，咱們去尋舅舅和姨姨他們，一起吃飯飯。」

母女兩人便往街市上尋找明玨他們。

還沒走多遠，正巧就遇上了來找她們的明珩、明玨等人。

「姊、姊！」

明珩、明琦見了喬明瑾，都是一臉興奮地朝她撲了過來。

喬明瑾見連一向內斂的明玨和木訥少言的何曉春臉上都帶著興奮，便笑了。

「走，姊今天請你們上酒樓吃好的。」

「嗯，今天我們就上酒樓吃好吃的！」

明珩和明琦很是興奮，一左一右走在喬明瑾身邊。

明玨走過來接過琬兒，還柔聲問道：「琬兒是不是餓了？」

「舅舅，琬兒餓……」

「乖喔，舅舅抱，馬上就能吃到飯飯了啊……」

明玨看著外甥女很是心疼，早上天沒亮就跟著大人起床了，一整天只吃了一碗稀飯，大人尚能扛得住，可這麼小的娃兒不聲不響地撐到現在……他把琬兒抱得更緊了些。

「走，咱們快些去找東西吃啊！」明玨邊說邊抱著琬兒大步朝前走去。

一家人最後找了一間還算不錯的酒樓，直接上二樓要了一間包廂。吃完飯，小琬兒才算是緩了過來，只跟眾人說了幾句話，就窩在明玨的懷裡睡了過去。

喬明瑾瞧著女兒小小的身子躺在明玨的臂彎裡疲憊地睡了過去，眼眶便有些發熱。再不能這樣過了。

大人苦一些還不要緊，不能讓這麼小的孩子跟著吃苦。

吃完飯，幾個人在包廂裡說起銷售算盤的情況。

明珩先搶著說了，他和何曉春還算是順利，因他兩人走訪的都是街面上的店鋪，那裡也沒有什麼下訂單的說法，瞧中了，覺得價格合適就買下。

但兩人身上都只帶了兩把大的，兩把小的做為樣品。

所以他倆便把要買的人家都記了下來，等下午再去綠柳山莊取貨，再一一往那些店鋪送過去。

明珩能說會道，一早上說動了四十幾個鋪子買下他的算盤。

也有一些鋪子對他的算盤很感興趣，只是覺得一兩銀子還是有些貴了，想再觀望一段時間或許會有更便宜的。

但凡開店做生意的人，眼光都敏銳，這東西瞧著好，但又不是難以模仿的東西，只怕過不了幾天，就能買到更便宜的。

對於這些人，明珩也不在意，他們走了幾條街，能賣出去四十幾把算盤已是極不錯了。

兩人跟喬明瑾說完，都有些迫不及待地想去綠柳山莊拿貨換銀子。

何曉春瞧著比明珩還要興奮，今天一早發生的事，是他過往的生活裡不曾遇到過的，賣出算盤讓他很有成就感。

喬明瑾聽明珩說完，連誇了他和何曉春好幾句，把何曉春誇得一張臉通紅通紅的。

聽完明珩的，喬明瑾便聽明玨說起他和明琦兩人賣算盤的情況。

他們也是順利得很，有一家書院還願意跟他簽下訂單，先訂五十把，不過只願出半兩銀子一把的錢。

明玨應了下來，但最後爭取到了一百把的訂單。

半兩的價錢是喬明瑾跟明玨商量過的，畢竟這些讀書人跟她和明珩的對象是不一樣的。

除了那個書院，他和明琦還零星賣出去二十來把，那是趁著另一家書院課間歇息的時候賣出去的。

下午，兩人也要回綠柳山莊取了貨去換銀子。

喬明瑾讓他兩人下午再多走幾家書院，爭取這幾天把城裡的書院都走上一遍，因為過不了幾天，應該就會有模仿的算盤出世，而他們要做的就是搶占商機。

第十六章

喬明瑾埋頭算了算，這樣算下來，下午就要拿七十把大算盤，加上十把小算盤，總共八十把去換銀子，那麼只剩下不到三十把大的、不到十把小的，下午努力著，應該能全部賣出去。

除此之外，還收了書院一百把的訂單，和林府十一把大的、兩把小的訂單，以及謝府一百二十把大的、六十把小的訂單。

何曉春見大家下午還要再繼續，便說道：「瑾姊姊，我下午趕回家去做算盤吧，不然有訂單沒貨，讓別人等也不好。」

喬明瑾想了想，便道：「你爹在家吧？」

何曉春連忙點頭。「在，在的，這段時間爹在家幫著娘忙地裡的活。」

「那你駕著牛車回你家一趟，把你爹接到我家去，咱這訂單只怕你一個人做不來，你先找你爹，若再有什麼相熟的木匠做得還不錯的，再找上一、兩個人來，咱要趕在別人的前頭把這些算盤做出來。」

何曉春聽了連連點頭。

「好，我爹還有兩個徒弟呢，也都是我們村子的，很是能幹，活計不比我差，我叫上他們一起吧！」

喬明瑾便點點頭。「好，那你回去就領了人來，我把家裡的鑰匙給你，我們幾個可能要明天才能回去了。明天若有綠柳山莊的人上門拉肥料，你也幫著裝一下。」

見何曉春點頭應了，她又說道：「回去跟你爹說好了，工錢我不會比別家少的。」

何曉春紅著臉搖頭，道：「我信得過瑾姊姊，工錢不急的。」說完便告辭下了樓。

何曉春走後，姊弟幾個又聊了一會兒。

喬明瑾看了看明玨懷裡的女兒，本來是想抱著女兒去客棧要一間房間的，只是又沒人在客棧守著她。

今天上午，他們的算盤一問世，怕是有那精明的人已有了模仿的想法了。若他們不爭取多賣一些出去，往後便沒他們家什麼事了。

明玨見她盯著外甥女，一臉的遲疑不決，便說道：「姊，我抱著琬兒去綠柳山莊休息，劉員外不會介意的，而且那裡也有丫頭可以幫忙看著她。」

喬明瑾聽完看了女兒一眼，覺得這算是目前最好的辦法了，遂點頭應下。

眾人一起出了酒樓，喬明瑾叫了一輛馬車送明玨三兄妹去綠柳山莊拿算盤，她一個人拿著樣品，又去登大戶人家的門了。

只是下午並沒有上午那麼好的運氣，沒有接到下訂的單子。

不過因她改良後的算盤確實比時下的算盤要好得多，速度也快，出錯率也少，倒也讓她零星賣出去了十來把。

這些都是先收了一半訂金，三日後再送貨上門的。

雖然下午沒接到多的訂單，但喬明瑾也沒有很失望。

就算是明玨、明珩下午也沒賣出去幾把，這一天下來，他們幾個人帶來的這一百把大算盤、二十把小算盤幾乎全部銷空，這個成績已很讓她滿意了。

申時左右，喬明瑾去了一趟周府，沒想到正巧在門口遇上那個周嬤嬤。

「喬娘子，好久不見。」周嬤嬤朝喬明瑾熱絡地打招呼。

「周嬤嬤？這是剛從外面回來？」

喬明瑾見著她，也很是高興。

當初要不是她，她的第一車柴還沒那麼快賣出去，現在站在周府門口，有了周嬤嬤這個認識的人，便有人引見了，不用她在大門口處苦等。

周嬤嬤回道：「是啊，今天家裡有些事，就跟主子請了半天假。喬娘子這是要上我們周府？可是有什麼事？喬娘子還在賣柴嗎？」

「還賣的，現在隔一天往城裡送一趟，不過今天我是來賣別的東西，剛好走到這裡，想著來看看，不知府上需不需要。」

喬明瑾說著，就從隨身的布袋裡拿出一把算盤來給周嬤嬤看。

周嬤嬤接過去翻看了看，才道：「怎麼不是黑顏色的？」

她還是第一次見到這種沒有上色的算盤。

「哎呀，這珠子也不是圓的，這、這是算盤？」

看著與算盤無異，但細看好像有很多區別呢。

喬明瑾笑著接過來對她細說了一番，又當著她的面演算了一遍。

周嬤嬤是個門外漢，喬明瑾這說了半天，她也就記得這新算盤演算速度快，能避免出錯，見喬明瑾演示了一遍，驚奇地道：「沒想到喬娘子還會打算盤？這都可以當個女先生了。」

喬明瑾跟她謙虛了幾句。

周嬤嬤聽她說這算盤哪裡好、哪裡好，心裡很有些心動。

這給人當奴才的，無時無刻不想著怎麼討好家主，她又連問了喬明瑾好幾遍，直到把喬明瑾說的都記牢了，才高高興興地讓喬明瑾等在原地，她則帶著一把算盤，小跑著進府向老太太稟報。

喬明瑾見那周嬤嬤小跑進了府，開心地笑了笑，站得累了，便在大門下面的臺階處尋了一處乾淨的地方坐下。

又等了一會兒，喬明瑾正托著腮無聊的時候，忽然覺得頭頂上好像罩了一層黑影，連忙抬頭去看。

咦？這是周府的什麼爺來著……

周四少爺喊叔叔的人物，在酒樓見過一面，喬明瑾依稀有些印象。

周晏卿奇怪地看著眼前的這個女人。

兩次見面，兩次都這麼奇怪。

一次是在酒樓裡，被雨淋得狼狽不已，頭髮衣服都濕了，還能面對著酒樓裡那麼多避雨的男人侃侃而談，面不改色地賣自己的東西。

這次則是這般毫無形象地坐在他家的臺階上。

沒人教過她禮儀嗎？一個女人拋頭露面且不說，現在這是什麼情況？

哪有女人這麼大大咧咧的在人來人往的大門臺階上，嗯，就……就這麼席地而坐？

周晏卿驚奇無比。

這小娘子長得有幾分姿色，雖然穿的是粗布衣裳，但收拾得還算得體，這般坐在臺階上，竟不會讓人覺得粗鄙。

真是奇怪的女人。

還有，她那是什麼眼神？

不認識了？瞧那歪著頭苦想的樣子，她忘了？不是見過的嗎？這女人還真是……

周晏卿直了直身子，對著空氣咳了咳。

喬明瑾這才覺得自己這樣盯著人看有些不妥，趕緊站了起來，兩手還很快速地在裙子後面撣了撣灰，又整了整裙子，向他行禮道：「小婦人見過周老爺。」

周晏卿先前還裝做看不見她沒形象地在撣塵土，現在聽她這一句「周老爺」則實實在在地嗆了喉。

「我很老嗎？」他的言語中有些不滿。

喬明瑾看著他不明所以。小少爺稱他為小叔叔，那周四少爺被稱少爺，難道眼前這個不該稱老爺？還能是太爺不成？

周晏卿看著這個臉上一副茫然模樣的女人，一陣無力，無奈地道：「我是周府的六爺，妳可以叫我周六爺。」

喬明瑾從善如流，喚道：「周六爺。」

周晏卿背著手應了，又看向喬明瑾。「妳到我們府裡來，可是有事？要找什麼人？」

喬明瑾聽了，略想了一想，便從包裡掏出另一把算盤來，對他說道：「我是來賣算盤的，已是走了好幾個府了，並不是特意到你們府裡來。」

「喔？賣算盤？」

周晏卿看了她一眼，把她手裡的算盤接了過來，拿在手裡翻看。

「妳這算盤，我倒是頭一回見，跟時下的算盤不同，妳拿來賣，可是它有什麼別的好處？」

喬明瑾從他手裡接過算盤，對他說道：「周六爺可會打算盤？」

周晏卿也不應話，只挑了挑眉。

喬明瑾便知道眼前這位爺定是會的，說不定還是個高手，就把算盤拿回自己手裡，按下清盤器，當著他的面演算了一次加百減百。

算完她便看到那周六爺正一臉驚奇地望向她。

「周六爺也看到了，這算盤演算下來，比時下的算盤要快得多，而且避免了漂珠和帶珠，減少了出錯率。六爺也是會打算盤的，也知道有時候一個珠子撥錯了，結果會謬之千里，六爺說是嗎？」

周晏卿點了點頭，接過她手裡的算盤，又放在手裡細細看了起來。

「這個是什麼？」

周晏卿說著在上面按了按，按完後，發現上梁珠子和下梁珠子已是自動撥回到原來的位置上了。

「這是清盤用的？」

周晏卿大為驚奇。

「周六爺果然見多識廣，不錯，這叫清盤器。六爺覺得這個清盤器怎麼樣？」

「不錯。」

周晏卿沒有抬頭，又隨意地撥了幾個數字，再不斷地按清盤器。

喬明瑾見他歡喜，才又說起這種算盤的好處來。

周晏卿沒有打斷她，還很有風度地聽她噼哩啪啦說了一通。

等喬明瑾歇了嘴，他便說道：「妳打算賣多少錢一把？」

喬明瑾看了他一眼。「我這一天賣了十來個府了，還沒賣低過一兩，有些府裡五兩我也賣過。」

周晏卿有些意外地看了她一眼。

且不說這算盤值不值得這個價，這個女子竟敢把這麼粗糙且隨處可見的木料做成的算盤賣出一兩銀子，這膽氣……

喬明瑾見他只看著自己不說話，心裡多少有些忐忑。

她跟那些帳房先生能隨意地討價還價，侃侃而談，可是對著這個人卻有些拘謹。

這可是周府的主子爺，若他覺得賣貴了，怕是不會出錢給他府裡的帳房每人換上這樣的一把算盤。

周晏卿見這個女人臉上終於有了些不一樣的情緒，嘴角悄悄揚了起來。

還以為多好強呢，也不是什麼銅牆鐵壁嘛。

於是他對喬明瑾說道：「我對小娘子的這個算盤還算有興趣，小娘子若是不急著趕路，我們進府裡談？」

喬明瑾看了他一眼，點了點頭，跟在他後面進了府。

兩人剛進府裡，迎面就碰上了周嬤嬤，還有跟著周嬤嬤出來的一位男子。

「六爺，您回來啦？」

周嬤嬤看了周六爺和喬明瑾一眼，連忙對著周六爺行禮。

「周嬤嬤和李帳房這是要趕去哪裡？」

周晏卿似乎心情很好，倒是有興致跟下人們聊上一、兩句。

周嬤嬤就說是要出來找喬明瑾的，又把緣由說了一遍。

周晏卿聽完，扭頭看了身後的喬明瑾一眼，對周嬤嬤和那男子說道：「你倆先回去吧，這事有我。」

周嬤嬤和那位李帳房便應了一聲，轉身走了。

周嬤嬤走時還看了喬明瑾一眼，喬明瑾對她笑著點了點頭。

「妳倒是跟我們府裡的人熟。」

周晏卿笑著說了一句。

「周嬤嬤買過我的第一車柴。」

「妳還砍柴賣？」

周晏卿頓住腳，往這個看起來年輕又稍有姿色的女人身上又掃了一眼。

喬明瑾也大方地回看了他一眼。「怎麼，我不能砍柴賣？」

周晏卿沒想到喬明瑾竟有膽回了他這樣一句，哈哈笑了起來。

他搖了搖頭，看著她說道：「妳不是不能砍柴賣，我只是奇怪而已，妳瞧著不像是會做粗活的樣子。」

「喔？做粗活要怎麼樣子的？周六爺覺得我應該是做什麼活的？」

周晏卿又掃了她一眼，並不回她，只問道：「妳男人呢？」

喬明瑾愣了愣，這思維跳得太快了吧。

她頓了頓後才道：「這跟我砍柴賣好像沒什麼關係。」

周晏卿聽了，對這個女人的好奇又添了兩分。

獨自跟著他進府不說，還能大大方方地看他的臉，這樣不卑不亢地應話，真是怪。

尋常女子先不說瞥一眼他就臉紅低垂了頭，連回話都是細聲細氣的，哪裡像這女子這樣。

但兩人也不說話，只是朝前走著。

周府裡自然是花團錦簇，亭臺樓閣相連，假山巨石堆砌，雕梁畫棟，極盡奢華。

她下河村裡那個小家跟這一比，簡直堪比狗窩了。

可是那又怎樣呢？那狗窩也是她在這世上最溫暖的容身之所了。

走在前面的周晏卿偶爾眼角餘光掃到她，見她雖然也會觀賞自家府裡的景色，眼裡卻沒有驚嘆，無波無瀾，好像這種美景、這樣的院子，她早已看膩了一般。

可她不像是在這種地方住過的啊？

周晏卿心底的好奇更甚。

很快，兩人便進了一處花廳。

下人上了茶之後，喬明瑾也不想浪費時間，開門見山地道：「周六爺可是對我的這種新算盤有興趣？不知打算買幾把？」

她原本想再寒暄幾句，慢慢進入主題的，只是這會兒天色不早了，也不知明珩他們怎麼樣了？琬兒一個人在綠柳山莊，也不知會不會哭著找娘？

周晏卿見她只頃刻間就有些焦急了起來，很是不解，方才不還一臉淡然的嗎？

「妳女兒呢？」

喬明瑾愣了愣。「寄放在別人家那裡。」

周晏卿了然地點了點頭，手指在桌上敲了敲，才看向喬明瑾，說道：「想必妳在城裡也聽說過我周府，不說我府裡有內帳、外帳，十幾個帳房，就是外頭各處莊子、鋪子的帳房也不少，除了青川，周家在其他地方也有不少產業，那些產業也都配有帳房，每人配上一把算盤就不少。」

見喬明瑾大大方方地看著自己，專注地聽他說話，他又是笑了笑。

這女人，還真的與眾不同。

他又問道：「不知妳手中可有這麼多把現貨沒有？」

喬明瑾想了想。「現貨可能沒這麼多，不過我可以趕工。今天我運氣頗好，賣出去了一些。」

周晏卿聽了點了點頭，又說道：「妳這算盤並不難做，但凡看過一遍的人都能尋摸著做出來；不說遠的，只說這兩日，怕就有妳這樣的算盤模仿出來了。」

喬明瑾聽完不語。

她知道避免不了這種情況，後世有專利保護，還有那麼多山寨呢，何況是這裡？再說他們並不住在城裡，對城裡的訊息流通掌握得也不夠，只怕真的等他們做完，城裡這樣的算盤已是滿天飛了。

周晏卿看著眼前的女人擰起好看的眉，心裡沒由來地動了動。

「妳把這算盤讓給我家來經營如何？我花五百兩買下妳這個創意，以後妳不能再做這種算盤販賣；我呢，則安排我家的鋪子趕著做出來，別人就算要模仿，只怕也抵不上我們周家的速度和質量。」

喬明瑾聽了，笑著說道：「我今早上在謝府就賣得了一千二百兩，周六爺的這五百兩似乎沒多大誠意。」

喬明瑾其實覺得把這個改良過的新算盤讓給眼前這個周六爺經營並沒什麼不好，她確實對城裡不熟，也抵不過這城裡模仿的速度，只不過以五百兩買斷，價格也委實太低了些。

周晏卿聽了卻沒生氣，仍是笑著看向喬明瑾。

這女人膽子倒是大，敢跟他周六爺討價還價。

「除了謝府，不知小娘子還在別處接了多少的訂單？賣向何處？」

喬明瑾也沒打算瞞他，便說道：「除了我向大戶人家販賣的之外，我幾個弟妹也在街上的鋪子裡兜售，還有城裡的書院和私塾。」

周晏卿聽了，坐直了身子。

眼前的這個小娘子不容小覷，竟想得這般周全。

如此一來，怕是得知有改良版算盤的人並不少，他要接手，也得盡快搶著做了。

周晏卿想了想，便說道：「一千兩。妳也知道從明天開始，這算盤別說一兩銀子，只怕一百文也難賣幾把出去；有那心思活絡的，把這算盤換上別的材質，或墨玉或瓷的或是別的，妳這算盤就只能淪為下等貨了，下等貨又比不上人家的便宜，妳要怎麼辦？拿回去當柴燒？」

喬明瑾何曾不知道這個，只是她也避免不了這種情況。

有更便宜的，人們難道還要買她這一兩的？誰會管這算盤是哪家先做出來的，又是誰先發明出來的。

就是有意購買的大戶人家，見到更好、更精緻的算盤，還要這種做工粗糙且普通材質的做什麼？

喬明瑾坐在那裡左想右想的時候，周晏卿並未出聲打斷她。

一千兩也不少了，再接下來，怕是他們也賣不到這個數目，越往後，集市上只會有更多、更好又更便宜的算盤做出來，她能占了這一天的先機已是極不錯了。

也虧得她有那麼好的頭腦，能想到一方面往大府裡兜售，一方面往市集的鋪子及書院、學堂裡去賣。

他剛才一時都沒想到書院呢，書院可是個好地方，除了青川縣，外頭有多少書院？他周晏卿操作得好了，只怕不只是銀子，弄得名利雙收也不是不可能。

而那一頭，喬明瑾略想了想，對他說道：「一千二百兩，然後再給我們三天時間，你們周府才能在青川城裡賣，別處我也管不了；另外若是我們有賣剩的算盤，到時你要按市價把它們都買回去。」

周晏卿想到方才所想的名利雙收，也不耐煩跟眼前這女子討價還價了。

別說二百兩，就是一千、一萬兩，他又何曾放在眼裡過？

眼前這個女子賣得出一千二百兩，不代表他不能把這算盤賣到別的地方，賣出十倍、百倍的價。

兩人談妥後，喬明瑾又要求簽合約，周晏卿也爽快地答應了。

下人們很快拿來了筆墨，兩人便擬了一份簡單的合約。

最後，喬明瑾接過周晏卿遞過來的一千二百兩銀票就要告辭出門。

喬明瑾離開了周府，也不打算往其他府裡登門了，這會兒已是申正，很快天色也會暗下來。

她先去了錢莊，把銀票存了，再轉身去找幾個弟妹。

不知這會兒琬兒醒了沒有，有沒有哭著要娘……

隨後，喬明瑾姊弟幾個又在城裡賣了幾天，把存貨幾乎都賣光了。

這三天裡，除了明玨第一天在頭一家書院按半兩銀子接了一百把訂單外，後來又有三家書院跟他簽了幾張訂單。

不過單子都不大，三家共計一百五十把，也都以半兩銀子成交，要求十天內交貨。

而明珩在這三天裡，往城裡的鋪子也零星賣了一些，但都不多。

主要是沒貨了，二是有些掌櫃的嫌貴，想等著再看看。

喬明瑾則是連著三天把青川縣的高門大府幾乎走了一遍，只是顯然再沒有頭一天的運氣，不過最後也賣出了幾十把，也都要求十天內交貨。

幾個人不停歇地連賣了三天，總共拿到了三百一十把的訂單。

其中有兩百五十把是書院要的，剩下的則是喬明瑾和明珩接的零星單子。

其中有二十把，是林府的王帳房在喬明瑾次日上門聽信的時候下的單子。

這樣算下來，大筆的還是第一天賺的，總共在謝府和周府收了兩千五百兩銀子，後面兩天只賺了不到五百兩。

加起來，喬明瑾如今也算是小有資產了。

有了這些本錢，她便可以開始想第二步的計劃。

這些錢看著多，其實在大戶人家眼裡不值一提，或許這些錢還不夠他們買上一幅畫、一副首飾。

喬明瑾自然是不會止步於此，她覺得她的生命才剛剛開始。

這三天裡，喬明瑾沒再找上周府。

她要趁著這最後的時間多走幾個地方，能多賣出一把，她就能多賺一兩銀子。

她絲毫不懷疑周府的能力，只要周府把算盤做出來了，便再沒有他們的市場。

她沒想過要拿雞蛋去碰石頭，而且那周六爺等於是用一千二百兩向她買斷了，她賣的也不過是個新鮮罷了。

值得慶幸的是，這三天倒是沒看到模仿的算盤做出來賣的，讓她鬆了一口氣。

而若是能多賣上一兩銀子，便等於她沒日沒夜砍上一個月的柴、賣上近二十車的柴資。

即便有人給她白眼，也比她在山上砍上一個月的柴好得多。

這三天裡，只有第二日的下午，明玨回去了一趟，次日一早又拉了余記的柴火來，其他人均在城裡沒有回去。

明玨回來後告訴喬明瑾，說何曉春已帶著他爹和兩個徒弟在家裡日夜趕工。

喬明瑾便放了大半的心。

這三天，他們幾個人都是住在綠柳山莊。

劉員外是個好客的，甚至讓喬明瑾覺得他對明玨有那麼一些討好，不知是不是怕明玨做不了一個月又會被他家那小兒氣走，想著無論如何都要讓明玨做久一些。

劉員外給他們姊弟收拾的屋子極為寬敞舒適，安排的下人也伺候得極盡心，即便他們幾個人在城裡吃過晚飯再回去，也總有做好的夜消送過來。

琬兒也被劉家人照顧得很好，乖巧地讓幾個丫頭領著她玩，讓喬明瑾放心不少。

他們在綠柳山莊住的第二天，劉員外的小兒子劉淇得知他爹又找了個先生，急忙從家裡跑去莊子。

也不知怎麼的，第一次見面他就跟明珩吵了一架。

第三天還賭氣說要跟明珩到街上去賣算盤，還要比比看誰賣得多。

第三天一早，兩人就各自帶了一把算盤掃街去了。

而喬明瑾這幾天外出，都把琬兒放在綠柳山莊，請劉家的丫鬟照看。

夜裡回來的時候，見女兒黏她黏得緊，生怕會被她拋棄的模樣，很是心疼，有一天晚上，女兒還說要去城裡找爹爹。

喬明瑾愣了愣，不過沒有答應女兒的要求。

她心裡其實挺疑惑的。

之前她賣柴的時候，岳仲堯都會派人到城門口關照他們，還會特意到市集裡尋他們，只是這些天，竟然好像消失了一般，已有一個月沒見他休沐回家了，難怪女兒追問了那麼多次。

第三天申末的時候，天將暗，喬明瑾找到幾個弟妹，正準備回綠柳山莊。

他們賣算盤賣到今天，算是結束了。

幾個人正往綠柳山莊走，一路上彙報各自的情況。

走在前面的劉淇卻正跟明珩爭著些什麼，有時還激動地推搡他一把。

那劉淇長得比明珩還要高大一些，雖然比明珩小了半歲，但從小大魚大肉養出來的，瞧著就是一個小胖子的模樣。

其實劉淇五官長得還算出眾，胖乎乎的臉瞧著挺討喜，只是這孩子被家裡嬌縱慣了，養成一副天不怕地不怕的性子，在家裡要什麼就得給什麼，不然就要撒潑；又不喜唸書，好貪玩，先生布下的課業從來沒完成過，怕挨先生的罰，每次都作弄先生，在課堂上直接把先生氣走，讓他爹劉員外頭疼不已。

這都找了不下十個先生了，卻沒一個人待得了三個月以上。而把他送去書院，不是作弄先生，就是跟同窗打架，整個城裡竟是再也沒有半個書院願意收下他。

劉員外好不容易才逮著明玨，恨不得明玨能長住他家，哪裡會不好好招待的？

此時劉淇那孩子跟明珩走在喬明瑾等人的前面，一路上嘰嘰喳喳的，而明珩跟他還不熟，沒有那麼多話跟他聊，一路上便只聽到劉淇的聲音。

不過明珩的態度卻激起了劉淇的好勝之心。

你越不跟我做朋友，我就越要黏著你。

瞧他挨得明珩那麼近，也不知在說些什麼？喬明瑾搖頭暗笑。

幾個人剛走到南街的時候，有個小廝快速追上他們一行人。

「喬娘子，我們六爺在會賓樓等著你們。」

喬明瑾愣了愣，看了那個小廝一眼，點了點頭，領著幾個弟妹跟在他的身後往會賓樓走去。

會賓樓裡，周晏卿和周文軒正坐在包間裡等著他們。

周文軒見到喬明瑾還有些激動，站起身來，道：「欸，妳還有更好玩的東西嗎？那算盤我都玩膩了，再做個別的讓我玩吧？那算盤我幾個朋友也想要，妳還有嗎？」

周晏卿連忙扯著他坐下，狠瞪了他一眼，那孩子便乖乖地坐下了。

喬明瑾落坐後，朝他笑著說道：「四少爺若是需要的話，就跟你叔叔討啊，以後小婦人都不做算盤賣了，你叔叔定是可以做出更好的來，到時讓你叔叔用墨玉或碧石給你做一把巴掌大的，讓你可以隨身帶著，可不是更好玩？」

周文軒聽了果然一臉欣喜，轉身改纏他叔叔去了。

周晏卿看了喬明瑾一眼，扯回自己的袖子，對他說道：「若是這一個月裡沒人告狀的話。」

周文軒眼睛轉了轉，許久才重重點頭。

幾人都落坐後，喬明瑾也向周六爺介紹了自己的家人，明珏等人也都與周晏卿相互見過。

周文軒和劉淇倒是看對眼了，夥同明珩，三個小孩便相互拉扯著坐到一起去了。還是小孩子的友誼來得單純。

周晏卿點了一桌子菜待一桌人都吃好後，三個小的跑到外面玩，明珩也把明琦拉了出去。

包廂裡就只剩下喬明瑾、明玨和周晏卿。

「妳的算盤可賣完了？」

喬明瑾看了他一眼，說道：「帶來的都賣完了，還接下了三百多把的訂單，家裡正在趕製出來，應該不會有什麼多餘的。我會交代著他們按量來做，不會影響你們的銷售。」

周晏卿笑了笑，說道：「我看中的可不是青川的市場，再說，我不得不佩服妳，三天的時間就幾乎讓青川縣的人都知道了改良的新算盤，用不了幾日，就有模仿的低廉算盤出來了，我也沒必要去爭這個市場，青川以外，還有更廣闊的空間。」

喬明瑾不得不佩服他的眼光。

這便是她和他的差距，她連青川縣都沒走出去過。

周晏卿看了喬明瑾一眼，問道：「喬娘子，妳怕不只想做算盤吧？」

喬明瑾聽了周晏卿的話，意外地看了他一眼。

這人不簡單呢，之前她多少也算混跡於青川城了，對這城裡的大戶多少有些瞭解，這兩天又住在綠柳山莊，聽劉員外講了一些城裡各家各族之間的事。

這周府，算是青川縣裡數一數二的門戶了。

雖然青川縣的這一支周姓在外人看來只是一個商戶，可是周府在京城的另一支嫡系，卻很有勢力，位高權重不說，在朝中還有好幾位出仕的族人，彼此關係更是錯綜複雜。

聽說周府讀書人很多，青川縣的這一支族人和京城裡的那一支同屬一支嫡系，一直是一支出仕，一支在後方以錢財支持。

出仕的有錢財支持，而做生意的又朝中有人，這周家不興旺發達都有些說不過去。

連青川縣的知縣大老爺都要對周府客客氣氣的，搞不好還得看這地頭蛇的臉色，所以周府的生意越發做大，聽說鄰近幾個市縣都有他們家的鋪子，京裡更有不少產業。

眼前這周六爺是青川縣周府當家老太太的嫡幼子，嫡子中排行第三，兄弟中排行第六。

而那位周四少爺，是老太太嫡親的子孫，是周六爺嫡二兄的嫡長子。

除了這兩位爺外，周老太太還有一個嫡長子，聽說現在在京裡管著京裡和北邊的生意。

而這周六爺不知是管著哪一攤，權力又有多大？

喬明瑾此時聽了他的問話，看了他一眼，說道：「六爺也看到了，我家在這之前，連吃飽飯都不能，這次能把這些算盤賣出去，對於我們家來說，可算是鬆了一口氣，但是若想買上一些田地，置上一些產業什麼的，這些錢只怕是杯水車薪。當然我也沒那麼大野心，要做成周府這樣的，我只想著盡可能多做一些事情，以此改善我們一家人的生活罷了，旁的，我沒有多想。」

周晏卿聽了她這一番話，倒是有一絲激賞，難得心裡有想法，又不好高騖遠。

周晏卿往她臉上掃了一眼，對眼前這個女人越發欣賞了。

他還從沒見過這樣一個女子，能在男人面前侃侃而談，胸中還有溝壑。

「不知喬娘子想做哪方面的事？」周晏卿斂了斂神問道。

喬明瑾思考著。「我也只是有一個大概的想法罷了，至於能不能成，現在還未可知，但我會盡力去試一試。」

她想了想，又問周六爺。「六爺府上可有木器店？有沒有精通木雕的匠人？」

周晏卿定定看著她，問道：「妳想做家具？」

喬明瑾搖了搖頭，再想了想，又朝他點了點頭。

周晏卿一臉迷糊。「妳這又搖頭又點頭的，我要怎麼理解？妳是想做家具呢還是不想？」

喬明瑾自己也笑了笑。

「目前只是有這樣一個想法罷了，等做完這批算盤，我才會細想接下來要做的事。」

見周晏卿正專注地聽自己說話，她繼續說道：「我知道你們周府人脈廣，鋪子還遍布各大城池，也許我們可以像現在這樣，有機會能合作，我出想法和創意，你負責銷售或生產。我本就是想找一些人一起來做這個事，只是目前想法還未成熟，沒有找到合適的人。」

周晏卿安靜地聽她說完，才說道：「妳是想要精通木工活和木雕的匠人？」

「嗯，不過這只是一個想法，也不知能不能做得出來，現在說這個還為時過早，這事能不能成，我還要再細想想。」

「那妳可以跟我說說，妳想要做些什麼，沒準兒我還能給妳提供一些意見。」

周晏卿坐直了身子，誘哄著喬明瑾說道。

他絲毫不懷疑眼前這個女人，她與別的女人完全不一樣，說不定真能產生與別人不一樣的想法。

喬明瑾朝他道了謝。「等過段時間吧，若是有什麼需要周六爺幫襯的，我一定不會忘記周六爺的；再說，從明天開始，你們就要做屬於你們周府的算盤來賣了，估計周六爺也沒時間再想旁的事。」

周晏卿點頭道：「妳說得對，這算盤我可不只是想把它簡單的拿去賣錢，以後妳若是有什麼好的想法，儘管跟我說；旁的我不敢說，妳若是想找人合作，除了我們周府，旁的人家也不一定有這樣的實力。」

喬明瑾點了點頭，果然是財大氣粗的人說的話。

她想了想又建議道：「六爺可以在算盤橫梁刻上你們周家獨有的標誌，這樣一來，別人就都知道這種算盤是周家做出來的了。」

周晏卿挑了挑眉。

他是有想過這一點，只是又想這畢竟不是他們家想出來的，從別人手裡買了來，難道還能堂而皇之地刻上自己府裡的標誌？他周晏卿還做不來這等事。

「這東西是妳想出來的。」周晏卿淡淡地說道。

喬明瑾有些意外。

見這周六爺還真沒有占她便宜的想法，她便說道：「我已經賣給你了，你可以拿去用，我並不介意，再說我也不想擔了這個名聲。」

周晏卿笑了笑。「喔？那我豈不是占了很大的便宜？」

喬明瑾也跟著笑了，說道：「我已賣給你，便是你的東西。我家就是個普通的莊戶人家，有時候，名聲反而是個拖累。若六爺覺得不好意思，那你就欠著我這個人情吧，將來若是我有事求到六爺頭上，還望六爺能拉幫小婦人一把。」

周晏卿嘴角的弧度揚得更高了。

她果然聰明得很，哪裡是她說的，只是普通的莊戶人家養出來的？

雙方談得很是投機，很快就達成了初步合作的方向。

喬明瑾也樂意找個有實力的人家一起合作，憑她一己之力，縱然有些好的想法，只怕也難把東西做出來並賣出去，而且她的東西也不能侷限於青川城裡。

三人又聊了一番，天將暗時，喬明瑾因不放心女兒，便要告辭走人。

她跟周六爺可不一樣，要是今天再回去晚了，琬兒怕是就要水漫金山了。

臨出門時，喬明瑾又想起一事，問道：「六爺，你家可有莊子、田地？」

周晏卿笑了起來。「我家若沒有這些，這一府人可要怎麼過活？」

喬明瑾也笑了，開門見山地道：「周六爺要不要肥泥？用了肥泥，或許可以讓你在收糧時多收半成到一成的糧食也說不定？就算是產量沒多大變化，對田地也沒什麼壞處。」

「喔？肥泥是什麼東西？還能讓地裡的莊稼多收一成糧？」

周晏卿很感興趣，一成半成的聽起來好像不多，可是他們家莊子田畝可不少，若每個莊子都添上一成半成的，那可有多少？

喬明瑾看了明玨一眼，明玨便就著喬明瑾的話頭，向他詳細說了起來。

他知道綠柳山莊，這城裡城外誰家蓋什麼莊子，哪裡能瞞得過他？那劉家比起他周家來，自然是一個天上一個地下，劉家只不過是這幾年才發達起來，比別人多了幾間鋪子，有了一些小錢罷了，那點錢他周家還不看在眼裡。

開始還有人說那劉員外是燒錢的，遷來那麼多花木，就是再怎麼想添景，也得看看這些別處移栽過來的花木能不能活。

沒想到這麼長的日子過去，倒是沒聽說有花木死掉，定是那肥泥起的作用。

除此，應是還有一些什麼別的法子。

周晏卿這麼想著，就開口問了。

喬明瑾也並不覺得這是什麼機密的事情。

告訴劉員外關於花木養護的一些東西，又不是不能對別人說的，再說那劉員外只是自家種種花木，並不是養了去賣。

而且她說的幾個法子只算是友情奉送而已，可沒有跟劉家簽什麼協議、付什麼錢。

周晏卿聽她說完很感興趣。

他也去過不少地方，各地的花花草草他也挺喜歡的，只是別處移過來的大都不能活，若是有好的法子可以讓它們存活下來，那他府裡就能添一些別處沒有的景了。

周晏卿當場就跟她訂了肥泥，草繩也要了不少。

喬明瑾全都應了下來，但要讓他府裡派人去運。

大概過不了幾天，明玨就要去給人當先生了，她也有下一步的事要做，可能沒辦法送貨上門。

她想到賣肥泥給周晏卿，也只是想著劉員外那處怕是賣不了幾天，他們已運了不少了。

而山裡，雖然下河村的村民都能去，但那座山還挺大的，她還能再賣一段時間。

雖說如今她有些小錢了，但能賣一些是一些，多攢一個銅板也是好的，誰還嫌錢多呢？

第十七章

喬明瑾帶著弟妹們回家去的時候，劉淇扒著劉員外雇來的馬車，死活不肯離開。

劉員外沒有辦法，只好讓下人們匆匆弄了兩個包裹，把它們和劉淇一起送上車。

他想著，讓兒子到鄉下磨一磨性子也好，想當初他們劉家還不是吃糠嚥菜過來的？只不過如今家裡小有資財了，這小兒就被他養得嬌了。

偶爾憶苦才能思甜不是？

再說那劉淇，離了他爹，就像隻被放出籠子的鳥兒一樣，一路上嘰嘰喳喳說個沒完，車廂裡只有他的說話聲。

他一會兒跑出去坐在車伕的位子上，一會兒又撩起車簾子對著驚飛的鳥兒吹聲口哨，或是扯著明珩說一些不著邊際的事。

明珩初次坐馬車的興奮似乎已經被他消滅殆盡。

這傢伙簡直是個話嘮！一車子的人都只聽到他說話的聲音。

偶爾鬧得明珩不爽了，他便狠瞪他幾眼，劉淇見狀就不敢說話了。

劉淇一開始聽說新建的莊子裡有外人，氣呼呼地跑了來，非要給明珩幾分顏色看看，非要跟明珩比賽誰的算盤賣得多，一點都見不得他爹誇明珩有多聰明。

只是一個回合下來，他不僅賣不出一把算盤，還把一條街上鋪子裡的掌櫃、帳房都得罪了個遍。

還好明珩跟著他，不然，他非得被人揍一頓不可。

後來，也不知怎的，明珩便把他收服了，他就自動自發地跟在明珩身後，聽說明珩要回家，死活也要跟著去。

此時劉淇乖乖坐在車廂裡，無聊得很，不時和明琦互瞪一眼，再扭頭和小琬兒扮一下鬼臉，倒是把小琬兒逗得哈哈大笑，慢慢和他親近了起來。

而明玨則是和喬明瑾湊在一起，輕聲算著這幾天的帳。

明玨也想不到才短短幾天，他們竟是得了這麼多錢，他長這麼大還從沒見過這麼多錢呢，不說家裡有沒有銀子，就是銅板都極少看到過成串的。

姊弟兩人說起來都不免有些興奮，便湊在一起商量著後面的事。

如今有了這些銀子，他們兩家的生活都能改善一些了。

首先要做的就是把喬明瑾母女兩人住的地方先買下來，再把房子周邊的地也圈上幾畝，不然以後若遇上一戶添堵的人家在她家隔壁建房，還真是讓人不爽快。

接下來，還要在下河村裡買幾畝地。

本來喬明瑾是想著她們母女兩人也種不了地，從種糧前的平整、澆灌、施肥、拔草再下種，再是各種照料……秋季再收糧，收完糧又平整施肥……這地裡的活哪裡是容易的？可一點都不比砍柴輕鬆。

所以她有意在雲家村買上幾畝田，讓娘家幫著照應，等收糧時只要給她們母女兩人送些口糧就是了，這樣還能幫襯著娘家及外祖家一些。

不過喬明瑾也只是略略想了想，這些東西恐怕還得回一趟雲家村跟娘家父母商量一番才好決定。

姊弟幾個剛進了村，車子還沒停穩，劉淇便拽下明珩往山裡跑去。

他一路上聽明珩說到山上能捉野雞、野兔，溪澗水草叢裡還能撿野鴨蛋，又能網野鴨，哪裡還待得住？

到家門口下來後，喬明瑾付了車資，那馬車就轉身咕嚕嚕地回城去了。

聽到動靜，何曉春父子倆、何父的兩個徒弟都出來迎他們。

以前喬明瑾有見過何父，畢竟都是親戚，互相有來往，只是自她嫁到下河村後，便極少能見到了。

這會兒一見面，何父還有些拘謹。

喬明瑾倒是大大方方地打了招呼，何父也領著自己的兩個徒弟給喬明瑾等人引見了。

何父是個忠厚老實的性子，跟何曉春的性子極像，都是那種只會埋頭幹活、罕言寡語的人，不過這種人喬明瑾覺得用著才放心。

何父的兩個徒弟是跟何父一個村子的，都是知根知底的人。

兩人看起來跟何曉春一般年紀，看起來都是懂事知禮的，不過瞧著性子卻是比何家父子要開朗得多了，也很有眼色，見喬明瑾等人拎著包袱便搶著上前來幫著拿。

等喬明瑾進了院門，見到整齊規整的院落，雖然不大，她這幾天在城裡也看過好幾家大家大戶的院落，跟自家相比是一個天上一個地下。

但喬明瑾沒來由地覺得這地方才讓她有種輕鬆和歸屬感。

這裡才是她賴以棲息的地方。

喬明瑾問了何曉春他們做算盤的一些情況，又去看了他們做好的成品，很是滿意，特別是何父做的，比他們三人更要精緻得多。

喬明瑾稍做休息了一會兒，又在家裡收拾了一番，把從城裡買的東西都歸置好，便揣著銀子、帶著明玨去了族長家裡。

族長家在村子的正中央。

一路走過去，有好些村民跟喬明瑾打招呼。

自喬明瑾搬去村子周邊住之後，幾乎沒到過村裡，她也沒那個空閒。

經過岳仲堯四叔家房子的時候，四嬸呂氏正好帶著兒媳蘇氏從地裡回來。

「咦？瑾娘，妳這是要上哪兒？」

「四嬸娘，我要去族長家裡一趟。」

蘇氏很快也跟上來問道：「可是有什麼事？若是有什麼事妳跟我們說，孩子他爹和我們家都會幫妳的。」

呂氏在一旁也直點頭，看了明玨一眼，說道：「這是妳大弟弟？」

喬明瑾看了明玨一眼，便笑著說道：「是呢，是我二弟，這些天都在家裡幫我，多虧了有他這個男丁。」

呂氏打量了明玨一番，也笑著說道：「妳家幾個弟妹真是一個比一個長得出眾，這哪裡是鄉下莊戶人家出來的？就是城裡富家少爺恐怕也沒這個氣度。」

明玨聽了略有些臉紅，跟著說了幾句謙虛的話。

呂氏倒是越看他越喜歡，問道：「可是訂親了？」

喬明瑾見自家弟弟的臉都紅成猴屁股了，替他回答道：「還沒呢，家裡父母和祖母說，要等他有了功名再說親。」

呂氏聽說眼前這個年輕人已經是秀才了，更是眼熱，恨不得把人往家裡拖了。

蘇氏見自家婆婆那個熱心的樣子，又見喬明瑾姊弟兩人一副被嚇到的樣子，就笑著說道：「娘，別把人嚇到了，瑾娘到族長家還有事呢，咱有空再找他們說話吧，瑾娘還能跑了？就在一個村裡，咱再找她說話就是了。」

呂氏便笑著回道：「瞧我這糊塗樣，瑾娘你們有事就趕緊去吧，晚了怕族長會出門，回頭來嬸娘家吃飯啊。」

「不了，嬸娘，家裡還有客人呢，等空時，我再請嬸娘來家裡吃一頓我做的飯。」

「那好啊，就這麼說定了，妳可不能忘了嬸娘啊。」她轉頭又吩咐她媳婦。「妳回家拔些菜讓瑾娘帶回去，她家如今吃菜都要花錢買，家裡還有客人，妳多拔些。」

蘇氏連忙應了。

喬明瑾本要拒絕，被呂氏又是一說，只好止了話頭。

兩批人各自分開後，喬明瑾很快到了族長家裡。

岳族長聽說喬明瑾要把那幢房子的錢給他，還要再圈了房子周圍那幾畝地，有些訝異。

雖然宅子基地要不了幾個錢，但是那二兩的房錢加起來，也要不少了，村子裡五、六口的人家一年只怕都攢不上二兩銀。

這才多久，喬氏就賺到房子的錢了？賣柴火難道真的那麼賺錢？

喬明瑾把現在住的房子買了下來，從族長那裡拿到了房契，還劃了房前屋外四畝地。

那土地很瘦，種不了莊稼，但是種些花木、竹子、果樹、瓜類還是可以的。

事實上，種什麼倒在其次，主要是怕他們家日子紅火了之後，被人說此地是福地，一堆人擠著要在此處建房，到時一些添堵的鄰居挨著住，還真是件麻煩的事。

房子隔得遠些，視野好，擋不了光，也不會有太多糾紛，正好。

未來的事誰都不知道，還是要防患於未然些才好。

她也不打算買太多地，那樣會有些惹眼，所以喬明瑾只劃了房前屋後四畝地。

族長象徵性地收了她一兩銀子。

在喬明瑾看來，這幾畝宅基地著實便宜。

不過在族長家幾個媳婦眼裡看來，喬氏在這麼短的時間內，就湊到錢付了房款不說，還劃了房子周圍的地，足足交了三兩銀子呢！

這可不少，賣柴這麼短時間就能得了三兩銀子嗎？

雖然喬明瑾說是娘家和外祖家湊的，但她們卻不信，喬家並不富裕，不然吳氏也不會那般踩著她了，還弄來什麼平妻。

若是她們的男人給她們拉什麼平妻回來，管他是不是族長的兒子，她們立馬就鬧騰開了，管什麼岳家的名聲。

族長家的幾個妯娌各自肚腸，但她們大多對喬明瑾有些憐憫和同情。

喬明瑾倒是不知別人的想法，拿到房契和地契就和明玨回家。

她有試探著問族長，村裡現如今可還有良田賣的？族長卻說他手裡暫時沒有登記的了，不過他會幫喬明瑾問問看。

他挺同情這個堅強的女人，帶著一個娃兒，硬是沒回過一次岳家。

他交代過老岳頭讓他關照著母女倆一些，就算喬瑾娘是個外人，可還有他岳家嫡親的一個大孫女在那呢；旁人都會想到要給一些自家種的菜啊米麵啊什麼的接濟一二，岳家倒是舒舒服服地想著要迎娶城裡的閨女，念著人家的嫁妝，對自家嫡親骨肉視而不見。如此行事，岳仲堯的前程還能好得了？

族長轉身吩咐了幾個媳婦一番，不說平時幫襯一把，但是別人說她母女這啊那啊不好的時候，自家人不得上去跟著踩。

而那頭，喬明瑾回了家，便腳下不停地上了山，明珩和明琦也都跟著。

如今她在村裡沒買到田地，種糧、種菜蔬是不能的，還得再想其他法子。

雖說她心裡隱約有著打算，但飯還是要一口一口吃的，等明玨進城當了先生之後，她有了其他事做，可能就不再砍柴賣了，不過如今，柴還是要繼續賣。

再者房子周圍劃下四畝地，也得看看能不能種些瓜菜之類的，再到林子裡砍些荊條回去圍地，就是種不了瓜，還能養養雞什麼的。

這幾天，自家的雞都是秀姊幫著照料，她還得想想要怎麼答謝秀姊。

喬明瑾一邊砍柴，一邊想著這些瑣事。

幾人很快就砍了兩車的柴，由明玨拉回家後，喬明瑾就帶著明琦在林子裡轉了轉，準備砍些荊條和竹子回去，把房前屋後都圍起來。

還要在林子裡看看有沒有什麼果樹是可以移栽回去的，若沒有，改日便去市集買些小果苗回來種上。

快下午的時候，一家人都在忙活平整房前屋外的事。

地很瘦，也很硬實，一鋤頭敲下去，震得兩手直發麻。

喬明瑾覺得就是再不擇地的南瓜和冬瓜，在這塊地上只怕也很難種下去，於是又帶著明玨和明琦去坡上挑土。

她和明琦負責鏟土，明玨就負責拉著牛車運回去。

後來，明珩也拉了劉淇來幫忙。

劉淇倒是不叫苦，反而像打了雞血一樣，搶過喬明瑾的鏟子就用腳踩下去開挖。

只是他是鏟上土了，但往車裡倒就有些費勁，沒等他來回往籮筐裡倒上幾回土，手就開始發顫了。

在明珩似笑非笑的目光下，他硬是又堅持了幾鏟，最後才悻悻地放下了鏟子，再看自己兩隻手，虎口都起了泡。

喬明瑾拉著他的手看了看，還給他吹了吹，又誇了他幾句，那孩子立刻又生龍活虎了起來。

喬明瑾瞪了明珩一眼，打發他倆跟車回去在房前屋後撒土。

這活計輕省，劉淇也是能做的。

這孩子剛到鄉下，到處都瞧著新鮮，又和明珩較勁，兩人雖然小，但也能各自算是半個勞力。

喬明瑾看過自家剛劃下的田畝，太硬實了，種不了東西。她想，挖一些土往房前屋外厚厚地蓋上一層，再往上填一層肥泥，這樣就能種一些果樹和南瓜、冬瓜之類的東西。

明玨一個人來回運了七、八趟泥土，可屋子外頭的地連一半都還沒蓋上。後來，來找琬兒、明琦玩的長河和柳枝見了，便回家找了自家爹娘幫忙。很快，秀姊就和岳大雷扛著鏟子、鋤頭來幫忙了。

何父本也想帶著何曉春幾個人來幫忙，但喬明瑾還是讓他們在家裡趕工。自家做的東西比不過周府的精緻是一定的，她家的算盤因著新鮮，賣的價格也高，若是工期趕不上，送不了貨，怕是會得罪不少人。

何父想想也是，便又領著三人回家埋頭苦幹。

她記得秀姊的男人岳大雷好像也會木匠活，就一邊鏟土一邊問道：「大雷哥是不是會做木匠活？」

岳大雷往車上揚了一鏟的土，往臉上抹了一把汗，才回道：「會做一些簡單的，家裡的一些家什都是會的，不過雕花描畫的東西就不成。妳家裡是不是要做什麼活計？桌啊椅的，我還是能幫著歸整出來，若有壞的，妳也只管拿來。」

喬明瑾大喜，忙道：「大雷哥這幾日有沒有別的活計要忙？」

岳大雷被問得一臉迷惑，難道是家裡的大件物品壞了？

秀姊便說道：「妳是不是有什麼活計要他幫忙？若是要幫忙，妳儘管吩咐他。他哪有什麼活計做？我家也就只有幾畝地，地裡的活我一個人就忙得過來，他回來後，那幾畝地沒幾天我們就忙完了，他倒閒得慌，除了挑著雞進山，在山裡轉悠捉野雞、野兔，便沒別的事了，還說要進城尋活計呢。」

喬明瑾便說道：「我還真有活計要拜託大雷哥做，而且我不是白尋大哥幫忙的，我會付大哥工錢。」

秀姊和岳大雷不淡定了。

他們停下動作問道：「什麼活計？還付工錢？」

喬明瑾見秀姊夫妻倆一臉熱切的樣子，把自己要做的事跟他們說了一遍。

「妳前幾日是去城裡賣算盤去了？」

秀姊一臉的驚奇，城裡的鋪子難道沒有算盤賣了？

喬明瑾見他們的反應，笑了笑，說道：「我做的算盤跟時下的不大一樣，這些天賣得倒好，也接了一些訂單，大概有個百把左右的量，要趕在十天內做出來。」

岳大雷道：「我沒做過算盤，恐怕做不了太精細的。」

「沒事的，大哥幫著劈木料、磨珠子，做些旁的活計也是成的，這樣也能幫他們分擔一些。」

岳大雷這才放心地點頭。「成，這些活我能做。」

「那大哥明天一早就過來吧，因是要急著趕工，可能會有些辛苦，我就按一天八十文的工錢給大哥吧。」

秀姊連忙擺手說道：「哪裡要這麼多工錢？不成的。妳有事儘管讓他去幫忙，哪裡能說什麼工不工錢的事？妳要覺得不好意思，就按他一天在城裡五十文的工錢給他就成。」

喬明瑾聽了很是感動。「我這是要趕工的，可能忙的時候，會連喝水的時間都沒有，就按八十文吧，以後說不定我還有別的活要麻煩大哥。」

秀姊推拒了兩回，見喬明瑾油鹽不進，只好做罷。

當天晚上，岳大雷用牛車裝了兩家的雞籠子回去時，就上喬明瑾家去看，聽了何父等人的一番指點，很快便知道自己要做些什麼。

次日一大早，他就來敲門了。

彼時明玨已和明珩送柴火進城，喬明瑾也準備好早飯，準備挑著雞籠子進山放養。

岳大雷進了門，就夥同何曉春等人埋頭苦幹了起來。

他也算是熟手了，又常年在外攬活做，多少也做過一些木匠活，雖說不如何父等人專門做木匠活的人精通，可是一些力氣活，諸如劈木料、打磨等活還是能做得很好的。

有了他的加入，何曉春四人的工作效率大大提高，速度快了不少。

而喬明瑾挑著雞籠子進山，發現山裡除了她和秀姊，還有好些村裡人也學了她們挑了雞籠子進山放養。

那雞竄得滿山坡都是，虧得山裡沒有別的猛獸，不然這能餵飽多少猛獸的肚子？

看來村裡人也都不是笨的。

雞在家裡放養，還得費心照顧，又要一日三頓地費心準備雞食，排洩物更是臭得很；而往山裡一放，雞都不用添飼料了，只須在雞籠子附近放個水槽備著水，那雞便能自己在山林裡找食物吃，可是比放在家養著輕鬆多了。

喬明瑾在山裡自家固定放養的地方把雞籠子放下，打開雞籠子，看著自家的雞撒著歡往山林裡跑，就想往那林子裡走一走。

她扭頭便看到岳家的老二、老四也各挑了一個雞籠子進山了。

三人相對，那岳老二和岳老四都多少有些尷尬。

不過兩人還是訥訥地喚了她一聲：「弟妹。」

「三嫂。」

喬明瑾淡淡地朝他們微笑著點了點頭。

岳老四把籠子放下，就對喬明瑾說道：「三嫂，這麼早啊？」

喬明瑾也看著他回道：「是啊。」

話一落，三人便有些不知說什麼好了。

岳老四撓了撓頭，說道：「三嫂，有空妳就帶著琬兒回家來吃飯啊。」

岳老二也在一旁幫腔。「是啊是啊，東根和玲瓏幾個也都念著琬兒呢，弟妹帶她回家來和幾個孩子一起玩玩。」

喬明瑾只是淡笑地看著他們，說道：「你們忙，我進山裡走走。」

兩人如蒙大赦，忙點頭道：「妳自忙去。」

喬明瑾又朝他們點了點頭，轉身進了林子。

自從她和琬兒搬出來後，她們母女和岳家好像沒什麼交集了，如今再見，就跟陌生人差不多。

喬明瑾晃了晃頭，把岳家甩出腦子，就在林子裡逛了起來。

如今，林子裡的野雞、野兔也都不多見了，她一路走來，也沒遇上一、兩隻。以前她只要往林子裡走，隨時都能遇上慌慌張張地從草叢裡逃竄出來的野雞或是野兔。

這短短的時間內，野雞、野兔的數量就急遽減少。

只是如今林子裡到處都能聽到家雞呼搧翅膀的聲音。

這座大山，給下河村的人提供了無盡的柴火，現在又幫著養活這麼多家雞……

喬明瑾四處轉了轉，摘了一大把黑木耳，用林子裡的寬樹葉包了，便下了山。

下了山後，她又馬不停蹄地挑了籮筐和鐽子去鐽土。

她家周圍有四畝地，昨日沒填完土，今天還得再填一天，明天再填一天肥泥，就能開始種冬瓜、南瓜及一些果木了。

辰時初，秀姊也來幫她的忙。

還好有秀姊和她家的牛，不然光靠喬明瑾一擔一擔地往家裡挑土，就算等她累得趴下了，都填不滿房前屋後的地。

下午，明珩和明玨回來，也加入了鐽土的行列，還有跟屁蟲劉淇。

今天一早，劉淇也鬧著要跟著去城裡。

只是他昨天可能興奮過了頭，又逞強跟著鏟了不少土，又跟著填土，累得狠了，晚飯時一點都不計較那菜跟自家的不一樣，也不看有沒有肉、飯是不是精米，連吞了兩大碗飯。

喬明瑾跟何曉春他們收工去睡覺的時候，還能聽到房內的劉淇傳出的打呼聲。

可今兒一早，明珩醒的時候，他也迷迷糊糊地跟著醒了，明珩本想讓他在家裡睡覺的，怎奈他拽著明珩的衣襬死活不放手。

喬明瑾只好讓明玨抱著他上了牛背，又讓明珩坐在他身後，從後面護著他，這樣一路眯著眼進了城。

三人下午從城裡回來時，那牛車上裝了半牛車的東西，都是劉員外送的。

劉淇一到家就扒拉包裹，開始分東西，那些包裹裡有肉、有吃食、有點心瓜果，每人都分得了不少吃食，連來玩的長河和柳枝都有。

幾個孩子得了吃食，喜孜孜地圍在他身邊，讓他得意得很。

明玨看了幾個孩子一眼，對喬明瑾說了情況。

原來劉員外一早就命人在城門口候著，知道兒子定是要跟了進城的，便讓下人準備了一車東西，除了劉淇自己穿的用的，還給家裡送了不少精米、肉菜、油鹽、瓜果點心等物。

喬明瑾挑了一些送給秀姊。

直到天將黑的時候，房前屋後的四畝地才填完了土。

因著家裡有了何父四人，加上一個城裡來的小客人劉淇，今天又從城裡帶來了各色魚肉、乾菜、精米等物，喬明瑾便留了秀姊一家在家裡吃飯。

家裡沒有多餘的桌子，還是岳大雷回家扛了他家的桌面過來，拿籮筐倒扣在地上做支架，把桌面支在上面，又從柴房搬了幾截半高的木樁，充當凳子坐。

劉淇覺得新鮮，連給他的凳子都不坐了，硬是要坐那木墩。

只是木墩太窄，一個不留神，就讓他摔了個四仰八叉，引得眾人哈哈大笑。

這小子倒是個臉皮厚的，也不羞惱，還和嘲笑他的明珩追打玩笑，讓長河、柳枝和琬兒幾個對他越發喜歡了。

喬明瑾在旁瞧著，這孩子也不是太頑劣不堪，也許只是不喜讀書罷了，任性驕縱是每個有錢少爺都有的毛病，這孩子倒是敢做敢當，尤其是不挑食，這點讓喬明瑾尤為喜歡。

之前看他要跟著來，她還一路擔心，不過還好，這孩子到家後見著什麼都新鮮，什麼都好奇，也從不在意有沒有肉吃，跟明珩等人打成一片，讓喬明瑾鬆了不少心。

而家裡連著平整了好幾天，那四畝地才算是全部弄妥當了。

過了幾天，為了避人耳目，賣算盤賺得的錢，喬明瑾還沒動。

家裡仍是老樣子，連桌子都沒添置一張，要留秀姊他們一家吃飯，還要從秀姊家抬了桌面來，幾個孩子也仍然穿著舊衣，喬明瑾也沒扯幾疋布給幾個孩子做新衣。

只是廚房裡稍有些變化。

碎米換成了一般的白米，幾個孩子偶爾能吃上一回精米，肉不一定天天有，但炒雞蛋是天天有的。

家裡如今人多，請了人在家裡做活，吃食上也不能太差。

再者幾個孩子吃得太差，喬明瑾心裡也難受，以前是沒那個能力，但現在她想讓幾個孩子吃得稍好一些，還是能做得到的。

明玨那邊，喬明瑾讓他跟劉員外說好了，等家裡的算盤做好交了貨，便讓他到綠柳山莊去住著。

如今劉淇跟明珩混得好像親兄弟一般，對明玨也不排斥了，偶爾明玨對他說一些道理，他也能聽得進去。

這孩子自從來了下河村，天天在村裡到處蹦躂著交朋結義，而每回明珩要往城裡送柴火，他都一定要跟了去的，生龍活虎地帶著明珩在城裡亂竄。

劉員外沒派小廝照顧他，也沒出來見他，但隔一天，兄弟倆進城賣柴火的時候，劉員外都會派了人在城門處等著，送上一堆吃食肉菜。

沒人管著他又有吃有喝，還有人陪著他一塊瘋玩，劉淇都恨不得長在喬明瑾家裡了，還問明玨能不能就在下河村教他功課。

這事明玨是不能應的，家裡人多吵雜，並沒有那個讀書的環境。

劉淇爭取了兩回，見拗不過，只好抓緊時間在下河村裡玩。

這日，明珩他們從城裡回來，後面還跟著一輛馬車。

喬明瑾被人從山裡叫回來的時候，就看到劉員外正端著粗瓷杯坐在院子裡，興致勃勃地看何曉春他們做算盤。

為了防止村裡人來吵，喬明瑾便讓他們在後院做活。

若有人上門，都領了人在前庭。直到現在，除了秀姊，村裡還沒人知道喬明瑾請了人在家做算盤，只以為她賣柴得了錢，正請了人在家裡做家具呢。

村裡人是知道喬明瑾住的這處院子，除了房舍還好，家具是沒半件的。

「劉員外怎麼來了？」喬明瑾笑著問道。

「怎麼，我還不能來了？」劉員外笑著對喬明瑾回道。

喬明瑾笑著道：「寒舍連張像樣的椅子都沒有，更別說招待的茶葉了，劉員外不嫌棄的話，我倒是極歡迎的。」

劉員外也笑著說道：「村裡安靜，不像城裡那麼紛亂吵雜，偶爾心煩的時候，到鄉下來走走，倒是能讓人忘憂呢。」

喬明瑾聽了笑了笑。「如果劉員外不嫌棄，我很歡迎您經常來呢，不過可要自備茶葉吃食喔，寒舍簡陋哪。」

劉員外聽了哈哈大笑。

喬明瑾聽到他爽朗的笑聲，也跟著會心地笑了起來。

陪著坐了一會兒，劉員外才說明了來意。

「您想讓我家明珩跟著劉淇一起學習？」喬明瑾有些驚訝。

劉員外點了點頭，又說道：「妳父母很會教孩子，幾個孩子被教養得極好，尤其是明珩，跟我家淇兒一般大，但已能幫著家裡做活了，又懂事，讀書也好，我家淇兒也願意聽他的。我想我家淇兒可能是因為一直沒有伴的緣故，授課先生教的東西又古板，淇兒學不懂，才越發不願意學，所以天天跟先生作對，攆先生走，我真是愁得頭髮都白了不少。

「如今他願意跟明珩在一起玩、一起學習，願意聽明玨的教導，我想若是他們能在一處，可能效果會更好；等他們跟著明玨學了一年後，若淇兒能收了性子，我再給他們在城裡找家書院，兩人還在一處上學，這樣兩人也好相互督促，將來也能相互扶持。我也想讓妳家明珩幫著看管一下他，我這兒子鮮少有服人的，沒想到明玨竟能把他收得服服貼貼的。」

那劉員外說完又爽朗的笑了起來。

喬明瑾還擔心他對自家兒子被一個鄉下小子收服，多少會有些芥蒂，沒承想這人竟是個心胸開闊的，也跟著笑了笑，便想著他的提議。

讓明珩跟著一塊到綠柳山莊讀書？

劉員外見喬明瑾低頭沈思，又說道：「瑾娘妳放心，我一定交代下人待明珩跟我家淇兒一樣。將來若是他們學得好，能一起通過學院的考核進書院讀書，妳家明珩的束脩我會一併包了。我這兒子，我也不指著他考什麼科舉走什麼仕途，就希望他能多學些東西，將來不至於敗家，能把家業撐起來，我就心滿意足了。」

喬明瑾看著劉員外一臉誠意，便說道：「明玕的束脩倒是不需要劉員外操心，若他真有能耐被城裡的書院收了，那束脩家裡再怎麼樣也是要給他湊出來的；只是這件事，我得回我娘家跟我父母商議一番，才能回答。等後日，他們再進城的時候，我就讓他們去回話。」

劉員外雖沒得了準話，但得了喬明瑾的應承，也算滿意，又拉過劉淇囑咐了一番，便上了馬車走了。

劉淇直跟著馬車送出去好遠才回來。

劉員外在馬車裡見了，頓時眼眶一熱。

這兒子終於能懂點事了，以前就是他出門一年半載的，兒子的臉上都不會有什麼別的表情。

劉員外更是覺得自己的決定是對的。

喬明瑾想了下，對明玕幾個人說明早要回雲家村一趟。

明琦、明珩聽了，立刻高興地蹦了起來，轉身就進屋收拾東西去了。

他們這些時日也攢了不少好東西，都想拿回家給家人和雲家村先前玩得要好的夥伴們。

晚上，等岳大雷收工回去，一家人吃過飯洗漱之後，喬明瑾便拿了一百兩銀子去找何父。

何父見到喬明瑾不聲不響地遞給他一百兩銀子，很是驚訝。

「瑾娘，妳這是？」

何父一臉吃驚地望著喬明瑾。

喬明瑾說道：「之前我請曉春來家裡做算盤的時候，本來是跟他說了合作的，他負責做我負責賣，得了錢兩家平分，只是他不同意這樣做，只願拿工錢——」

何父沒等喬明瑾說完，便打斷道：「哪裡能有這樣分法！」然後看著她道：「妳有什麼事，請我們來做活，付我們工錢就是了，哪裡能這樣分？我們在外領活，也是按天算錢，多的話也就是一天五十文罷了，若是好的人家，一個月領個二、三兩銀子也是有的，有工錢拿我們已是很感激了，哪裡能拿這麼多錢？」

何父把那個匣子又推向喬明瑾。

喬明瑾又推給了他。「何叔，您只管收下，您也知道如今我家的情況，我光有一些想頭，也做不出來這些，全憑你們幫襯著，以後我可能還要做些別的東西出來，也需要知根知底的人幫襯，我也不認識幾個人，以後還全賴何叔了。」

何父便道：「瑾娘妳放心，何叔定是會幫著妳的，都是鄉里鄉親，又是親戚，我知道妳們母女兩人如今正難著，我不幫妳誰幫？妳有事儘管吩咐，何叔能做到的定會盡心。」

喬明瑾點了點頭，又說道：「那何叔就把這銀子收下，把家安排好，何嬸娘在家，有了這些銀子也能輕省些。」

何父又推拒了幾回，見喬明瑾鐵了心要把這銀子給他，想了想，只好收了下來，也沒問喬明瑾後面還會做些什麼東西，就著訂單及餘下的活計跟喬明瑾聊了幾句，才各自歇了。

次日一早，喬明瑾帶著吃過早飯的一家人回雲家村。

家裡照樣留給了何家父子照看，雞託給了秀姊，秀姊還託她帶了一些東西回雲家村給娘家人。

幾個孩子聽說要回雲家村，很是興奮，早早就起了，坐在牛車上還哼著走調的鄉里小調，連帶著劉淇都跟著唱，引得幾個孩子大笑不止。

那孩子臉皮也厚，見自己的歌聲能引來眾人捧腹，唱得更是賣力，連一貫內斂的明珏聽到最後都忍不住捧腹大笑，喬明瑾更是笑得直打跌。

一路上說說笑笑，他們很快就回到了雲家村，把喬父和祖母藍氏都嚇了一跳，還以為是出了什麼事。

這舉家都回了，還帶了好幾個大包袱，莫不是女兒在岳家那邊住不下去了？

他們齊齊跑出來相問，連喬母得了訊，都從田裡跑了回來，弄得喬明瑾哭笑不得。

「真沒出什麼事？」

喬母拉著喬明瑾一個勁兒地打量問道。

喬明瑾拉著她的手，柔聲道：「真沒事呢，娘。女兒這好好的，哪有什麼事？沒瞧這臉上都長肉了？妳那外孫女和明珩、明琦也都長了不少肉呢。」

喬母一看，不只是外孫女臉上長了不少肉，連帶著自個兒子、女兒臉上都紅潤了不少。

喬母瞪了雙胞胎一眼，斥道：「是不是在姊姊家偷懶了？」

明琦白了喬母一眼，說道：「娘，我還是不是妳親女兒啦？」

她說完也不理會喬母，蹬蹬蹬地跑進廚房和明瑜一起泡茶倒水去了。

喬母狐疑地看了明珩、明玨兄弟倆一眼，喬明瑾笑著拉了她一同到院裡坐下。

「娘，這還有客人呢，明琦、明珩他們不知有多乖、多懂事，日日不得閒，哪裡有偷懶。」

喬母等人這才發現同來的還有一個和明珩一般大的男娃。

「這是誰家的孩子，長得真是出眾。」藍氏拉著劉淇的手問道。

劉淇看了她一眼，笑咪咪地回道：「奶奶，我叫劉淇，是明珩的朋友。」

「喔，是我家明珩的朋友啊。長得真不錯，幾歲了？」

「九歲了，比明珩小幾個月。」

藍氏聽完笑著點頭。

就算他說是比明珩大一、兩歲，旁人也是信的，瞧這身子長的，又高又壯。

再看他一身的杭綢直裰、玉珮香囊，定是個富貴人家的孩子，也不知自家的孫子如何認識的。

喬明瑾看了劉淇一眼，笑著道：「奶奶，這個便是明玨要教的孩子，是劉員外最小的兒子，幾天前跟著明珩到家裡來玩的。」

子嗎？

「喔？原來是明玨的學生啊。」

藍氏又拉著劉淇打量了起來，不像之前說的那樣頑劣不堪啊？看起來不是挺好的一個孩子嗎？

喬父見自家幾個孩子齊齊在跟前，心裡很是高興。

自從瑾娘從岳家搬出來後，小兒子、小女兒也去了下河村，後來連明玨也去了，五個孩子便只剩了明瑜在身邊。

家裡已經很久沒聽到明琦、明珩兩個兒女抬槓鬥嘴的聲音了，頓時冷清了許多。

喬明瑾坐下後，藍氏便拉著她的手又問了一次。「真沒有什麼事？」

喬明瑾笑著搖頭，把來意說了一遍。

「讓明珩跟著到劉員外家裡一起讀書？」

喬母一臉疑惑，怎麼看中了自家大兒不算，還看上小兒子了？

喬明瑾看著和明珩一起跑出去的劉淇，扭頭和喬母等人說道：「這孩子也沒別的毛病，之前可能是先生教得不得法，讓孩子厭了學，才跟先生置氣，又沒個伴陪著，家裡還寵得厲害，就有些任性。如今看起來，倒是能服明珩的，也能聽明玨的指點，那劉員外便起了心，說是讓明珩跟著他一起結伴學個一年半年的；若是這期間能收了性子，就為他尋了書院正經地唸書，還說到時讓明珩跟著一道學，連明珩的束脩都說要一起包了。」

喬父聽了便說道：「我們家如何能讓別人幫著出束脩？若明珩真是讀書的料，咱家砸鍋賣鐵也要供著他，只看他是不是那塊料了。」

喬母和藍氏聽了後不說話，這讀書是個費錢的事，就是砸鍋賣鐵又能賣幾個錢？

喬明瑾見家裡也沒外人，把這些天自己做的事都跟家裡人說了，包括姊弟幾個進城賣算盤的事。

「什麼？賣個算盤就能得近三千兩銀子？」

喬母的嘴張得都快能塞進雞蛋，藍氏和喬父也有些不敢置信。

明玨便笑著把姊姊做的算盤和時下的不一樣之處都說了一遍，也說了幾個人在城裡如何兜售的事。

喬父看著眼前的女兒，眼底有些複雜。

他和藍氏對視了一眼，心底都是嘆息了一聲。

若這孩子是個長子，自家如何起不來？

喬明瑾從荷包裡拿出二百兩銀票遞給藍氏。「奶奶，這錢您收著，我只拿了這些出來，餘的都存在錢莊裡，這錢您拿去家用，爹吃了幾年的藥都不見斷根，這錢給爹買幾副好藥，再買些好的吃食給爹補補，那好藥材的事，我會在城裡給爹尋尋的。」

藍氏看了喬明瑾一眼，猶豫了一下就把那銀票收了，這是孫女的一片孝心。

喬父欣慰地看了自家女兒一眼，想說些什麼，張了張嘴，又閉上了。他自來就跟幾個孩子說不出什麼親密的話，從小也只讓幾個孩子自己成長。

喬母還是沒從三千兩銀子的震撼中回過神來。

前一刻，她還在想著女兒這般艱難，她得多開上幾畝荒地，多種些糧食，才好接濟女兒和外孫女。這才多久，她沒日沒夜開荒也就開了一畝多地，這女兒自己就掙來三千兩的銀子了？

「瑾娘，咱家雖窮，可是不興做那些坑蒙拐騙的事啊。」喬母苦口婆心地勸道。

喬明瑾聽了笑著說道：「娘，妳想到哪去了？女兒是那種人嗎？」

藍氏也斥道：「說的什麼胡話，自個兒生的孩子是個什麼稟性也不知曉了？她是那種孩子嗎？」

喬母聽了婆母喝斥便訕訕地低頭，對這個婆母，她一直都是敬畏的。

喬明瑾看她爹不說話，便又說道：「爹，我對劉員外說了要先回娘家來問過你們的意思，爹看看，要不要讓明珩跟著一塊去城裡學習？」

喬父看了藍氏一眼，藍氏便說道：「我原是讓明珩和明琦過去幫妳的，他倆雖小，但能做的事卻不少，如今明玨要進城當先生，若是連明珩也走了，妳這賣柴的事可要怎麼辦？妳一個人要怎麼弄？」

第十八章

喬明瑾聽了祖母藍氏的話，心裡安慰，笑著說道：「奶奶，是我的事重要還是明珩進學的事重要？我一直都知道爹和祖母想兩個弟弟將來有出息，能撐起門戶，如今明玨有了當先生的機會，正好可以一邊當先生一邊溫書，好備著來年的秋闈；而明珩這些年也因咱家裡條件不好耽誤了，如今機會正好，何苦再誤了他？」

見喬父和藍氏埋頭沈思，她又道：「如今我最難的時候已經過去，以後會走成什麼樣我也不知道，但總歸會越走越好就是了。這柴我不打算繼續賣，得緊著這些銀子置一些田地，將來也夠我們母女吃喝了。」

藍氏和喬父、喬母聽了，也只好應了，明珩的事便這樣定了下來。

喬明瑾又把她這些天做的事跟家裡父母、祖母說了一遍。

「妳把住的屋子買下來了？拿到房契了？為何還買那周圍的地，妳不是想著……」和離的？喬母一臉的疑惑。

只是還沒說完她就被藍氏瞪了一眼，喬母立馬就不敢說話了。

喬明瑾笑了笑，她知道母親要說什麼。

「不管我和岳仲堯以後如何，族長也說一年內，岳仲堯不會和離。族長的意思還是希望等我生了嫡長子，再讓岳仲堯娶那柳氏。只是我如何能答應？不說以後，現下我們母女還是要在下河村生活，就是以後離開了，琬兒哪怕跟了我，她還是姓岳的，以後出嫁也還是要從岳家發嫁……

「我也不想跟岳家人再有什麼糾纏，或是因房子的事鬧得不愉快。以後琬兒總要回娘家的，還是有個住的地方，那房子以後就留給琬兒吧，我在村裡買的地也都留給琬兒，即使以後琬兒不住下河村了，那房子和地買下來也不虧，把它規整好了，總能賣出去的。」

藍氏聽完點了點頭。

喬母沒想到這個女兒經歷了這些事，沒有倒下不說，倒是一下子長大了，還懂得為子女考慮了，心中忍不住酸澀，拉著喬明瑾的手，帶著粗繭的指腹就在喬明瑾的手背上不住撫摸。

喬明瑾也緊緊地回握了母親的手。

喬明瑾又對喬父等人說道：「我會在下河村置一些地，但也不會太多。一來不知以後如何，二來我也不想太惹眼，所以我想讓娘找外祖家問問看，村裡有沒有好的田地要賣？我打理不來，到時就全交給娘和舅舅幫著打理，收糧時，也不多要，給我和琬兒送一份吃的就行。」

喬母頓時眼眶泛濕，哽咽道：「好孩子，妳放心，有娘在，少不了妳們母女一口吃的。妳以前養在家裡，妳祖母都是捧在手心裡的，地裡都捨不得妳去一次，如今竟要妳操心這些事，娘這心裡……」

藍氏也有些難受，她捧在手心裡精養的孩子，如今卻要受著這些生活上的折磨，若還是以前……哪裡要她嫡親的大孫女操心這些事。

喬父也是埋頭不言。

喬明瑾見一家人這樣，也有些不好受，拍著母親的手說道：「娘不要這樣，目前雖難了些，不過不是越發好了嗎？明玨一個月還有十兩的月錢拿呢，到時您可得幫他攢著，讓他娶個孝順的媳婦回來幫您，再攢上一些，大約夠他來年秋闈的費用了。」

明玨聽了，連忙臉紅紅地走開了。

大家看他那一臉羞澀的模樣倒是笑了起來。

藍氏又問道：「瑾娘，妳打算買多少地？」

喬明瑾便說道：「之前我在下河村問了，族長說沒有良田，村子外邊的田地又太遠，我顧不到也不想要。我現在還有兩千多兩銀子，我準備留一千兩做別的事，剩的就交給祖母幫著安置吧，順便也把家裡的房子重新修一遍。」

藍氏想了想。「房子就不用了，那畢竟不是我們喬家的根，且房子目前還能住，太惹眼了反而不好；田地若是有好的可以多買些，放著也不吃虧，將來不管妳和琬兒怎麼樣，有些田產在手，到哪都有底氣。」

喬明瑾便應了。

中午的時候，喬明瑾叫了外祖家的人來家裡一起吃了頓午飯。

她看了自家裡養的野雞和野兔，又去舅舅家也看了。

喬家沒多添置兔子，就多了十來隻半大的家雞，倒是喬明瑾的兩個舅舅看那山兔和野雞也不難養，養了這麼些日子全活了下來，便去城裡和集上尋了獵戶拿來賣的野雞和山兔，只要沒傷著的都買回來養，養了好多。

估計再養一、兩月就能出欄了，兩兄弟臉上都帶著笑，家裡不久便能添些進項，那野雞和山兔的價格可是不低呢。

兩個舅母也樂呵呵地拉著喬明瑾的手說長道短，感謝她出的主意。

所以兩個舅舅聽說喬明瑾要在雲家村置田產，都很是積極，說回去後就幫著問，並會幫著她照料。

喬明瑾得了兩個舅舅的許諾，對著外祖家的人又是謝了一回。

一家人聚在一起聊得開心，直到下午，喬明瑾才帶著幾個弟妹回去。

次日，明珩和明玨又進城送柴火。

辰末，喬明瑾在山上砍柴時，周府的下人就拉著馬車來運肥泥了。

幸好家裡還有一些存貨。

當初要送劉家，為了避人耳目，他們都是早晚趁著村裡沒人的時候，進山鏟了裝袋運回來，堆了半個後院。

周府是由一個莊頭模樣的人帶了兩個小廝來。

因著是周六爺的吩咐，那莊頭和小廝對喬明瑾還算是客氣，裝了滿滿一馬車後，又數了四百文給喬明瑾，便客客氣氣地走了。

喬明瑾以為她家住在村子的周邊，沒人會知道這事，但是周府馬車進村子的時候，還是有人看見了。

後來幾天，周府又派人來運了幾趟。

村裡人便知道那山上的肥泥能賣錢了。

這下子，就算是地裡鋪了厚厚一層肥泥的村民，也都帶著鏟子和麻袋上山裝肥泥。

山裡到處都被挖得坑坑窪窪的。

喬明瑾起初還擔心秀姊會有什麼想法，沒想到秀姊卻是一副義憤填膺的樣子，找她唸了大半天。

「我就瞧不懂，妳們母女都快吃不上飯了，好不容易攬了一個活，他們還都來搶！家裡沒牛車的也挖那麼多在家裡堆著，留著過年哪？」

喬明瑾見秀姊並沒有怪她不把這事說給她聽，心裡多少鬆了口氣。

村裡人挖了肥泥之後，都到處找牛車、借牛車，或是兩家併一家，拉著裝滿肥泥的牛車往集上和城裡送去。

只是秀姊再次上門找她說話的時候，臉上是一副幸災樂禍的樣子，喬明瑾便知道那些肥泥都沒有賣出去。

且不說有沒有人相信這些肥泥的效果，就說這樣易得的東西，哪家莊戶人家找不到？那大戶人家就算相信這肥泥能增產，莊裡的事，又有哪個富貴人願意操心的？若是有那閒心，還要莊頭幹麼？

所以下河村的村民倒是幫忙他們在集裡和城裡做了一回廣告。有沒有效果且不說，但莊戶人家得了這樣的消息，回家找些肥泥來試一試是肯定的。

於是，村裡又平靜了下來。

從雲家村回來後，喬明瑾一直在忙著兩個弟弟進城的事。

她進城裡扯了好些布，準備給兩個弟弟親自做幾身衣服。

忙活了幾天，等兩個弟弟穿上她做的衣裳時，她起初還有些擔心，沒想到竟是合身得很，不免覺得很有成就感。

除了兩個弟弟的衣服，她還多扯了一些布，給明琦和琬兒量了身，也各做了兩身衣裳，喜得兩個孩子又蹦又跳的，興奮得很。

這其間，喬明瑾又拿了一千兩銀子讓明玨回雲家村找娘家幫著買地。

明玨和明珩知道自己要進城裡去了，很是懂事，家裡有什麼活要做的，都不讓喬明瑾插手，柴房裡堆滿了柴，在後院的一個角落裡堆得老高。

喬明瑾不用再砍柴，家裡也能用上好長一段時間。

又等了兩天，那算盤終於全部做出來了。

喬明瑾看著這批明顯比上一批要精細得多的算盤，很滿意。

何父的活計讓她最滿意，雖然可能速度上不及何曉春三個，不過活計做得最精細；岳大雷只在開頭一天有些生疏，後來就慢慢上手了。

喬明瑾便帶著這批做好的算盤，和幾個弟妹去了一趟城裡，仍是分頭往各處送貨。

幾人運氣都不錯，雖然沒有加訂的，但並沒有人說要退訂，接到算盤也都是高興得很，痛快地就把餘下的錢付了。

到了下午，幾個人把剩下的錢都收回來，喬明瑾也沒把錢再存到錢莊，只是到錢莊兌了一些散碎銀子。她以後也許要用上不少錢，而且每次到錢莊兌銀都是要收費用的。

幾人高興地在集上買了好些東西，才載著一大牛車的東西回家。

到家後，除了上次給何父的那一百兩銀子，喬明瑾又包給每人五兩銀子。

何父等人原本不予接受，特別是岳大雷，說自己才做了幾天活，拿這麼多錢，實在受之有愧，奈何喬明瑾偏要給，他只好都收了下來。

喬明瑾對岳大雷說，這些錢打算買下他以後起碼半年的時間，半年時間內他不能再領別人的活，而且之後他跟著做的事，也不能半途而廢，更不能隨意向外透露。

岳大雷一聽，又是點頭又是拍胸脯保證的，把錢收了下來。

當天，秀姊便領著兩個孩子拿了好多地裡剛摘的蔬菜，還有鹹菜等物來謝她。

兩家又在一起吃了飯。

席間，喬明瑾說起放何父四個人各回各家的事，要求他們五日之後再來，讓他們把家裡安頓好，回來後，可能要很長一段時間都不能回家了。

喬明瑾並未說明她接下來要做些什麼，何父等人也不問，對她很是信任。

次日，何父就領著兒子和兩個徒弟，辭了喬明瑾回家去了，他們連包袱都沒帶，東西都還留在喬明瑾家裡，向她表示他們會再過來的決心，讓喬明瑾放心不少。

畢竟她接下來要做的事，只有她一個人是萬萬不行的。

雖然周六爺說可以找他合作，喬明瑾也認為他是目前最好的一個合作夥伴，但她並不想把肉都分出去，自己只能喝些湯。

何父他們走後的第二天，劉員外也派了馬車來接明珩和明玨。

喬明瑾親自把兩個弟弟的包袱送上馬車。

她倒是沒太多離別的情緒，小琬兒卻緊緊圈著兩個舅舅的脖子不願放手，嚎啕大哭。

劉淇這些天也和明琦、長河、柳枝等人玩熟了，也有些不捨，拍著胸脯豪情萬丈地說以後一定會再來看他們。

幾個孩子寬了心，跟著馬車直送到村口才回去。

送走明珩和明玨後，家裡一下子便冷清了下來。

如今，家裡只有琬兒和明琦陪著她，喬明瑾一下子有些不習慣。

頭一日，照時間起來，發現不用再上山砍柴了，她還有些恍惚，不知接下來該幹麼。

在廚房磨蹭著做好了早飯，她又用牛車拉了雞籠子，把雞送到山林裡，然後就不知道該做什麼了。

前一刻還忙得團團轉的，沒一刻清閒，這一時半刻閒了下來，竟是不習慣了。

莫非她沒那享福的命？

她下了山在家裡又轉悠半天，看到後院和柴房裡堆得滿滿當當的柴火，想了想，便提了水去澆菜，嚇得琬兒和明琦連忙跑過來攔住她。

那菜地她們一早就澆過了，再澆就要鬧水災了。

喬明瑾覺得渾身不對勁，只好拿了算盤出來，開始教明琦和小琬兒打算盤。

先教她們算盤的構造及撥打的道理，又教她們背珠算口訣。

明琦倒是還好，之前就跟著藍氏學過一些字，認字和識數也是懂些的，所以學得很快，口訣也記得牢，只是小琬兒背得有些磕磕絆絆。

喬明瑾也沒要求她記住，只是教她怎麼撥珠子，十以內的數字來回地教，讓她練著手指的靈活度，還有腦子的快速反應。

兩個孩子極有興趣，一整天在家裡把算盤撥得噼啪亂響，兀自樂著。

一整天下來，喬明瑾便是在教兩個孩子算盤中度過的，難得享受了一天的清閒時光。

次日，吃過早飯，把家裡的事都忙活完後，喬明瑾照樣在家裡教她們認字和學算盤。

下午的時候，她又帶兩個孩子進了山中鬆活筋骨。

如今山裡已沒那麼多野雞和野兔了，但因為林木多，黑木耳倒還能經常見到。

三個人採了不少，喬明瑾也乘機在林子裡轉悠了大半天。

直到暮色下了，三人才搬了雞籠下山。

翌日，喬明瑾一早便在房前屋後忙活了起來。

幾天前種下的瓜菜都出芽了，圍了一圈的荊條也長得密實了，她四處查看了一番，發現沒有空隙可供牲畜鑽進來，安心了不少。

接下來一整天，她都和兩個孩子在一起，三個人揉著麵團做些烙餅點心，倒也開心。

若是之前，她可不敢這麼敗家。

第五日，何家父子及兩個徒弟在下午的時候坐著牛車回來了。

同來的還有雲家表哥雲錦。

「表哥，你怎麼來了？怎麼這個時候來？一會兒回去要看不見路了。」喬明瑾對雲錦的到來很是驚訝。

而琬兒和明琦見到這幾個人，高興得很。

兩人都習慣了家裡人多熱熱鬧鬧的樣子，這幾天就她們三人在家，冷冷清清的，還真是不習慣。

況且也沒人幫喬明瑾挑水了，明琦看她咬著牙去井邊挑水，要裝滿家裡的兩個大水缸，就忍不住心疼。

雲錦把小琬兒抱了起來，高高地抛了幾下，引得小琬兒格格笑得開心。

他把小丫頭摟在懷裡，這才看向喬明瑾道：「我怎麼不能來了？看不見路，我還不能睡妳這了？還沒我的地方啊？就是睡廚房也成啊。」

小琬兒急忙說道：「大表舅睡琬兒的床！琬兒跟娘睡！」

雲錦在小東西的臉上用力親了一口，道：「還是我們琬兒心疼表舅。」

喬明瑾看了這舅甥兩人一眼，打發明琦去收拾明珩、明玨的房間，雲錦如今來這一趟，怕是娘家人有事吩咐。

而何父四人和喬明瑾打過招呼後，也熟門熟路地各自回房間歸置東西去了。

雲錦這次來，確實是喬父等人讓他來的。

如今家裡除了喬父、喬母和祖母藍氏，也只有明瑜一人，也沒個人跑腿，這跑腿的活自然就落在了雲錦身上。

雲錦把幾張地契交給喬明瑾。「雲家村的上等良田是十兩銀子一畝，次一等的是八兩，一般的旱地是五兩，荒地是一兩銀子一畝。這次我們總共幫妳買了六十畝一等良田，因村裡一時沒有太多良田，遠的也怕照顧不到，就又買了次一等的良田三十畝，另外又花了一百兩銀子置了一百畝的荒地。

「妳祖母讓我爹在村裡找人開墾，一百畝地也要不了多長時間。如今妳娘可是上心得很，天天往那些田地邊盯著，恨不能地裡一下子就長滿了莊稼。一千兩扔下去，還什麼都看不到，生怕妳和琬兒秋上沒糧吃了。」

喬明瑾抿著嘴，安靜地聽著，聽完才說道：「表哥回家跟我娘說，讓她不要太辛苦了，我添這些地是想讓家裡跟著好過一些，若她累垮了就得不償失了。如今地多了，農忙時就請些人幫著做，不必事事都親力親為，她一個人能做多少呢？我和琬兒也吃不了多少，讓她不要把身體弄壞了。」

雲錦便說道：「放心吧，他們種了一輩子莊稼，心裡清楚著，老人家只是不想多花幾個幫工的錢，我會讓他們悠著些。對了，妳娘讓我問妳，妳有沒有想過要種什麼莊稼？」

喬明瑾想了想，她還真不清楚這時代的情況，而喬明瑾的前身又是從沒下過地的。

「就讓娘和外祖父他們商量著辦吧，我也不是很懂。」

雲錦便應了下來。

晚間吃飯的時候，喬明瑾讓雲錦去請了秀姊一家過來吃飯，順便也跟岳大雷他們說一說接下來的打算。

「根雕？那是什麼？」

何父的徒弟何三聽喬明瑾說完便問道。

其他人聽了喬明瑾一番話，也好奇地盯著她看。

喬明瑾便說道：「根雕就是利用樹根，包括樹身、樹瘤、竹根等的自然形態，再發揮想像，在那上面創作出一些工藝品、擺設，或是茶臺等等或能收藏或能使用的東西。」

何父聽了若有所思。

另一個徒弟何夏便問道：「這樣的樹根要去哪裡找？」

喬明瑾便回答道：「我們這座山雖不高，但林木極多，之前砍伐留下來的樹樁和廢根、枯木在林子裡到處都是，各種木材也多，我們就進山裡找找，有那合適的，我們就把它們挖出來，再看它們的形態像什麼，我們就雕什麼出來。這東西做出來，利潤可不少，成本卻不高。」

前世的她跟著舅舅挖過不少木樁賣，早些年，那些木樁形態複雜，木質好的，一個能賣好多錢，很多眼光好的人都到村子裡或是林場裡收購木樁。

挖一個樹根雖說不容易，有些根枝茂密，在土裡又扎得深的，還得好幾個人挖上十天半個月才能挖出來，但一旦挖出來，收入也很可觀。

後世的工藝品館裡，或是專門的根雕、木雕館裡，形形色色的根雕工藝品琳瑯滿目，極具收藏價值，就是放在家裡當擺設也是件賞心悅目的事。

那茶桌、茶臺用木樁做出來，古樸大氣，很有一種自然的野趣。

之前喬明瑾在青川縣裡轉了一圈，並沒發現有這個市場，心便活絡起來。

眾人都覺得這事要真做好了，會是個不錯的活計，成本又不高，無非就是費些人工，以及將來兜售時可能要花的一些費用罷了，倒不像其他東西要先用銀錢備貨之類的，連雲錦聽了都有些心動。

只是這種東西，眾人都沒做過，也就何父出入一些大戶人家時見過一些類似的東西，讓他專門用木根、竹根做出東西來，還真沒嘗試過。

這幾個人往常都是製作家具及生活用具，頂多就是在家具木料上描畫雕花，這要在木根上雕出形象的東西來，他們還真都沒做過。

喬明瑾看著五個人極有興趣，又有些茫然的樣子，便說道：「這事也不著急，今天找你們來，其實只是告訴你們初步的一些想法，我知道你們都沒做過，心裡都沒底，但是沒關係，我們先摸著石頭過河看看，若是能成，將來自然是另一番境況；若是不成，也沒什麼損失。

「不管有沒有成品做出來，我都會按天算工錢，絕不比你們在別處做活拿的少。將來若是有成品做出來，而且成功賣出去，我會抽一成給你們做為額外的工錢，除了每人都有一份外，誰獨立製作的那件成品，再讓他拿三成的金額，剩下的就做為我銷售的成本；至於銷售，我肯定是要找別家合作的，我獨自一人賣不出好價錢，而且我們也不能只盯著青川這個市場。」

她頓了頓又接著說道：「若是你們願意，我們就一起做，按這樣分成，剩下的六成，還得跟合夥的人分，我能拿多少我也不知道，但這事若做好了，可能一件擺設就能賣上百兩、上千兩。如果你們有信心，就跟著我一起做，若是不願意，我也不勉強，我賣這個創意給別人，再幫他們畫圖，我也能拿不少錢。」

喬明瑾說完便看著何父等人。

何曉春和何父的兩個徒弟聽了，齊齊看向何父，岳大雷則看向秀姊。

秀姊瞪了他一眼，說道：「看我幹麼？這麼好的事，你還不應？等著辛苦進城去攬活，看人臉色啊？我妹子還能虧待了你？」

岳大雷回瞪她一眼。「我是那個意思嗎？我是擔心自己做不來！」

他又回過頭來看著喬明瑾說道：「瑾娘，說實話，我只會做一些簡單的木工活，太精細的活計我怕做不來，那些描畫雕花的活大概做不好，到時會影響了妳的事。」

何父也看向她。「我也是這麼想的，畢竟妳這些東西做出來是打算要賣出去，不是自家用的，若是我們做得不好，價錢可就難說了。而且聽妳這麼一說，這些東西也只能往富家大門大戶裡賣，若是做得不精緻，若是最後賣不出去，就只能拉回來當柴燒了。」

喬明瑾笑了笑，說道：「這些都不是問題，我只是想知道，你們願不願意跟我合夥做這個事？畢竟我一個女子，別說挖木樁，就是拉木樁回來都沒轍，只要你們有信心一起做就成，其他的都不是問題。」

岳大雷便說道：「只要妹子妳不嫌大哥做得粗糙，大哥就願意跟著妳做，上哪找這麼好的活？有工錢領，又在家門口，還能顧著家裡，我願意跟著妹子做！」

何父看了一眼巴巴地望著他的兩個徒弟及摩拳擦掌的兒子，也對喬明瑾點頭說道：「我們也跟著瑾娘妳做，這事若是做得好了，不說一定能吃飽飯，各家裡也許都能蓋新屋、買田置地了。我之前在大戶人家裡見過一個木頭擺設，雕得是南海觀音，還有仙山仙境，真是活靈活現，都看不出是雕出來的，好像原來就是那麼長的，聽說那件木頭擺設要一千金呢！嘖嘖，我們只要做出這樣的一件東西，就足夠吃了；況且瑾娘妳拿了四成出來，這也太多了，畢竟酒香也怕巷子深，東西做得再好，賣不出去也是枉然，就拿一成分作工錢，一成當做師傅的獎勵就行。」

另外四人聽了也連連點頭。

喬明瑾又推託了一番，最後訂了一件擺設抽三成出來，一成當工錢，兩成給主要創作的師傅。

五個人都沒有異議，均表示願意跟著喬明瑾做這事。

雲錦原本只在一旁靜靜聽著，以為沒自己什麼事，不過聽喬明瑾說了這些，便說道：「妹妹，我也想跟著妳一塊做。」

喬明瑾笑道：「好啊，就是你不說，我也想拉著你一塊做呢。」

「可是妹妹，我不會做木工活，應該只能做些粗活。」

喬明瑾便說道：「除了粗活，你能做的事太多了，比如聯絡、觀察外面的市場、東西能不能賣出去等等，或許都要你去跑，你的作用可一點都不比他們輕呢。」

雲錦頓時豪情萬丈，拍著胸脯說道：「妹妹，妳放心吧，外面的事都交給哥哥，妳只要負責好家裡就成，妳從小就識文斷字的，畫畫又畫得好，這些都要靠妳了！」

喬明瑾很是開心地看著他一副興致勃勃的樣子，勉勵了他一番，對著大家又做了一番佈置。

如今有了雲錦的加入，她就能騰出手來，安心想一些前世見過的根雕工藝品，再把它們畫出來。

等以後找到合適的木料，構思創意設計什麼的也得她來做了。

喬明瑾便吩咐雲錦從明天開始往城裡的家具鋪子或相關的市場做一番了解，心裡有譜了，眾人才會有信心做這個事。

然後，她又安排何父去城裡打造各種刀具。

他們五人雖然之前都做過木工活，也有一些刀具，但這做木雕又跟做家具不同，有些是要極精細、極細緻的活，用的刀具自然是不一樣的。

除了木工活都要用的斧子、鋸子、木銼之外，還要有平刀、圓刀、斜刀、敲錘等等，每人至少都要備上一套，還要多打造幾套備著，因為有些木質硬的、堅韌的木料極傷刀具，有時候一件成品做出來，就要損壞十幾套刀具。

再來就是選材。

這就要岳大雷和何曉春等人一起到山裡找合適的木料了，什麼木材能用，哪些又不能用，都得他們去尋。

一般來說像椴木、梓木、松木等木質較軟的，容易雕刻，但這些木質色澤都較淺，也不易保存，因為容易斷裂受損。

而像紅木、花梨木、黃楊木、扁桃木、榔木等硬木，又太堅韌不易雕刻，且用時長，極易傷刀具；但硬木紋理細密，色澤光亮又很適合雕刻一些結構複雜、造型細密的作品，這樣的作品做出來也最具收藏價值。

這些木料只有他們親自去尋找、去碰觸過，才能發揮豐富的想像力，創作出最好的作品。

喬明瑾對幾個人略做了些分工。

明天在家裡的便是岳大雷、何曉春及何父的兩個徒弟，她和雲錦、何父則要進城去一趟。

她要買一些繪圖用的筆墨回來。

除了自己要用的，還要買一些給明琦和琬兒用。

喬明瑾從來不覺得女人什麼無才便是德，沒文化是件可怕的事，她也不想兩個孩子將來做睜眼瞎子。

至於雲錦，除了到青川縣裡四處看看，另外還要再往青川周邊的永川、洛川等地跑一跑，不能辛苦把東西做出來，卻沒有市場、銷不出去。

喬明瑾之前一直往余記店裡送柴，知道余記做的活計，不說余記信譽，只說他那店鋪裡活計的精細度，青川城裡就沒人能及得上，有一些精細的刀具，怕也只有余記才能打造得出來。

秀姊聽得喬明瑾一番佈置，小聲問道：「瑾娘，妳可還要人啊？我也給妳做活怎樣？」

岳大雷瞪了她一眼，說道：「妳能做什麼活計？是能搬能扛還是能雕能畫啊？」

秀姊聽了立刻大聲回道：「你們要木樁，難道不用找人挖？還是說你們除了自己雕，還要親自去挖木樁？還不得累死？」

喬明瑾聽了，才猛然想起這個問題。

前世她看過，一棵樹被鋸掉之後，會在地上留了一截木樁，大概會有一、兩尺的樣子，短的可能更短，也許離地只有一隻手掌的距離。

地上什麼樣子是能看到的，但是土裡是什麼情況就不知道了。

當然老道的人也會根據這棵是什麼樹，判斷出底下埋土多深以及地下的根枝情況。有時候根枝複雜的，要幾個人連挖大半個月才能連根挖出來。

為了不傷根鬚，運輸也是個問題。

前世有起重機，用粗繩一繫一吊，往卡車上一放，哪裡都能運了。

可是這裡現在有什麼？

當然山裡離家近，挖出木樁之後，也可以把它們就地放在原處，等它們乾燥後，做初步的去杈去鬚等加工，再運回家精做。

只是這挖椿子的活計，要誰來做呢？

靠何父四個人、岳大雷和雲錦及她喬明瑾嗎？這顯然不大實際。

這雕刻一件成品要耗時、耗力、耗神不說，難道還要勞心勞力去親自挖出來？

他們這些人應該還有更重要的事要做。

喬明瑾想了想，又結合了在場幾人的意見，便對秀姊說道：「秀姊就幫我管工及做一些雜事吧，我一個月付妳一兩銀子。先讓曉春和岳大哥明日在山裡轉轉，後天妳再去村裡跟村裡人說，我這裡收木樁，按木樁的大小及形態，我會付他們不等的錢。挖的根鬚完整的，我付的銀子便會多些；若是挖出來我不需要的，我也會以柴火的價格收了他們的樁子。

「我家裡可能也堆不下太多，等他們挖出來後，就讓他們放在坑的旁邊，我會帶人做個簡單的處理再運回家裡；還要告知他們，挖的坑要負責填掉，不然將來下大雨或是泥土流失什麼的，搞不好會影響了整個村子。他們挖好後，就讓他們通知妳，妳先幫著初步看過，若是覺得好，他們也回填了坑，再讓我過去看，我看過後，會給他們核算銀子。」

秀姊聽了連聲說好。

那麼一個木樁劈開後，大的都不止能裝一牛車了，就是賣柴火也能得幾十文錢，更何況這又不是按賣柴火來算錢的。

村裡人若是得知了，一定會全員出動，閒在家裡的人一定會去挖木樁，就不需要他們幾個辛苦的去挖。

當天晚上，眾人談妥後，才各自帶著期盼與美好的願景睡去了。

次日，喬明瑾怕何曉春等人不知道要選哪些木樁，後來決定留在家裡，只交代何父去城裡的時候順便上綠柳山莊一趟，讓明玨幫她跑一趟書肆，買一些筆墨紙硯等物帶回來。

而雲錦還要去附近的洛川等地走訪，再回雲家村交代一番。

喬明瑾又拿了二百兩銀子出來，一百兩是給他做為這次外出的費用，另一百兩銀子是讓他交給喬父、喬母，做為請人種地的費用。

她又交代他可以在雲家村跟相熟的人家那裡說一聲，她這裡收木樁，讓這些人在雲家村附近尋訪看看有沒有合適的木料。

前期就是遇著了好的木料，他們初初練手，也會出現一些廢材，做成一件成品還不知要廢掉多少原料。

雲錦和何父分別出了門之後，岳大雷便上門來了。

喬明瑾收拾了一番，吃過早飯，就領著眾人往山裡進。

喬明瑾跟幾個人說了一些軟木、硬木的雕刻優缺點，及他們要挑的一些樁子。

並不是所有的木樁都適用。

首先當然要挑選健康的木樁，若是朽的腐的、生了蟲的發了霉的，有很大缺陷的、不完整的，都是要棄之不用。

還有一些木料極易受到蟲蛀，也不要，這樣的木料雕出來後不易保存，收藏價值不大。

這山裡各種木材很多，一些名貴的木料如楠木、花梨木、紅木等等雖然沒有，但往南邊一些地方還是能找得到一些合適的木料。

這些木料可能不易尋，但是被人鋸了後留下的木樁很容易找到，畢竟還沒太多人想到過要利用它們。

除了木樁及埋在地下的根鬚部分能做成根雕工藝品，有些有著天然形態的木段也能雕成極好的工藝品。

哪怕是伐了木材之後被人扔在地上不用的廢木，又或是道路旁被人扔掉的廢根，都有可能是蒙了塵的珍珠。原本只是枯木一段，經過加工也能做成一件有價值的藏品。

重點是要有能發掘的眼睛。

一開始時，岳大雷和何曉春等人只跟著喬明瑾在林子裡瞎轉悠，有些迷茫，完全找不到方向。

後來，喬明瑾牽著琬兒的手，在地上隨意地撿了一些木頭段子、枯枝或是枯葉，就問琬兒，這個像什麼？那個又像什麼？

小琬兒立刻就和她娘玩開了。

「娘，這個像不像一枝荷花？」

喬明瑾看著女兒手中一根細細的枯枝，上頭還有一個瘤，像是一個荷花的花苞，便笑著說道：「嗯，真像。」

不一會兒，明琦也找了一根木頭舉著問她。「姊、姊，這像不像長著長鬍鬚的老爺爺？」

喬明瑾看著明琦手中拿著一段長著長長根鬚的木根，也笑著點頭。

兩個孩子隨意撿了一些長得奇形怪狀的東西，就跑來問她像不像某個東西，立刻就開啟了何曉春等人的想像力，只要覺得長得有些特殊的，又看著像是某個東西的，幾個人便要評頭論足一番，還拉著喬明瑾評判到底誰說得對。

喬明瑾很是高興，笑著說道：「這本來就只是外形上酷似的東西，你覺得它像什麼，根據想像做出來什麼，它便是什麼，不同的雕工師傅，想像的東西不同，做出來的東西也不同。

「比如明琦剛才拿的木段，就算全部人都認為它最像長著鬍鬚的老人，但你何曉春可以雕成長成鬍鬚的關公，岳大哥可以雕成南極壽仙翁。每個人的想法不同，雕出的東西也不同，就是全部雕成壽仙翁，各人所雕出來的也會是不一樣的韻味。

「又比如剛才琬兒拿的那個像荷花的木段，可以雕成荷花苞擺設，也可以雕成供人使用的燭檯或別的什麼東西。不同的雕工師傅，眼裡看的東西都是不一樣的，若是別人想的跟你一樣了，你就要在相同的東西上做出不一樣的韻致。如果別人都做成荷花苞，你就可以在上面再雕一隻蜻蜓，或是用原木雕出來，或是拼接，只要讓人看不出拼接的痕跡，它便是一件精美的工藝品；要是讓人看出拼接來，就會覺得不實，失了原意和最天然的韻味。」

何曉春等人聽了都有些了悟，細想了一番，更是認真細緻地觀察了起來。

一直轉到日頭高上，幾人都收穫不小，也都各自看中一些合適的木樁及原料。

喬明瑾也在林子裡做了記號，準備回去後叮囑秀姊讓相熟的一些人家先把這些木樁挖出來。

這些都是她要用的，給的價錢自然不會低，讓那些跟她親近的人家來挖，也算是略略回報一些他們對自己平日裡的照顧。

喬明瑾跟在岳大雷幾人的身後，只做了一番點撥，他們四個人就爭搶著說這些能做成什麼東西，諸如魚躍龍門、飛天、榴生百子、麻姑獻壽、金雞報曉等等，一些既寓意吉祥又喜慶的擺設出來，讓喬明瑾佩服不已。

這時代的人絕對不容小覷。

有些大的木樁幾個人沒辦法挖，就各自在林子裡撿了一些小的木段，還有被人扔在地上的廢根、枯木等，說是要拿回去練練手。

喬明瑾看著很是高興。

下午的時候，她又帶著幾人到山裡的那片竹林裡挖了二十來根竹子。

這些竹根好挖，而且根鬚也多，又比木根好雕，便讓他們先拿去練練手了。

第十九章

當天下午，只有何父一人回來了。

雲錦住到了綠柳山莊明珏那裡。

他除了要在青川縣裡走訪，看看市場，還要到周邊幾個縣去逛逛，沒個十天半個月是不會回來的。

何父帶回雲錦的話，說是雲家的眾人都大力支持她，還交代雲錦要好好幫襯她。

喬明瑾心裡很是溫暖。

何父也帶回了明珏給她買的各種筆墨紙硯及顏料等物，雖不是上好的，但看得出來明珏是用心挑了的。

兩個弟弟也各自帶話回來，說他們在劉家過得很好，劉家的人對他們兩人都很是客氣，把他們奉為上賓。劉淇也聽話懂事了不少，有明珩在旁邊跟著一塊學，頓時就不服輸了起來，兩人不用人催，每天都自動自發地背書練字，聽說劉員外每天都樂得合不攏嘴。

晚上，喬明瑾就著一個簡易的畫架，針對他們在林子裡撿回來的木段設計圖樣。

她自己的畫技水準只停留在小時候學的一些基礎，還擔心自己心裡徒有一堆想法，卻畫不出前世看過的東西。

所幸這個身子把記憶都給她留了下來，生澀地練習之後，她很快便在白紙上遊刃有餘地畫了起來。

畫好後，她邀了何父等人觀看。

何父等人看過之後，驚嘆連連。

喬明瑾除了針對今天撿回來的木段、木根、竹根畫出圖樣之外，還畫了前世的茶臺、茶桌，就是喝功夫茶用的，古樸大氣又兼具自然之美。

前世，她特別喜歡那種雕琢過的茶臺，除了整張木料雕出來的茶臺之外，還可以連著椿做成茶桌，放在亭子裡或客廳中待客，都別有韻味。

何父等人看過後，恨不得立刻就動手，先給自家打造一張出來。

喬明瑾也只是畫了一張茶臺、一張茶桌，及針對今天撿來的木根，以她的想像畫出來的圖樣。

具體要做什麼樣子，還得看以後挖出來的木樁是什麼樣子的，根據那木樁的天然形態，才好做最後的定案。

眾人都不承想這些路邊、林子邊被人丟棄不要的廢根，還能做成這樣的東西。

這若是再拋光打蠟上了色，還怕賣不出去嗎？何父等人頓時信心倍增。

不過他們很快又開始擔心自己的手藝不好，恐會耽誤了活計。

一邊豪情萬丈的同時，一邊又忍不住忐忑，不知自己有沒有這個水平。

喬明瑾見狀便鼓勵了幾個人一番，安慰道：「無妨的，要雕這樣的茶桌出來，豈是一朝一夕就能完成的事？都不知要練幾次手，廢多少料才能得成。你們也不要怕，放心去練，先撿些簡單的做，挖出木樁也是需要時間的，還要等它乾燥，做初步加工，才能精雕。你們這中間還有不少時間可以練，明天開始，你們就在家裡練手吧，先揀簡單的練著。」

何父等人聽了都連連點頭。

夜裡，喬明瑾入睡了之後，那父子師徒四人還在對著喬明瑾的圖紙研究。

還好岳大雷被早早勸回去了，不然搞不好他也要窩在喬家住一晚。

次日一早，家裡便陸續來了不少鄉親，都是平日裡跟喬明瑾走得近的人家，想必是秀姊把事都跟他們說過了。

老岳頭的四兒弟媳婦呂氏也一早帶著兒媳蘇氏來找喬明瑾。

「瑾娘，妳真要收木樁啊？那東西燒柴火別人都不要，根多鬚多，又重又大又不好劈，妳還拿來當寶了。」蘇氏一副怕喬明瑾吃虧的樣子。

呂氏也勸道：「瑾娘哪，妳這日子剛能吃上飯，可不要隨便折騰哪。聽說這東西妳是要拿來做家具的，這能做什麼家具？妳要木料就進山裡砍一些，村裡人也不會說什麼閒話的，又不是哪家自己種的，都是天生天養。妳這萬一花錢收了，做出來的東西沒人要，豈不是要虧死？如今那一家都沒上門來看過妳們一眼，也沒叫妳們回去吃過一口飯，妳們母女以後的日子……」

喬明瑾拉著她的手說道：「四嬸娘，謝謝您為我著想，不過這事我是經過慎重考慮的，也想了好久，沒事的，以後賣不出去也不要緊，當柴火賣也能賣錢，虧不了。」

呂氏嗔道：「胡說，等挖出來不合適，妳還能當柴火把它燒了？等你們去頭去尾雕了出來，再當柴火賣，哪裡還能有什麼重量？這可不是賣吃食，賣不掉還能拿回來自家吃。」

喬明瑾笑著說道：「放心吧嬸娘，這也不算是我的東西，是城裡有貴人找我在鄉下收的，虧了他照單全收，跟咱沒有關係。嬸娘家裡若是不忙，就跟著秀姊去山裡挖吧，以後可能別人也會去開挖，妳們今天就先去占個先，省得鬧哄哄的。」

呂氏對她問道：「真不是妳自己的主意？」

喬明瑾眼睛轉了轉，便道：「不是，我哪裡有那麼大的能耐？真是幫別人收的，岳大哥等人的工錢，也是城裡富貴人家給的。」

呂氏和蘇氏聽了這才算是放了心。

一聽這件事喬明瑾吃不著什麼虧，她們挖了木樁最不濟還能當柴賣，哪裡能放著現成的錢不要？她們很快便匆匆說了幾句話，回家拿工具上山去了。

婆媳倆走後，喬明瑾把眾人都叫了來，如此吩咐了一番。

她之前沒想到有樹大招風這事，看來還是要謹慎些，就是不防著別人，也要防著岳家那一家子。

幾人說好了相同口徑，以後對外均說喬明瑾只是得了貴人的請託，幫著做這個事，收樁子的錢也是貴人付的；至於將來有些木樁給的價錢高，有些給的低，也有了藉口，村裡人就不會怪到她頭上，這樣也避免了好些糾紛，打嘴仗的事都免了不少。

一上午又來了好幾戶人家，都是上門來確認這個消息的準確的。得了喬明瑾的準話，他們都興沖沖地回家找自家人進山挖木樁去了。

一個下午的工夫，村裡就都知道了，岳家那個別居分煙的兒媳婦在村裡收木樁呢！岳家裡，吳氏聞言也有些坐不住了。

她弄不明白這個出了門的兒媳婦到底要幹麼？

本來以為那母女倆會灰溜溜地再回來，向她討求讓她娘倆回家，請她再賞一口飯吃。只是這左等右等，都這麼久了，那母女倆不但沒有回頭，就是連話都沒帶回來過一句，倒真是硬氣。

如今聽說她買下了現在住的房子，還花了一兩銀子買了房前屋後四畝的宅子基地，真是敗家，也不知上哪賺得的銀子，賣柴火能這麼短時間賺三兩銀子？

吳氏抓心撓肝地想儘早讓柳媚娘過門，等進門拿了她的嫁妝，才好給她的小女兒說上一門好親。

最好是城裡的大戶人家或家底殷實，有鋪子、有田莊的，這樣自家能沾上光不說，他兒子說不得還能有錢打通關係，當上個什麼官老爺之類的，她也能跟著過過老太太的癮頭。

也不知岳老三那個倔強的在強些什麼，對人家柳氏母女冷言冷語、不親不熱不說，現在還乾脆不見人影了，說是在外上差，這都多久沒回家了？

柳氏母女幾乎每隔個幾天就會派人來打探一趟消息，只是連她都不知道兒子如今在哪裡，她也好久沒見到老三的面了。

老三不回來，就沒有銀子拿回來。

以前老三除了月俸，還有不少別人給的孝敬銀，可是自從那母女兩人搬離家裡之後，老三拿回來的錢就越來越少了，不說孝敬的銀子沒了，就是月俸都只拿回來一半。

她問老三，他說是在外頭要應酬，需要用錢，她卻懷疑他是拿去貼補那對母女。

吳氏一直想上門去問問看。

可是她家那個老頭子說喬氏是個有骨氣的，不會拿老三的錢，讓她不要上門去鬧，還惹得村裡人非議。

畢竟兩人並沒有和離，琬兒也還是他們家的孫女。

可她才不相信喬氏那個女人那麼有骨氣呢，誰還嫌錢多燙手？

只是她雖然不甘心，卻也沒有辦法，她家老頭子正盯著她。

現在卻又聽說，那喬氏要請村裡人幫著挖木樁，還要按件給錢，給的錢還不少，吳氏便心動了起來。

她沒好意思上門，就叫來自家女兒。

他們家裡也只有這個女兒，喬氏還願意跟她說上一、兩句話。

只是岳小滿一聽她娘讓她去問三嫂是不是收木樁，又收多少錢？她便搖頭拒絕了。

她可不好意思上門，自三嫂和琬兒搬走後，她娘都沒上門關心過她們母女。

她爹讓她拿一些菜過去，娘還非得要搶回來；平時東根、北樹、玲瓏得了些什麼好吃的，她想要拿一些去給琬兒，娘還不讓她去。

讓三嫂代賣的雞蛋，城裡賣什麼價，她三嫂就給她家什麼價，連個辛苦錢都不要。

她娘不但沒覺得不好意思，還認為理應如此，而且還要讓她拿些菜啊、雞啊、柳筐啊之類的，給三嫂讓拿到城裡去賣。

她哪有那個臉去？不去。

吳氏看岳小滿身子一扭就回房去了，氣得在院裡罵了幾句，卻又拿這個女兒沒有辦法。

她三個兒子娶的媳婦都是窮人家的，如今她可就指著這個小女兒了。

這小女兒長得比大女兒要好看一些，從小被她嬌養著，在家裡捂得唇紅齒白，臉上嬌嫩得就跟一朵花似的，她還指望著把這女兒嫁給個殷實的人家呢，最好是青川縣裡的。

吳氏叫不動自家女兒，只好在院子當中喊起了兩個懶媳婦。

這都什麼時辰了？日頭高起了，雖說地裡沒什麼活計了，春忙也過了，可也不能總窩在房裡啊！

于氏和孫氏慢吞吞地從房裡挪出來了。

「娘，喊我們有什麼事嗎？這一大早上的，衣服也洗了，早飯也做了、吃了，早上起得早，我正想補補眠呢。」

孫氏仗著給岳家生了頭一個孫子，在岳家可是有底氣得很，偶爾還能和吳氏嗆上兩聲。

吳氏憤憤地看著這個兒媳。

以為仗著生了長孫，我就得看妳臉色過活不成？想當家作主，妳還嫩著呢！

吳氏掃了兩個衣冠不整，明顯剛從床上爬起來的媳婦一眼，便說道：「妳們兩人到喬氏那邊去一趟，問問看她是不是在收木樁？若是收，一個木樁給多少錢，又能不能先給錢？這家裡如今個個都閒著呢，村裡可是好多人家都去山裡找木樁去了，妳們兩人倒還在屋裡偷懶！」

吳氏說著說著，聲音就有些拔高。

孫氏和于氏對視了一眼，喬氏在收木樁？哪來的錢？她倆還真是不知道這回事。

今天輪到孫氏洗衣服，孫氏只是在水井邊隨意甩了兩下，就抱著木盆回來了，還真是不知道喬氏如今又做了什麼事。

「娘，瑾娘在收木樁？什麼樣的木樁？她還給錢？」

吳氏看著兩人驚訝的樣子，對著兩人把事情說了一遍。

兩人聽完，眼睛便滴溜溜地轉了起來。

前些天才聽說，喬瑾娘剛付了現在住的那房子的房錢，把房契拿了回來，還花了一兩銀子買了房前屋後四畝地。

當時她們也不知道，只是因喬氏買了房前屋後不能生、不能長的宅子基地，被婆母吳氏罵了好幾天敗家，兩人才都知曉。

不想她喬氏只賣了一段時間的柴火，竟能掙了不少錢呢。如今又哪裡來的錢來收木椿？不賣柴了？她的錢從哪裡來的？

兩人各自埋頭沈思。

吳氏見狀，又喝道：「妳們兩人給個痛快話，去還是不去？還是指著我這張老臉去問呢？」

孫氏上前笑咪咪地拉著吳氏的一隻胳膊，說道：「去，去，哪能不去？那林子裡還不到處都是木椿？那可是放著現成的錢等著我們去撿呢。娘，放心吧，妳就在家等著聽信，我和弟妹現在就去問問看。」

于氏聽了也連連點頭，生怕被婆母罵自己貪懶。

吳氏聽了便吩咐了兩人幾句，由得她們各自進房換了衣裳，然後相攜出門往喬氏那兒去了。

而今天，喬明瑾和何父等人都沒有出門，就在家裡雕些簡單的東西練練手。

何父昨天訂下的工具要幾天後才能來，而且他們都沒做過根雕，喬明瑾也得跟他們說一說關於工藝流程的事。

這木根雕可不是簡單撿了一塊木根，拿起刀具去雕那麼簡單的。

首先當然是選材，要選擇合適的木材，又要有特殊形態的，這樣雕出的成品才有收藏和使用價值。

除了選擇木料，還要看紋理，看它的造型有沒有創作的價值。

太乾、太軟或是根鬚容易腐爛的，都沒有創作的價值，都是不適用的。

所以木料的選擇也不是件簡單的事。

挑好木料之後，還要看木料本身有沒有缺陷、裂縫，若有裂縫，雕出來後，怕是久了會變形。

而且還要看木料是不是健康，有沒有蟲蛀，有沒有長黴斑，有沒有藏著蟲菌等等……若是容易招蟲蛀的，也是沒有收藏價值。

這是選材上的初步過濾。

選好材後，還要做初步的加工，比如剔朽、去除腐爛根鬚、乾燥、除蟲除菌、去除多餘的根鬚等等……這裡面有好多的事情要做呢。

何父等人都不熟工藝的流程，這也不要緊，現在也還沒木樁挖出來。

她就著現在手頭上的木料，給他們做了一番工藝流程的介紹及具體的操作辦法。

喬明瑾先給每人分了幾根昨天挖出來的竹子，讓他們按照剛才說的流程，先用這些竹根創作。

五個人聽了喬明瑾的一番講解後，便各自拿著分到的竹子操作了起來。

幾個人正幹活，孫氏和于氏就上門來了。

喬明瑾看著站在門外的于氏和孫氏，覺得很是奇怪。

這妯娌兩人已經很久沒登門了。

按理說，以她們那種愛湊熱鬧的天性，喬明瑾原先還以為這兩人會天天上門來嘮叨上一遍，不料她和琬兒搬出岳家後，這妯娌兩人倒是極少上門。

喬明瑾不知道的是，這兩人可是時刻想著上門來顯顯擺，讓她眼紅，知道女人離了男人是過不下去的。

不過也不知那岳老三都跟她們的男人說了些什麼，岳老二和岳老四直接對她們說了，不許她們兩人上門打擾瑾娘母女。

「弟妹，好久不見了，我和四弟妹正好有空，就順道來看看妳。」

「是啊，三嫂，我們一直說要來看看妳和琬兒的，只是妳也知道，妳走後，三人做的活，都落在我們兩個人身上，哪裡忙得過來。我倒是羨慕妳，沒人吩咐妳做這個、做那個，又沒人壓著，這日子輕鬆自在得很。」

于氏說完，孫氏也在一旁點頭附和。

喬明瑾嘴角抽了抽。

「三弟妹，不請我們進去坐坐？裡面有不少人吧？難道是不方便？」

孫氏說著就用奇怪的眼光打量喬明瑾。

喬明瑾淡淡地看了她一眼，笑了笑，就把扶在門框上的手放了下來，退到一邊。

兩人便擠了進去。

「哎呀，弟妹，妳這院子收拾得不錯啊，就妳們母女兩人住著，真真是舒服得緊。妳看我和妳二哥，還有兩個孩子還睡在一間房裡呢，也不知婆母什麼時候蓋新房，要是老三跟柳氏訂了婚期，沒準兒現在早就蓋新房了——」

孫氏還未說完，于氏連忙捅了她一下，孫氏立馬閉嘴了。

真是該打，做什麼在喬氏面前提柳氏？沒得惹她反感，不收她們的木樁。

于氏看了孫氏一眼，以前沒覺得這孫氏這麼不會說話啊？

于氏翻了翻白眼，沒等孫氏說完，便對著喬明瑾笑咪咪地說道：「咦，琬兒呢？好長時間沒見到她了，這孩子也沒回家裡跟北樹他們玩，跟堂兄、堂姊有什麼好害羞的？」

喬明瑾便淡淡回道：「她和我妹妹跟村裡的孩子到外邊玩去了。」

孫氏聽了便說道：「瑾娘，我聽說妳兩個弟弟走了？還好離開了，不然妳們母女兩人尚吃不上飯，哪裡能養活娘家這麼多人？如今剩妳妹妹在這，我聽說她都快十歲了——」

「妳們來我家有什麼事？」喬明瑾打斷了孫氏，淡淡問道。

她可沒空聽那兩人在這裡跟她說教，她的事，跟她們又有什麼關係？

孫氏看喬明瑾一副冷淡的樣子，暗自撇了撇嘴。

也不知逞什麼強，自個兒都沒田沒地吃不上飯了，還要拉扯娘家那幾個窮弟妹。

于氏聽了喬明瑾的話，看向她說道：「是婆母聽說妳這裡收木樁，又聽說村裡有些人閒著的，都上山挖木樁去了，也不知聽來的消息對不對，就打發我兩人來問一問。」

于氏很聰明，把自己剔除出去。

反正她喬氏還沒和岳老三和離呢，還是岳家的媳婦，她喬氏可以駁了她們，可總不能駁了婆母吧？

喬明瑾看了這兩人一眼，暗自搖了搖頭，這得有多厚的臉皮？

不過她也不想搞特例，如今她與岳家不過是同住一個村的同鄉罷了，沒道理她收別人的東西，卻不收岳家的。

於是她對那兩人說道：「是的，我收木樁。不過我事先說好了，挖好後，我看了東西，才決定是不是按件付錢，若是不符合要求，就只能要求你們把它劈了，我按一車五十文的柴火錢來付。」

孫氏聽完便說道：「要不妳告訴我們妳要哪樣的，我們就給妳挖哪樣的吧，不然挖了妳不要，只當柴火來收，那我們豈不是白費工夫了？砍一車柴可能半天都不到，但是挖一個木樁可不止這點時間。」

喬明瑾看了她一眼，孫氏一如既往地精明。「你們挖不挖是你們的事，我也不缺你們一家。」

孫氏沒想到之前在岳家的時候，只是覺得這個弟妹不聲不響的，話也說得少，識文斷字，大概是個高傲的，沒想到現在竟變得這麼會說話，這麼圓滑。

于氏想了想便問道：「三嫂，你們找這東西是幹麼用的？能不能跟我們透露透露？這樣我們也好有目標地去找妳要的。」

喬明瑾看了于氏一眼，便說道：「這門活計也不是我做的，是城裡有人請託到我這裡，看我們這裡有山，木料來源便利，而城裡也不好運，便讓我幫著攬這個活，我也只是從中得一些辛苦費罷了。」

孫氏聽喬明瑾說完後，心裡暗道：果然如此，就說這喬氏母女倆飯都吃不上了，哪裡有錢去收這些破爛樁子，原來是幫別人弄呢。

也不知她從中能賺多少錢？若是她能把這活攬過來，豈不是得的錢比挖木樁要多？

孫氏心裡便活動開了。

她想了想便問道：「瑾娘，不知是什麼人請託的？他那邊還有沒有別的什麼事做？妳二哥如今還在家裡閒著呢，讓妳二哥幫著有錢的老爺跑跑腿什麼的，也是好的。」

于氏聽了，也在一旁點頭附和，說她男人也閒在家。

喬明瑾聽了，嘴角忍不住抽了起來。

她只不過借莫須有的名頭蓋一蓋這件事，卻不料這兩人倒當真了。

喬明瑾笑了笑，說道：「那位老爺平日裡就是因為忙，所以這才請託了我，你們若是有興趣，也上山去挖，若是怕耽誤工夫，就不用太辛苦了。」

她說完淡淡地看向妯娌兩人。

那孫氏、于氏兩人還一副不肯甘休的樣子，正伸了脖子往後院看，還打算抬腿往後院查看去。

雖然後院現在還沒什麼東西，可她就是不打算請這兩人去參觀。

喬明瑾便一副愁苦的樣子對兩人說道：「二嫂、四弟妹，妳看我和琬兒現在也沒法去砍柴賣了，家裡又到了要買米、買油鹽的時候，妳們能不能先借一些銀錢給我？等別人付我工錢了，我就還給妳們。」

孫氏和于氏兩人本來正打算往後院去的，聽了喬明瑾這話，忙止了腳步，說吳氏正等著她倆回話呢，說完就轉身急急走了。

喬明瑾見她們爭先恐後擠出大門的樣子，搖頭笑了笑，把門關了。

另一頭，孫氏和于氏從喬家跑出去後，一直走出去老遠才齊齊鬆了一口氣。

好傢伙，差點出不來了！

就說嘛，這母女兩人手無寸鐵的，又沒田沒地，之前還有兩個兄弟幫她砍柴賣，如今家裡連個男人都沒有，哪裡有什麼餘錢吃喝？

那收木椿的活計，還不知人家會不會給她銀錢，萬一看她好騙，哄著她收著玩的，難道她喬明瑾還能上城裡找人家討說法不成？

就是她們和自家男人都上山挖木樁了，辛苦且不說，那錢還落不到她們的腰包裡，都給婆母吳氏收走了，她們為什麼要辛苦做這個事？

她們可不是傻的，拿不到錢不說還勞心勞力，她吳氏和岳小滿則在家享現成的，哪有那麼好的事？

孫氏和于氏回岳家如何說，喬明瑾並不知道。

她在那兩人走後，便關緊門戶，專心地指點幾個人做起活計來。

這東西的創意很重要，得藏好了。

這年代並不缺一些手藝好的匠人，而且好多有手藝的人都是一代一代父傳子、子傳孫這麼傳下來的，到底水平如何，外人可窺不到。

若是有人看出她在做的活計，沒準兒人家看都不用看，只聽說有這麼一回事，就能做得比她好，到時她的東西賣不出去，可不得當柴燒了？還是儘量不要幫別人作嫁衣裳了。

喬明瑾看岳大雷拿著竹子在手裡看來看去，一副拿不定主意的樣子。

要說這岳大雷，悟性是不錯的，做活也肯出力氣，做的活計頗堅實耐用，打磨等等做得也是挺細緻的，但是一直以來做的都是粗活，沒做過這些需要精雕細琢的細活計。

那小刻刀，他都沒怎麼用過，還不怎麼上手，如今還真是不知從何下手，怕一不留神，就把整件東西都做壞了。

喬明瑾想起前世的時候，有些人為了練雕工、練腕力，有各種各樣的方法，或是在石頭上雕刻，或是拿蘿蔔瓜菜來練習，她想著要不要也拿些瓜菜讓他來試試？

只是她的話才剛提出來，那幾人就一副驚嚇的表情制止了她。

「這木根、木段隨處都是，又不要錢，可那瓜菜卻是要吃的，哪裡能用瓜菜蘿蔔來練手？人都還吃不上呢！那木根多的是，我就用木根來練手好了。」

岳大雷說完就開始動作了起來。

他還真怕喬明瑾給他弄來一籮筐什麼蘿蔔、瓜菜的，那樣他更是不敢下手，要是把一筐蘿蔔練壞了，不得被他家娘子念叨死？旁人也會指著他說他敗家的。

喬明瑾看岳大雷在一旁專心地構圖，準備雕刻人生中的第一件竹雕作品，便略略點撥了一下，就走開了，有些事情還是要他們自己領悟才行。

如此又過了幾日。

雲錦還沒回來，倒是雲家村來了不少人。

喬父、喬母、雲家的兩個舅舅，及幾個表弟妹也都過來了。

喬父、喬母看了喬明瑾要做的事，一顆提著的心總算放下去不少。

喬父沒想到這女兒帶了外孫女分居在村外，這麼久了並沒倒下，反倒能用小時候學過的畫藝畫了這麼多東西出來，還準備用不值錢的、別人棄之不用的東西，做出這麼精美的東西出來賣，頓時覺得他在女兒面前矮了一截。

喬母來了這一趟，看女兒過得好，便安心了，搶著在女兒的房前屋後又是翻土、又是施肥、又是鋤草的，恨不得把那四畝地都好好犁一遍，第二日就能長出東西來。

喬母又親自跑到山上，把喬明瑾養的那些雞也看了一遍，見那雞果真如女兒說得那樣，不用她操心，連吃食都不用備，就自己能在山上找吃的，還吃得飽飽的，聽女兒說有時候連水都不用備的，雞都能自己去找水喝，喬母便放心不少。

而兩個舅舅看了喬明瑾要做的東西，也是忍不住開口稱讚。

喬明瑾又跟幾人說了自己想在院中挖一口井的事。

如今何父等人要雕東西，有時候是需要一邊雕一邊噴水的，家裡人多了，用水也變得大了起來，她不想他們幾個雕到關鍵的時候就去挑水。

有時候在創作的過程中忽然被打斷，靈感就會跟著消失的。

喬父和雲家兩個舅舅在院中轉了一圈，覺得如今這種情況還真是要打一口井，現下都還不忙，可萬一忙活起來，哪有人有空去挑水？

喬父等人就在院中幫著看在哪打井比較好，何父等人也在一旁提些意見。

因為隔得遠，喬父他們吃過中飯，未時末的時候便要回去了。

喬明瑾送了他們幾個出門的時候，明琦和琬兒也拉著小舅的幾個孩子雲淑、雲焰等人依依不捨。

臨走時，喬母看了喬明瑾一眼，拉著喬明瑾到一邊說起話來。

第二十章

「娘，有事啊？」

喬明瑾看母親拉著她到一旁支支吾吾，有些奇怪地問道。

「瑾娘，妳這裡還要不要人啊？妳看妳要管著家裡的事，還要帶琬兒，又要管著收木樁的事，還要指點別人做事，能不能忙得過來？」

喬明瑾看了她一眼，道：「娘，咱娘倆怎麼外道起來了？您有事不能跟女兒說？」

喬母看了她一眼，這才說道：「其實是妳三姨的事。妳三姨父原本是在外頭幫別人管農莊的，只是現在那田莊要賣掉了，妳三姨父便和妳兩個表弟回了家。他們那個村子全是石子、沙礫的，全村的田地加起來也沒幾畝，妳大表弟如今都十八歲了，還沒攢夠娶媳婦的錢，他家還有一個老母親躺床上呢，他們父子三人正愁得沒法。」

見喬明瑾一副聆聽的樣子，她又說道：「妳外婆就是讓我問問妳還要不要人？都是一家子親戚，也都知根知底的，妳三姨父的性情妳也知道，是最老實的，看看有什麼活計是他們能做的，也好幫幫三姨家。」

喬明瑾想起了她那位三姨。

她三姨雲妮是母親的三妹妹。外婆生了兩子兩女，頭尾是兩個兒子，中間是兩個女兒，母親是老二，她那個阿姨排行老三，閨名雲妮，就嫁在松山集。

她姨父叫韋柏，小的時候父親就去世了，寡母一個人把他拉扯大，吃盡了苦頭。

韋母是個好強的，靠著開墾田地、給人做一些漿洗的活計，硬是把他養活大，青黃不接的時候，揹著他在城裡四處乞討，母子兩人才活了下來。

許是年輕時太過勞苦，她幾年前就躺在床上呈現半癱瘓的狀態了。

喬明瑾的三姨雲妮當初議親時，媒婆介紹了好幾家人家，其中就有這韋家的獨子韋柏。

當時喬明瑾的外祖父母看中他是個能吃苦又孝順的，家裡也簡單，婆母又和氣，也沒人給他們女兒氣受，最重要的是兩個村子隔得也不遠，遂把雲妮嫁給他。

喬明瑾外祖父母是想著，兩個女兒一個嫁在村子裡，另一個就在隔壁村子，有事的話抬抬腳就到了，以後多少能有個照應。

韋柏也的確是個好的，自雲妮嫁過去之後，對雲妮不說百依百順，卻也是夫妻恩愛，一家和樂。

只是他們那個村子是石頭多地少，村裡很多人都是出去找活做的，很多人還是全家人傾巢而出，只是韋家有個老母躺在床上，喬明瑾的三姨便留在家裡照顧老人。

她三姨跟韋柏生了兩子一女，大兒子韋金虎今年十八歲，二兒子韋銀豹十六歲，最小的女兒韋紅鯉也就十四歲不到。

這些年，韋姨父一直帶著兩個兒子幫大戶人家看管田莊，父子三人省吃儉用，工錢倒是領了不少，若不是家裡有個老母拖累，家裡的光景應是極不錯。

只是掙的錢給韋母吃藥看病以外，就沒剩的了。

韋金虎如今已到婚配的年紀，但家裡這樣的情況，沒人願意上門，已經找了好幾個媒人，只是人家姑娘一聽說是這樣的情況便都搖頭。

喬明瑾也知道她三姨家的情況，不過並不知父子三個已回到家了。

她聽完話，想了想便跟喬母說道：「娘，需要請人是一定的，只是還沒那麼快。這個事現在要做起來，以我一人之力有些吃力，花的時間也長，所以我可能會找人一起合作，到時就需要很多人了，那時，我再讓雲錦表哥去通知三姨。」

喬母聽了後問了喬明瑾一些情況，得了喬明瑾的說明，也只好先這樣了，女兒這裡確實沒那個條件，都是自家親戚，總不能讓人搭草棚子住在院子裡。

她又和喬明瑾嘮叨了幾句話，無非是讓喬明瑾注意身體之類的，弄得喬父都嫌她囉嗦，在牛車旁催她，喬母這才轉身跟喬父他們回去了。

隨後，喬明瑾便把家裡要打井的事託給了秀姊夫妻。

那岳大雷是個人面廣的，當場就說了上河村的誰誰誰做活漂亮又實在，已幫人挖了好多口井，都是出水豐沛。

因眾人都不得閒，喬明瑾只好讓秀姊走一趟去請人。

秀姊原本在家閒著，家裡也沒幾畝地，種完就閒了，如今能得了事做，又有錢拿，丈夫還在身邊，不知有多高興，每天臉上都是攏不住的笑，看岳大雷的目光裡都透著春情。

聽說自家男人說了請誰誰上門打井，她立刻自告奮勇明日就去上河村請人，一副風風火火的樣子，讓喬明瑾很是感動。

她略微交代了一番，也就各自散了。

次日，村裡第一批挖的木樁便陸續要出坑了，有人來叫喬明瑾去看，順便估價。因著秀姊去了上河村，喬明瑾便帶了何父去山上看。

山上最初被她圈起來的十幾個木樁，已是分到了和她親近的人家手裡，如今經過幾天的開挖，已是快挖出來了。

第一個木樁已經挖好了。

因為喬明瑾的要求挺高，要完整的根鬚，不能傷了根枝，圈的木樁又有些大，第一個木樁挖出來的時候弄了好幾天，直到今天才終於挖好。

那是櫸木伐去後剩下的木樁。

櫸木是南方的樹種，北方人稱為南榆，但不算是硬木，比不得紅木、黃花梨等木材的硬度，也不如紅木等木材珍貴，但在普通木材裡，它的堅硬度還是排得上中上。

因為它承重性好，抗壓性高，在造船、做橋梁時都經常用到櫸木，因為它堅固、抗壓，在蒸氣下或受熱的時候易於彎曲，容易塑形，所以比較適合做一些造型及藝術創作。

雖然櫸木的色澤淺，也不是什麼名貴木料，但因著它的種種優勢，喬明瑾還是圈了好幾棵櫸木樁。

至於要弄成什麼造型，還得等挖出來之後，看了根枝再結合整體的情況才能定下。

木根雕創作還是得講究自然的形態，在它本身的造型上做一些加工，不讓人覺得這是後天造出來的，才能充分體現出它的價值。

所以這才是喬明瑾要看過之後才能定價錢的原因。

只是看著目前這根櫸木樁，喬明瑾又是喜又是憂。

她沒想到地面上露出來只是一尺多的切面，挖出來後，根枝竟然這麼發達，底下竟然這麼茂密、這麼大。

加上櫸木本身又重，這挖是挖好了，可要怎麼弄出來呢？

喬明瑾不免有些犯愁。

這木樁她是極滿意的，看著這挖好的木樁，喬明瑾腦子裡就想到了好幾種造型，相信若是真做出來，定是不凡。

只是如何起出來呢？

這櫸木樁是村裡跟喬明瑾要好的媳婦張氏張荷花他們一家挖出來的。

張荷花比喬明瑾大了幾歲，嫁了村裡的岳根發，兩人生了兩子一女，長子都八歲了，平日裡常和蘇氏一起到喬明瑾家裡坐坐，每次來都會帶一些自家種的菜。

張荷花的公婆是個開通和氣的，對張氏也極好，很喜歡小琬兒，帶給喬明瑾的菜還都是她婆婆親自到菜地裡拔了，讓張氏送來的。

喬明瑾圈好要挖的木樁後，讓秀姊找了他們家，他們家便領了三個，然後一家子及她男人的二弟一家就上山挖去了。

張氏看著喬明瑾圍著那木樁打轉，還以為喬明瑾不滿意這根木樁，心裡很是忐忑，這挖木樁的活計可是不好做呢，一家子起早貪黑地連挖了好幾天，手上都長了泡，這才挖好了，可別到最後只能當柴火收了。

「瑾娘，這根木樁不適合嗎？」張氏有些不安地問道。

喬明瑾圍著坑邊又轉了一會兒，抬頭看向忐忑不安的張氏，又掃了一眼張氏的男人及婆家眾人，才笑著說道：「嫂子，沒什麼問題，這木樁甚好，正是我想要的，方才我只是在想要怎麼把它弄出來。」

張氏的男人岳根發聽了便鬆一口氣。

岳根發的老父在一旁說道：「好傢伙，這木樁這麼大，還真是不好弄出來，現在這樁子既然是瑾娘需要的，那咱們就得想法子把它挖出來。到時還要把坑填上，不然小孩掉下去或是積了水可不好。」

喬明瑾聽完，意外地看了他一眼，這張氏的公公倒是個明白人。

怕就怕那些只顧著挖木樁賣錢卻不知善後的村裡人，到時要是出了什麼事，可就是她的罪過了。

喬明瑾看他們並不問自己這根木樁要怎樣的價格，心裡多少有些高興，起碼這家人並不完全是衝著錢來的。

她心裡也在想著這木樁怎麼挖出來才更省力一些，前世是用滑輪，用粗纜繩一繫一拉，就拉上來了，若是有怪手更是方便，一夾就挖出來了，只是目前無法實現。

滑輪還是能做的，木匠鋪也很容易打出來，只是支點在哪裡？

喬明瑾抬頭看了看，林子裡到處都是各種各樣的樹木，高低粗細，參差不齊，這附近也有很多樹，不過還是有一些粗壯的。

能不能把滑輪固定在樹枝上呢？然後幾個人往外拉纜繩，是不是就能把木樁挖出來了？只是定點的樹一定要牢靠，不然木樁起不出來不說，旁邊的樹也會跟著折了。

喬明瑾還在想著各種可能的時候，張氏的公公似乎已是想好法子了。

她那公公叫岳有年，五十歲左右的年紀，此時說道：「帶一些粗繩從底下或是旁邊繞牢了，分做幾股，眾人合力往上拉，等挖出坑底，再讓人用粗木段墊在木樁下面，然後再合力集中往一側拉，這樣應該就能挖出來了。」

喬明瑾一想，這也是個辦法，只是得要不少人，而且木樁越大，需要的人就越多，因為完全沒有借力的東西，全靠蠻力，沒幾個人力還真是很難把這木樁挖出來。

林子裡此時有好些村裡人也在挖木樁，得知岳有年家已是頭一個把木樁挖出來了，這會兒都紛紛圍過來看。

聽了岳有年的話後，村裡有些年長的，或有些漢子也都各抒己見，眾人商討熱切，待商定好法子之後，立刻就有人拿了粗繩過來，又把幾股繩擰成一股。

張氏的男人岳根發和弟弟岳根才立刻就跳下坑底，把繩子在木樁的幾邊繫牢了，眾人把他倆拉上來後，就一道上來幫忙。

一根粗繩上用了好幾個壯丁，十來個男人抓著繩子，一起蹲身，身子齊齊後傾。

待岳有年一喊。「拉！」眾人便齊力，咬緊牙根，逼足了勁，腳往後蹬，拚命往後拉。

等木樁離了坑底，站在坑邊的人隨即眼明手快，把幾根粗大的木段往木樁和坑底的縫隙間塞了進去。

等木樁落在粗木段上，眾人便轉過來一起同往一個方向拉。

喬明瑾看著十幾個人齊心協力、脹紅的臉，多少有些感動。

只是看著木樁被斜拉著出來，她沈思了起來。

這樣斜拉出來，勢必有一側的木根會受損，壓著出來，下面的木根定是會折斷，有時候連一根根鬚都會影響整體效果。

還是要以往上升的方式挖出來，這樣才能保持根枝的完整性。

而且這樣拉實在太過吃力了，若是村裡有些人家沒有那麼多男人，可要怎麼挖？

這一點力都沒借到，只拉一根木樁就累得夠嗆，若是一天拉幾根、十幾根，不得要換好幾批人？

能不能在往外拉的時候，連著木根子一起往外拖，這樣借著木根的力，拉木樁的時候也能輕鬆些？

喬明瑾抬頭瞧了瞧旁邊的樹思考著。

看來，還是得想辦法把滑輪做出來才行。

眾人合力把木樁拉出來後，林子裡其他人家也都圍了上來看熱鬧，有好幾家幫著一起拉的人，更是興奮得直叫。

這下河村雖然平時各自過各的日子，雖偶有口角，但就剛才看來，同姓族人之間還是有一種向心力。

很快便有人對著木樁圍著看了起來。

整個木樁挖出來後，放在地上，根枝整整有十來尺左右。

有人便問喬明瑾。「瑾娘啊，這木樁可是妳需要的？這樣的木樁，妳收幾個錢吶？」

眾人聽了也都齊刷刷地看向她。

喬明瑾又細看了看那根木樁，除了木料不錯，紋理、顏色也都是上佳，又有一番自然形態，弄個大點的根雕，定是能賣不少錢；只是這麼大的根枝，估計弄好要費不少時日。

喬明瑾看眾人很是熱切的樣子，便說道：「這木樁我給一兩銀子吧，以後你們要是挖出比這更好的，我給的只多不少。」

眾人聽了一陣譁然，沒想到竟是得了一兩銀子！
岳有年一家人也沒想到，這才幾天時間，一家老小就掙了一兩銀子，都很高興。
那張氏荷花還不確信地拉著喬明瑾問了又問。
喬明瑾沒好氣地笑著說道：「怎麼，還想讓我把一兩銀子現場給妳，妳才信我說的嗎？」
張氏便笑呵呵地拉著她的手。「哪就那樣了？我還不信妳嗎？只是我們一家一年到頭也難得掙個一兩半兩的，這才幾天就掙了一兩，有些不敢相信罷了。」
岳根發也附和著點頭。
「瑾娘，這就是塊爛木樁，妳可不要按著一兩銀子收了，轉過頭再虧了啊。」
喬明瑾看著他笑了，道：「放心吧，我是瞧著這木樁形態不錯才給這麼多錢。」
岳根發的弟弟岳根才笑咪咪地說道：「早知道這木樁這麼值錢，我就睡在這林子裡早晚不停地挖了。」
等他們一家人轉戰另一根木樁後，喬明瑾就和何父圍著木樁細看，指導何父如何做進一步的粗加工。
這麼大的木樁運回家裡放顯然是不大現實的。
若是家裡的院子大，運回去曬在院裡等著乾燥，又近、又避著人，處理起來更便利些，只是目前她家並沒有這個條件，只好先在林子裡做初步加工了。

何父雖然沒做過專門的根雕，但是從小就是學木匠活的，有些東西也算是有異曲同工之妙，他很快便把喬明瑾所說的東西領悟了，還能舉一反三地提出了不少意見，讓喬明瑾很是欣慰。

兩人眼前這個木樁，現在瞧下來，根枝完整，沒有腐朽，還算健康，只是目前濕土附著太多，還不能完全看清裡面的情況，還得等其乾燥之後，再看裡面是否有蟲蛀或藏了蟲菌；然後還要剔朽，去除不必要的多餘根鬚等等。

這些都要等乾燥之後，把一些黏在表面上的土塊敲掉才能做。

兩人圍著轉了一圈，做了一些簡單處理，就回去了。

要等幾日後再來做下一步的剔朽、去枝等處理。

兩人回到家還不到一炷香時間，雲錦也進門了。

雲錦自從離開後，已是在外頭待了好幾天，也不知他有什麼收穫沒有。

「妹妹，我回來了！」

雲錦還沒進門，那特有的大嗓門就在門外響了起來。

喬明瑾聽了，嘴角翹了翹。

他還是一如既往地叫她「妹妹」，不知情的還以為那是她的親大哥呢。

琬兒連忙掙脫明琦的手就往大門口撲了過去。

「表舅舅……」

「欸，小琬兒！」

「想不想表舅舅呀？」

「想！」

小東西圈著雲錦的脖子，笑得眼睛都瞇了起來。

有時候喬明瑾看著女兒跟自家的幾個弟弟、表哥親近，心裡經常會莫名湧上一股複雜難言的情緒。

也許在孩子心裡，只有母親還是不夠的吧……

喬明瑾笑著看向雲錦問道：「可是順利？」

雲錦抱著小琬兒進了院子，笑著朝喬明瑾點頭。「順利著呢，這不出去不知道，外頭可是大著。我這次去看了之後，才發現自己原來長的見識都不夠看了。」

喬明瑾笑咪咪的，聽他一臉興奮地說了一通。

明琦從廚房端了一杯水給他，雲錦便一隻手抱著琬兒，另一手接過粗瓷大碗咕嚕幾下就把一碗水全喝了下去，還有些意猶未盡地咂吧著嘴。

何父和何曉春等人也都來和雲錦打招呼。

何父可是雲錦的岳父，雲錦在他面前還是略有些收斂的，他把琬兒放了下去，跟何父施了禮。鄉下人雖然施禮行得不規範，禮數卻不能不到。

幾人都放下活計，在院子中撿了凳子坐下，與雲錦說起話來。

雲錦說了他這次出門見到的各樣趣聞，還說了一些他見過的各種家具及木料製品。

事實上，他並沒看到有什麼根雕的東西，只是看了一些木工活做得極好的木製家具及木製用品。

喬明瑾看他一臉遺憾的樣子，便安慰他道：「這也是個好事，說明這樣的根雕目前還沒什麼人把它做出來賣，等我們把它們做出來了，不怕沒有識貨的人。」

幾個人聽了也都連連點頭，最怕的是集市上有一堆，那就難賣了。

聽雲錦聊完，喬明瑾便跟幾個人說了起運木樁的事。

她找了張圖紙依著前世的滑輪畫了樣子，然後講解給幾個人聽。

目前他們在做的這個事，木樁倒是好找，就是不方便挖掘搬運，費的人工也有些大，若是有了前世那樣的滑輪，就能省不少力了。

喬明瑾還記得小時候家裡逢年過節要放鞭炮，都是由小孩子爬到樹上，把長鞭炮綁在樹上，再爬下來點著；或是綁在長長的竹竿上，再把竹竿支起來，放鞭炮時，經常都要到處找東西綁。

後來慢慢各家都有滑輪了之後，再回老家過年，那滑輪就固定在房前屋後的樹上、枝椏上，一端繩子在滑輪上面，另一端繩子則綁在樹身下面。

要用的時候，就解開樹上的繩索，把另一端繩索放下來，然後再把鞭炮綁上去，再把繩子一拉，那鞭炮就掛上去了。

要是把滑輪做出來，到時把木樁一綁，再拉繩索，那木樁不就起出來了？

何父等人看了都嘖嘖稱好，看向喬明瑾的目光都有些不一樣，都說還是要讀書，識文斷字的人就是懂得多。

喬明瑾有些汗顏。

這是前世用的槓桿原理，隨處可見的東西，只是在這個時代還讓人覺得無限神奇。

雲錦拿著圖紙看了又看，還看到喬明瑾在滑輪旁邊畫如何使用的圖樣，大感興趣，興奮地問她能不能把它做出來賣。

這話讓喬明瑾一愣。

她倒是沒想過要做這個東西出來賣，只是因為看著挖樹樁的村民挖運木樁辛苦，才想出的法子。

不過這要是能做出來賣，好像也不錯，這年頭沒什麼工具，很多場所都應該能用到吧？

喬明瑾越想越覺得可行。

她又畫了一幅圖，只是把東西畫得略模糊了些，也沒畫出裡面的構造。

她叮囑了雲錦一番，看明天能不能找鐵匠鋪把它做出來，最好是能跟鐵匠鋪分成，做出來一個、賣出一個，就分給她多少錢，這樣才能有個長長久久的進帳。

當天傍晚吃過飯後，喬明瑾就帶著明琦、牽著小琬兒的手去了一趟張氏的家。

岳有年一家子正在吃飯，看見喬明瑾上門，熱情地招呼她們三個人一起坐著吃飯。

喬明瑾看他們吃得還不如自家，自家這些天有了些錢，雖說並沒有大魚大肉，但白米飯還是能吃到的，且不說她們這時都已吃過，就是沒吃也不好意思留下來。

喬明瑾把一兩的銅錢親自交到岳有年手中。

岳有年接過串了一長串的銅錢，略略有些激動，這一兩銀子換成銅錢可是串了一長串。

老爺子兩手捧著，直朝喬明瑾點頭道謝，還非要叫張氏把下午在地裡拔的、晚上還沒做完的菜讓喬明瑾拿回去。

喬明瑾推了幾次，見他們都要跟她急了，只好收了下來，謝了又謝，才告辭走了。

次日一早，雲錦便牽著牛車、拿著圖紙進城去。

喬明瑾則帶著何父等幾個人仍是在後院做木雕、竹雕。

何父等人已是大體地雕出圖形來了。

何父根據竹根下面濃密的根鬚，準備雕成張飛的模樣，手中的竹雕已是初具形態，何父雕工不錯，看著很像，相信做好之後還會更好。

而何曉春準備把它倒過來，做成披著長髮的仕女模樣，也很有創意。

何三學了他師父，也準備要做一個長著鬍子的老人模樣。老人很普通，喬明瑾便指點他看能不能做成南極仙翁或什麼羅漢的樣子，讓何三頓時茅塞頓開。

而岳大雷也不知是不是看著他兒子梳著抓髻看多了，他準備雕成黃口小兒的模樣，下面的竹鬚，他要做成小兒頭髮的樣子。

最有創意的還數何夏。

當初分到他手裡的竹根，有一根是裂了的，當初挖起的時候不小心，使的力大了些，就把它挖裂了。

何夏乾脆就把它劈了一節，利用竹節做成了船艙的模樣，上面的一半竹子就是烏篷船的蓋子；竹鬚只留了少許做為船公的鬍子，他打算把後面一截燒彎曲，做成船公站在船頭搖櫓的模樣。

喬明瑾看了他的創意，忍不住驚嘆。

這人還真是真人不露相，就創新這一點，比何曉春還能想、還敢做。

何父看了何夏的半成品也很是欣慰，青出於藍勝於藍，做為師父他也是高興得很。

一整天，喬明瑾都在看他們製作竹雕，偶爾仗著自己前世看過的各種各樣新奇的東西，給他們略微指點一番。

到未時的時候，雲錦回來了，後頭還跟著一輛馬車。

喬明瑾看著余記的掌櫃和周晏卿同時從馬車上下來，還狀似很熟的樣子，頗為意外。

周晏卿笑咪咪地朝喬明瑾眨了眨眼，余記的掌櫃則朝喬明瑾點了點頭。

喬明瑾看了雲錦一眼，就把兩人往家裡迎。

那駕馬車的車伕也被迎進了家裡，馬車則拴在外頭的樹上。

堂屋很小，沒什麼大戶人家茶几、高背椅的擺在那裡，喬明瑾便讓雲錦把四方桌搬到了院中，把何父等人這幾天做出來的長板凳也擺了出來，請兩人圍著桌子坐下，何父和雲錦也在一旁作陪。

「六爺和余掌櫃原是相熟的？」

喬明瑾看著兩人端著雲錦買回來的粗瓷杯子喝了兩口又放下，這才問道。

家裡雖然添了茶具和茶葉，但跟大戶人家的頂級好茶還是差了不止一條街的距離。

周晏卿看了余掌櫃一眼，朝她說道：「嗯，原就是相熟的，兩家也常來往。」

喬明瑾看那余掌櫃點了點頭，沒有應話，只端了茶在喝，便不說話了，只聽雲錦在一旁說他在城裡遇上兩人的事。

雲錦並不認識周六爺，但周六爺認得明珩。今日恰巧明珩和劉淇上街買東西，見著了雲錦，三人正走在街上時，碰巧遇上了從酒樓裡出來的周晏卿。

他得知幾人要趕往余記，好心跟他們說可提他的名號，買東西便宜些，就跟雲錦這樣聊了起來。

然後周晏卿和余記的掌櫃看了圖紙，都極感興趣，才一起跟著雲錦回來了。

喬明瑾看了那兩人一眼，問道：「不知兩位有什麼計劃？你們也知道我只是一個普通的鄉下女子，對於生意上的事並不是很懂。」

周晏卿看了喬明瑾一眼。「妳可一點都看不出是鄉下女子的樣子。」

他瞧著眼前這個女人，簡簡單單的衣裙，頭上也只是隨意盤著髮，連支銀釵都沒有，只用一根木頭釵子簪著，頭髮略有些零亂，不像他見過的女人那樣用頭油抹得髮光可鑑，一絲散髮都無。

偏偏這個女人卻有一種不容小覷的氣勢，每次見到，都帶給他不一樣的感覺，淡淡的如溫吞的水，又如那野外的雛菊，不起眼，但就是讓人忘不了。

喬明瑾倒沒細瞧他，只是覺得這個男人每次都是一副運籌帷幄、決勝千里的模樣，好像一切盡在掌握。

那余記掌櫃看見周晏卿不說話，只盯著人家婦人瞧，有些意外。周府給他說了好幾門親了吧，哪有一個是他這樣細瞧過的？只怕連眼神他都欠奉。

眼前這個女子雖是與眾不同，談吐見識皆不凡，並不似尋常婦人，但人家已是有夫、有女，他可不認為兩人之間會有什麼後續。

余記掌櫃姓余，單名一個「鼎」，這會兒看周晏卿不說話，便開口說道：「我們是為了小娘子圖紙上那個東西而來的。」

周晏卿聽了後收回眼光，跟著點頭。「我聽雲兄說妳準備找家打鐵鋪子合作，就我所知，這青川縣，余記的手藝若論第二，沒人敢在它面前稱第一；而且妳這個東西，既然是想賣錢的，想必也不想只在青川縣賣吧？」

喬明瑾又看了他一眼，這人也就二十出頭的年紀，瞧著倒是一副老道的樣子，不愧是周家青川縣的總管事，手裡握著幾十個大鋪子，管著幾十個大掌櫃。

喬明瑾仔細想了想，說道：「的確，我做這個東西出來確實是想賣錢的，而且我目前也挺缺錢，兩位既然都到我們家來了，想必心中已有主意了吧？」

周晏卿聽完，看著她便笑了，說道：「自然，只是不知喬娘子應還是不應了。」

喬明瑾也笑著看著他回話。「你也說了，這青川縣裡，余記稱第二無人敢稱第一，那麼我若是想放在青川縣做出來，余記自然是首選。當然這也不一定，周邊的幾個縣，我都可以跑上一跑的。」

那兩人聽完，相視了一眼，周晏卿便說道：「我兩人也是帶著誠意而來。喬娘子，妳讓妳家表兄帶著圖紙找店鋪做出來，並按件分成，妳覺得妳在鄉下能清楚地知道做了多少，又賣了多少，又價幾何嗎？」

喬明瑾看著他兩人說道：「我確實無法掌握，所以才想找一家有誠意的合夥人。」

周晏卿便笑著說道：「在商言商，在利益面前，有時候人連親爹娘都不認，更何況妳又不派人駐店參與其中，妳這種想法並不實際。」

喬明瑾低頭思考著，她這種技術入股的方法在前世比比皆是，在古代確實有些吃不開。這年頭身分等級不同，即便簽了協定，在比你身分地位更高的人面前，不過是廢紙一張。

周晏卿看了她一眼，這女人，眼裡無波無瀾的，他也算識人無數，卻看不透這女人心裡所想。

於是他又說道：「喬娘子有沒有想過把這圖紙賣給我們？妳一次收到一筆錢，以後賣得好或賣不出去，均跟妳沒有任何關係；至於我們賣到哪裡，賣價幾何，自然也不須妳再勞心。就是以後賣得的錢還比不上付給妳的錢，那也由我們來承擔損失，妳要做出一件賣出一件再分成，妳覺得帳本會是真的嗎？」

喬明瑾瞧了他一眼，暗道：不愧是奸商。

事實上，她之前也想過賣斷。

只是她並不知道這東西做出來會賣到何處，會有什麼人來買它，她不好訂價錢，若是訂的錢低了，將來搞不好她會後悔，賣一只得一只的錢，也許最務實。

但正如他所說，這樣的做法卻不大實際。

只是憑她如今在鄉下來往不便，再加上她這樣的身分，哪裡能天天在人家的鐵匠鋪裡盯著？再時時查看帳本？

若是賣至別處，別處做了多少、賣了多少，又或者人家有沒有提供圖紙到別的地方再做出來，她完全無法知道。

喬明瑾猶豫了一下才說道：「想必你們也是知道這東西的好處了，既然從城裡找過來了，那麼應該也是帶著誠意來的，現在就讓我看看你們的誠意吧。」

那兩人對視了一眼，周晏卿便說道：「一千五百兩，我們買斷妳這圖紙，今後我們在哪生產，生產了多少，都跟妳沒有關係。」

喬明瑾笑了笑。「比算盤還多了五百兩，只是周六爺覺得這東西能用在何處呢？」

周晏卿不明所以，就著她的話頭說道：「這東西可是個好東西，修屋建房，哪怕是修城牆，若是有了它，能省下許多人力。那南貨北運、北貨南移，也是個利國利民的好用處。」

余記掌櫃奇怪地看了他一眼。

「那周六爺覺得它就值一千五百兩？」

周晏卿差點沒咬掉自己的舌頭。

他不說的話，這鄉下女子應該不知道這麼多吧？只是看她那副模樣，還真看不出是不知道的。

能想出這樣一件東西的人，又哪裡不知道這個東西的用途？

周晏卿心裡有些不確定起來。

余鼎瞥了周晏卿一眼，又看著喬明瑾說道：「我家雖然不如他財大氣粗，也一下子拿不出太多錢財出來，不過我願意向人相借二千兩付給喬娘子，以後若是賣得好了，我年底再付喬娘子一筆花紅。」

怎麼回事？這兩人不是一道的？

周晏卿聽了就有些著急，說道：「你想吃獨食？人家喬娘子可是跟我有過合作的，總得講究個先來後到吧？」

余記掌櫃斜睇了他一眼，說道：「喬娘子賣柴給我家的時候，你還不知在哪裡待著呢！」

周晏卿有些意外，沒想到她還賣柴到余記，便道：「妳家如今還在賣柴嗎？若是太辛苦，那肥泥我看哪個莊子還要的，再讓他們來運。」

從幾天前，周家便不再來運肥泥了。

喬明瑾也沒太在意，她如今要做更重要的事，那肥泥反倒是讓她被村裡人盯緊而已。

喬明瑾便說道：「無妨，那肥泥我家如今也不提供了，現在我們有別的事在忙。」

周晏卿聽了有些意外。

一個鄉下女子，不就是種種地，地裡再拔拔草，閒時收些菜、拿些家養的雞蛋去集上賣，或是砍些柴火賣，哪裡還有什麼別的事做？

女人嘛，不都在家相夫教子？

喬明瑾看他那副樣子，心裡笑了笑。

這年頭，女人大門不出，二門不邁，大戶人家的女子忙著打扮得花枝招展地參加各種花宴，小門戶人家的女子忙著操持家務，還真沒有別的什麼事可忙。

喬明瑾考慮了一下，讓何父等人把正在做的竹雕拿出來。

余記掌櫃上門的時候，這才知道前段時間接的幾套刻刀的活計，也是出自這戶人家的，覺得真是巧得很。

而那幾個還在精雕中的竹雕一拿出來，立刻吸引了兩人的目光。

第二十一章

幾個竹雕雖然還不到最後成品的階段，但大致的形狀已是出來了。

何父的美虯張飛，何曉春的少女多姿，何三的南極仙翁，岳大雷的髫髮小兒，何夏的撐船艄公，每一個都透著自然形態之美。

周晏卿拿在手裡仔細的看了又看，沒想到這不起眼、廢棄不要的竹雕都能做成這麼精美的東西，連不多話的余掌櫃都拿在手裡連連誇讚。

「喬娘子這是要做竹雕？」

周晏卿看著眼前這個女子，越發好奇了。

一個鄉下女子不在家相夫教女，操持家務，下地做活，竟老想這些奇奇怪怪的東西。之前賣算盤應是得了不少銀錢，也不見這家裡添了什麼東西，連張椅子都沒有，這院裡不說鋪磚壘石了，那茶都是連他們家下人都不肯入嘴的東西。

不過也是奇怪，他進門都這麼久了，怎麼只有她一個人招待？

男人倒是有好幾個，不過除了領他們來的那個雲兄是她的表兄之外，其他幾個似乎只是她雇來做活的，這家男主人哪去了？

周晏卿瞧著跟小姨安靜地坐在院子木樁上的小女娃，疑惑了。

這孩子難道是個失父的？

余鼎看周晏卿又不知魂飛何處，只好先開口問道：「喬娘子現在是在做這個東西賣嗎？」

喬明瑾便說道：「這只是讓他們練手的，若是有大量這樣的竹根，就可以創作一些東西出來；只是這畢竟是小的東西，費時費力不說，也不值幾個錢，我要做的是大的東西。」

周晏卿頓時來了興趣，目光灼灼，帶著生意人自古以來就有的狂熱，問道：「喬娘子要做什麼大的東西？」

喬明瑾看著他，腦子裡迅速地轉了起來。

事實上，這件事，她還沒有完全想好。

挖一個木樁就要幾天，等著乾燥又要十天半個月，然後初步加工、粗雕、細雕、拼接、著色……這些流程做下來，估計一個木樁要做成成品，花費一、兩個月都還是短的。

再者，她要的木樁越來越多之後，肯定得有地方裝下它們。

這麼大的木樁，就是堆在她家的後院也堆不了幾個，還要留著師傅們創作的地方。起碼目前她得把他們幾個的創作空間弄出來，還要準備一個大些的地方或倉庫，放這些木樁。

找人合作是一定的，不說錢財，最主要是物力，而且她最缺木匠、木雕活做得好的人。

喬明瑾在心裡過了一遍之後，便說道：「這個事憑我一己之力確實有些吃力，也不成氣候，我正打算找人合夥做這個事，只是目前一切計劃都還未想好。」

周晏卿立刻激動起來。

他雖不知道這女人具體要做什麼事，但只看她拿出的算盤和這個叫滑輪的東西，就知道她要做的是會有大大盈利的事。

「妳是要做什麼？又是打算如何合作？」

喬明瑾看了他一眼，發現余記掌櫃也一臉興致勃勃地看著她，便說道：「這件事押後再談，我們還是來談談這個滑輪的事；若是你們沒有誠意，我也沒必要找你們合作，上次賣算盤我就認識了不少城裡的大戶，我相信感興趣的人一定不少。」

周晏卿奇怪地看了她一眼，說道：「撇去我們周家，哪裡有人還這麼好說話的？」

喬明瑾笑道：「我可一點都看不出周六爺好說話。」

余記的掌櫃便說道：「我雖不知喬娘子要做什麼事，也不是因認識他才幫他說話，妳若是找人合作，目前青川縣裡，以周府的實力還是最適合的；別的人家也不是不好，但我敢說周六爺確是一個最好的合作者。」

周晏卿聽了，立刻就神采飛揚了起來。

「難得你為我說了一句公道話。」

他轉身想去拍余鼎的肩膀，被余鼎掃了一眼，訕訕地把手放下了。

喬明瑾瞧著這兩人的關係，著實好奇。

好像很熟，又好像隔著些距離。

按理說周府財大氣粗，這余記就是個打鐵的鋪子，先不論要不要巴結，總沒有讓周六爺待之這麼客氣的道理。

但想不通她也沒多問。

周晏卿稍離了余鼎一些，才對喬明瑾說道：「妳這滑輪，既然余記給了妳二千兩，還願意每年付妳花紅，我們周府就出三千兩吧，就不說什麼花紅了，妳要年年看帳本也是件費心的事，想必妳也不願去費這個心。三千兩，而且和算盤珠子一樣，這東西若是有人細究起來，就說是我周家出的，如何？」

喬明瑾倒沒想過把東西做出來，還能保留這個東西的冠名權。人家身分地位比她高了不止幾條街的距離，而且她本意的確是不想張揚，只想賺些錢財，不用太為衣食住行操心就夠了。

所以她便點頭道：「只是這東西剛才余掌櫃說了要的，那……」

周晏卿笑呵呵地說道：「妳放心，我們在青川和附近幾個城裡的生產，少不得要交給他們去做，我們府名下有木匠鋪子，卻沒有鐵匠鋪子，這裡面的事，我會跟余掌櫃詳談。」

余鼎也朝喬明瑾點頭。

他之前說了要買下這個，只是看不得周晏卿給那麼低的價格而已。論手藝，他可瞧不上周府，可論運作，他也不過是個打鐵的罷了，安安穩穩掙些小錢比什麼都重要，大風大浪的事又不是沒經歷過。

喬明瑾想了想，又看了旁邊目瞪口呆的雲錦，及恨不得把頭齊齊點到地上的其他幾個人，點頭應了。

雙方簽了協議，說明這個滑輪從今天起就歸周家。

周晏卿掏出身上的一只錦囊，從中抽了幾張銀票給喬明瑾，正是三千兩。

喬明瑾看了此人一眼，出門帶著這麼多錢，分明是早有打算，起碼在他心目中，三千兩還是能接受的價格。

還真是奸商，一開始竟砍了一半，也不知那錦囊裡還有多少銀票，也許那才是他的底線，還真是要低價錢了。

雙方簽好協議，付清銀子，此事便算是皆大歡喜。

周晏卿還惦記著她做的事，立刻著急地問了起來。

喬明瑾便起身請他們幾個出門。

周晏卿和余鼎一臉疑惑地在後面跟著。

這是要到哪裡？到底是要做什麼？

看前面的雲錦和喬明瑾帶他們進了山，他們更加好奇了。

那車伕兼小廝一臉緊張地跟在周晏卿身邊，還拽著他的袖子提醒。

這是要進山搶公子爺的錢財？鄉下人多，又都沒開化，萬一全部撲上來搶，他們三個哪敵得過？

那副樣子讓偶爾回頭的喬明瑾暗自笑得不行，這是怕她劫財又劫色呢。

話說，這周六爺周晏卿還真有一副好皮相，本身就是一個衣架子，又穿著合身的寶藍杭綢直裰，雲靴金箍玉帶的，更是顯得手神俊美。

越進了山，那山裡的人便多了起來。

有好些家裡未出嫁的小娘子跟著出來挖木樁，為家裡出一把力，這會兒見著了這麼出眾的周晏卿，都是個個臉紅心跳不已，這鄉里鄉下的，哪裡見過這般人物？

不少人也都停下活計向喬明瑾打招呼，問那是不是就是收木樁的老闆。

喬明瑾小心地看了周晏卿幾眼，才含糊著點頭。

那些人見果真有這麼一個財大氣粗的人在後面撐著，更是有信心，也不怕喬明瑾沒錢付他們了。

周晏卿看喬明瑾一副頗不自在的樣子，心裡暗笑，想必這是拿他吹牛呢。

不過，這好像也不錯，他心裡頓時美美的，好像已經是合夥者了，很是親切地跟村民們打招呼，還說只要是好的，一定會收，就是最後不合條件的，也不會虧待了大家。

村裡人聽了更加有底，二話不說，拿起鋤頭又去幹活了，只餘了一些小兒圍著後面。

周晏卿猜了個大概，回答得還算老道，讓喬明瑾有種錯覺，她好像就是為他做這事的一樣。

周晏卿覺得他這次還真是來對了。

只在街上隨意逛，就能發現讓他名利雙收的東西；大老遠跟了來，不僅一帆風順地談妥了，還以不多的價錢買斷，這價錢可能低了些，對於他來說，還真算不上什麼大錢。

也許以後可以再補償她吧，一個鄉下女人手裡有太多錢也不好，弄不好會給人搶了或惦記上了，周晏卿這般自我安慰了一番。

除了買妥他看中的叫滑輪的東西外，沒想到這次來，還有個大驚喜等著他。

那女人的腦子也不知怎麼長的，一個鄉村女人，也不知學了字、練算盤有什麼用？想出這些東西來，最後受益的卻是他。

這兩年族裡的生意，掌門人之爭爭得很是厲害，不只是青川縣這一支，京裡那一支的嫡系都想染指家族的生意。

他若是沒弄出新的東西來，還真是有可能地位不保。

京裡那一支，三、四代以來一直靠著他們青川縣這一支，才能有各處打點的銀子，才能吃好喝好，穿金戴銀的，權貴人家又有幾家能過上如此財大氣粗的日子？還不都是靠他們？如今他們那一支倒想直接染指了。

一開始，老祖宗說好了兩支嫡系，一支出仕，一支在後方從商，提供錢財上的支援，他們家因是幼子，所以隱在後面。

當初老祖宗的意思是想保留一股力量，將來萬一有什麼不妥，還有一支嫡系留下來，也好有血脈的傳承；加上從政的也得要有錢財支持，從商的也得朝中有人打通各種門路。

只是現在，似乎京裡那一支過得太安逸了，手伸得有點長了。

上次他找到的算盤，效果很好，得了京裡的獎勵，快信回來，說可能以後會向算經科的學子們直接推廣那種新的算盤，大量生產。

京裡那一支得了上頭的誇讚，這回也算是名利雙收。

而這滑輪比那個算盤還好，而且那根雕更是有賺錢的空間，他很期待。

周晏卿乾脆地跟喬明瑾簽了合約，約定雙方各占一半乾股。

喬明瑾負責原料、工藝流程及生產這一塊，而周家則負責提供錢財及人力上的支援。銷售的事也不須喬明瑾操心，全程由周晏卿來打理，銷售的過程中，她可以安排人員參與，細帳則由周家來做，總帳及最後的報表匯總則由喬明瑾來做。

喬明瑾要花的每一筆錢及雇工的工錢，都由周家來支付。

兩人又商議了一些細節，比如在村裡買塊地，蓋間倉庫及雕工師傅們的工作間等等，那是刻不容緩的，這個地方再過一段時間就會進入雨季，想把木樁放在林子中自然乾燥顯然是不現實的。

因為天晚了，喬明瑾也沒有客房可以提供他們住下，所以到族長家買地的事，周晏卿就沒法參與了，只交代買地蓋房的事由喬明瑾來做。

喬明瑾在周晏卿走後的次日，就上族長家去。

這次除了買到建作坊用的地之外，她還從村裡一戶人家那裡買到了四畝水田。

那四畝水田均是上等良田，如果是平時的價，就是十兩銀子一畝，雲家村買的六十畝田也是這個價。

只是這家人把田照顧得極好，水田裡的稻子都不用她怎麼照顧，秋收就能收糧了。

喬明瑾便按著族長的意思，多付了二兩銀子的糧錢，秋上收糧的時候，地裡的糧便也歸她所有。

而那作坊，她為了方便照應，在她住的房子附近劃了十畝宅基地。

總共只花了十兩銀子。

買好水田和宅基地後，喬明瑾分別去看了看。

水田就在村裡，離她家不是很遠，水稻長得綠意盎然、隨風搖擺，雖然還沒到抽穗的時候，但瞧著這產量也不會太少。

喬明瑾看著很高興，以後她們娘倆就不用再去買糧食了。

但她不是個能下地做活的，況且如今她還有事情要做，於是她尋了秀姊，想要讓秀姊幫著照料。

只是秀姊因她男人的關係也跟著喬明瑾做事了，家裡也有好幾畝地，自己現在也在幫著喬明瑾做一些雜事，田雖只有四畝，她卻覺得有些管不過來。

秀姊就為她找了蘇氏，蘇氏一聽就應了。

蘇氏一大家子還住在一起，她公公岳華升是岳仲堯的四叔，兩口子生了兩子兩女，家裡老小三代都還住在一起。

當時老岳頭有兄弟三個，家裡祖上也不是有錢財的，分到幾個兄弟手裡沒有多少田地。如今喬明瑾把四畝地交給他們幫著打理，而且一年又只要五成糧，等於說是他們幫著照看，得的糧他們就能拿走一半，這對他們家來說，無疑是個天上掉餡餅的事，且他們家又不缺人手。

不只是蘇氏，就是呂氏得了訊息都到喬明瑾家來了，還帶來了他們家剛嫁過來半年的小媳婦馬氏。

馬氏瘦瘦小小的，長得頗為秀氣，一副很是靦覥的模樣，跟喬明瑾打了聲招呼就連忙把頭低下去了。

呂氏便說道：「這是妳堂嫂，有什麼好害羞的？將來妳們妯娌都要好生幫襯著，生的子女都是流著同一個祖宗的血，是最最親的家人。妳堂嫂如今家裡一攤子事，正忙著，妳平日裡無事，就過來幫幫她，哪怕是幫她帶帶小琬兒也好啊。」

馬氏就抬著頭看了喬明瑾一眼，臉紅紅地應了。

喬明瑾看她那模樣，朝她笑了笑，陪她說了幾句話，馬氏才算是緩了過來。

她當時剛嫁過來，才見過喬明瑾幾回，沒說上幾句話，之後喬明瑾鬧著和離又搬到村子外頭，她更是沒有和她接觸了。

她心裡覺得這個堂嫂敢反抗夫家娶平妻，可能是很凶悍的人，今天見到了喬明瑾，又聽她說了幾句話，才發現這堂嫂好像並不是那種凶悍不講理的人。

馬氏趁著喬明瑾和蘇氏及自家婆婆說話的時候，又偷偷打量喬明瑾。

只見這個堂嫂一身簡簡單單的衣裙，收拾得乾淨俐落，髮上也只簡單地挽了一個髻，簪髮的東西就只是普通的木釵而已，連她都有二、三支銀簪挽髮。

而她跟村裡尋常的婦人也沒什麼兩樣，但看著就是有些不同，瞧著……她也不知道怎麼形容，就是看起來很安靜、很從容的樣子，臉上不見一絲悲苦，讓人看起來很舒服、很平和，讓人很願意與她親近。

馬氏看著喬明瑾小聲說道：「瑾堂嫂，妳這裡是不是要建作坊？」

喬明瑾笑著回道：「是啊，我在族長那裡買了十畝地，準備建作坊。像你們家這種挖出的木樁都要有個地方放起來，不然被雨淋到了，就會發黴、長蟲、腐爛，可就白花錢了。」

馬氏很是認真地聽著，在喬明瑾說完後，又細聲問道：「那堂嫂這裡還需要人嗎？」

喬明瑾倒愣了愣。這瘦瘦小小的女人，瞧著也是個害羞的，看著就應該是在家裡操持家務，大門不出二門不邁的那種，岳家在林子裡挖木樁，小姑岳寒露都到林子裡幫忙了，只有她在家做飯，這是她要出來做活的意思嗎？

馬氏看見喬明瑾看向自己的目光，臉紅紅地又低下頭去。

蘇氏便笑著說道：「我這弟妹看來是覺得沒活做手裡發癢了，之前家裡人都到林裡挖木樁去，就她一個人在家裡做飯洗衣，平時也沒什麼活，怕是在家裡悶著了。」

呂氏也笑著說道：「瑾娘，妳這裡要是有什麼活計，就把妳這弟妹叫上，如今家裡也沒什麼事做，寒露要說親了，我不讓她四處跑，家裡也要不了兩個人在家做活。她現在和妳立秋堂弟還沒個娃，將來有了孩子，也是需要用錢的。」

那馬氏一聽她婆母說到孩子，頭都快低到膝蓋上去了。

喬明瑾見了便笑了起來。

這馬氏害羞歸害羞，但看著為人是個良善的，且呂氏和蘇氏經常幫襯她，她也一直想著要回報一二。

「弟妹用不著害羞，妳要領活做，等作坊做成了，我看可有什麼輕巧的活計，一定讓妳來做，可能建作坊時就有不少活了，到時總要有人監工或是做飯煮水的，我一個人可忙活不開。」

馬氏聽了便高興地抬起頭看喬明瑾。

喬明瑾發現這馬氏看著雖然瘦小，但眼睛長得很是好看，臉上也是清秀得很，略微裝扮一下，還能算是中上之姿呢，岳立秋是個有福的。

喬明瑾買了地又買了村裡四畝上等水田的事，很快地，吳氏便知道了。

她倒不認為喬明瑾自己有本事能買到水田，而那宅基地的事，大概也沒她喬氏什麼事。只不過她得跟她兒子好生說一說了，一個女人不好好在家帶孩子，竟惹了這一堆事出來，若中間出了什麼見不得人的事，不是要她兒子難堪？

她想著是時候逼兒子快刀斬亂麻了。

後又聽說喬明瑾把四畝水田交由呂氏婆媳打理，吳氏就心疼了。

這可是整整四畝田地呢！他們岳家才只有幾畝地，而且還給呂氏五成糧！給個兩、三成就不錯了，真是個敗家的娘們！

岳家那麼多人閒著，她又不是不知道仲堯的兄長和弟弟都在家，一家人的，怎不交給家裡人種？

自己的田不種，倒去幫人家管什麼木樁，真不知她想幹麼，沒得會把琬兒也給教壞了，她兒子目前可就這麼一塊肉。

而孫氏和于氏也很快便知道了這件事，也很是不解。

他們都是一家人，為什麼不把田地交給她們男人來種？她們之前難道待她不好嗎？怎麼就沒想到她們，倒想起隔了房的蘇氏？不然的話，他們小家也能攢些錢下來。

婆母吳氏如今是越來越摳門了，也不知要把錢留著幹麼，她女兒就那麼矜貴？把家底全陪給岳小滿，嫁出去的女兒潑出去的水，還能指望她將來幫襯娘家、幫襯兄弟？

妯娌兩個一肚子的不滿。

別人家都陸續從喬氏那裡拿到了挖木樁的錢，聽說只要挖幾天，一個木樁就有一兩銀子呢，有些還得了二、三兩。

妯娌兩個頓時又悔又恨，想著不管怎麼樣還得再上喬氏那兒一趟，若是吳氏不讓她們去挖，她們就回娘家把各自的兄弟子姪叫過來，還能在娘家落個好。

喬明瑾不知買地買田的事竟弄得岳家人心浮動。

她買好了宅基地，便讓雲錦去通知周六爺來一趟。

隔日，周六爺就帶了人來了。

除了看風水、建屋子的師傅和工匠，還有做木雕活的師傅。

幾個建屋的師傅看過宅地之後，就給喬明瑾和周晏卿兩人畫了簡單的圖紙。

周晏卿問喬明瑾的意見，她就說除了倉庫和工作間，還須再添兩排房子，要有獨間、有雙人間、有通鋪，總得備著以後木匠師傅們住的地方，不能全安排住在她家裡。

將來作坊建好後，就是何父、雲錦等人也都要去作坊住的，住她家只是暫時的，有時候的確有些不方便。

周晏卿看著眼前這個跟建屋師傅侃侃而談的女人，瞧她一臉專注的樣子，心裡也跟著飛揚了起來。

這女人似乎是每一次都能給他一些不同的感覺。

周晏卿肯定是不能經常往下河村跑，他要管的事多，周府的事就夠他忙的，他不能總盯著這，所以他帶了一個管事來，以後這處作坊的事就由管事替他管了。

那管事也姓周，是周家的家生子，三代都是周府的下人，對周府忠心耿耿，周晏卿把他提過來專門管這個攤子。

那周管事瞧著並不是精明奸詐之人，對自家主子周晏卿非常恭敬。

喬明瑾和他聊了一會兒，發現此人見識很是不凡，對於木材、木質與各種木製作品都很精通，便很高興。

她最怕周晏卿派一個什麼都不懂還頤指氣使的人來。

隨後，喬明瑾又和周晏卿說了一些請人的事，及一些木料的事。

如今有了周府的加入，她倒不愁沒有木雕師傅這些人了，目前缺的是好的木料。

周晏卿聽了喬明瑾的話，就說這個事由他處理。

好的木料或許難尋，但剩下的木樁還怕找不到嗎？相信還沒有多少人看到根雕的商機。

喬明瑾一點都不懷疑周府的能力，如今周晏卿既然說了由他負責去找，又聽他那輕鬆的口氣，她便覺得沒什麼可愁的了。

她要做的是將作坊早些弄出來，然後原料準備好了後，再帶著人把初步的處理工序弄妥當。

周晏卿走的時候給喬明瑾留了一千兩銀子和一本帳本。

他絲毫不懷疑喬明瑾記帳的本事。

一個能把算盤珠子撥得那麼順溜的人，哪裡會是個不懂記帳的？方才周管家教她的時候，她一臉從容，周晏卿便知道她懂得只怕比周管家還多呢。

周晏卿對她越發好奇了，看來得讓人細查一查這個女人……

喬明瑾送走周晏卿之後，隔日，上河村的打井師傅們終於騰出時間，到她家來。

挖井的師傅帶著三個徒弟過來的時候，得了喬家人的一致歡迎。

雖然村裡吃水便利，可是若家裡頭就有水井，誰還願意出去挑水？挑水又不是件輕便的事。

最高興的莫過於明琦和小琬兒了。

姨甥兩個開心地在院裡跑來跑去，還把平日裡玩得好的夥伴全拉來家裡看，恨不得告訴所有人他們家要挖井了，以後再不用去挑水了。

秀姊、蘇氏、張氏等人也很是替喬明瑾高興。

當初見她一個人帶著女兒住到村子外頭，左右又沒個鄰里的，家裡沒田沒地，屋裡還連張床都沒有，她們就忍不住替她們娘倆擔心。

如今見她們娘倆越過越好，她們打心底替她們高興。

包括雲錦、何父等人也都停下活計，在一旁幫忙。

喬明瑾已讓雲錦買了好些地磚、青石板回來，挖好井之後，還要在井周圍鋪上一圈地磚、青石板才好，這樣洗衣洗菜會方便一些，到時也不會又是水又是泥的。

到時再砌上兩個石頭池子，一個用來洗大件衣物被子之類，一個則用來清洗糧食等物。

打井不需要看什麼吉日，打井的師傅只在院裡四處看了看，連地都沒怎麼挖，就擇好了一處地方，還跟喬明瑾說不用挖上幾米就有水了，地下水源很豐沛。

大家都是高興得很，當天就開工了。

打井師傅加上他帶的三個徒弟，再加上何家父子、雲錦、岳大雷等人，人力充足，當天日落之前，井裡就出水了，隔天上午就把井砌好了，又加上有秀姊、張氏等人幫忙，井臺的地磚、青石板也在次日下午全鋪好了。

水井弄好後，家裡人人滿臉笑容。

而如今家裡有水井，自然更是便利多了，想何時用就何時打水，再不必省著、算計著用水。

明琦和小琬兒很是開心，興沖沖地拿了專門為她們量身訂做的小木桶就去打水，忙著澆院裡和屋外的菜。

沒水井時，兩個小東西不捨得從水缸裡舀水，都是用大木桶接了各人用過的髒水，或是兩個人去村外的小河裡打水來澆菜，如今可算是能隨便用了。

兩個小東西樂此不疲，恨不得把院裡和房前屋後的小草、小花都澆上一遍方好。

家裡的水井弄好後，周晏卿那邊也讓人傳消息過來，說是把時間訂在了本月的二十，那天是大大的吉日，正宜動土。

而今，離二十還有七、八日，喬明瑾便根據周晏卿請的工匠及人數，又讓秀姊在村裡請二十個青壯男人，再請五個婦人幫著做飯和做些小活。

村裡好些人得了訊息，紛紛尋上門來。

好些婦人也都相攜尋了來，喬明瑾其實不大認識這些人，就聽著秀姊她們的話，定了五個婦人，其中就有一個馬氏。

這五個婦人和二十個男人，都是家裡多餘的勞力，雖然現在各家全跑去挖木樁，他們仍是剩下來的。

再說建房無非是幫著遞一些東西，再就是和泥之類，都不是多費力氣的活，他們完全做得來。

這二十人之中，還包括了岳家的老二和老四。

一開始，孫氏和于氏找來時，喬明瑾是不打算要他們的，可想著這岳老二、岳老四跟她也沒什麼衝突，之前在林子裡餵雞時，還會幫她些小忙，倒不像他們的女人一樣是有小心思的。

她正好要找人，若是把他們剔除，沒準兒村裡人還以為她對那家子還有什麼怨言呢。

喬明瑾便應了下來，孫氏和于氏笑咪咪地朝她道了謝，興沖沖地回去了。

周晏卿和喬明瑾為了早日把作坊弄出來，工期要求很緊，所以定了四十文一天的工錢，這工錢可是不少，就是去了城裡，頂多也是三十文一天。

眾人皆是心滿意足，就等著開工了。

而喬明瑾因家裡挖了井，作坊的事又有了頭緒，難得閒了下來。

這天一大早，喬明瑾、明琦和小琬兒一起吃過早飯，她便在院子裡帶著她們打算盤、學算術。

如今有了雲錦等人，她還真是清閒了不少。

早上也不用她挑著雞籠子到林子裡放，水也不用她挑了，家裡的根雕等事，何父等人也都上手了，雜事也都由雲錦幫著她辦妥了，如今她除了畫些圖紙，倒是日日清閒，能閒下來逗弄孩子。

「娘，妳看琬兒打得對不對？」

女兒奶聲奶氣的聲音打斷了她的思路，喬明瑾回頭，看到女兒正拽著她的袖子，指著算盤上的數字給她看。

喬明瑾一看，五零五零。

女兒算得雖慢，不過卻把正確的數字都打出來了。

「哇，我們琬兒真棒，都算對了呢！好厲害，娘親一個……」

喬明瑾抱過女兒，在女兒粉嫩的臉上重重地親了一記，惹得琬兒扭著身子格格直笑，學著喬明瑾，兩隻小手捧著她的臉也左右各香了一下，讓喬明瑾歡喜不已。

旁邊的明琦嘟囔道：「笨琬兒，我都算了好幾遍，都會減法了。」

喬明瑾轉身摸了摸她的頭，說道：「嗯，我們明琦也是最厲害的，這麼短時間速度就這麼快了，還要把減百好好練練，等琬兒加百會了之後就教給她。」

明琦臉上頓時明媚了起來，重重地點頭。「嗯，姊，妳放心吧，我一定天天帶著琬兒練，一定會好好教她。」

「好，真是好孩子。」

「娘、娘，我也是好孩子！」

「對，我們琬兒也是好孩子，真棒。」

喬明瑾自從把算盤做出來之後，平時除了教她們數數之外，還教她們一百以內的加減。

用算盤是最好的方法，不僅腦手眼並用，腦子活了，手指也靈活了，而且在打算盤的過程中，整個人也變得專注了，做事也學會了專心。

明琦學得很好，短短時間內就把算盤口訣背得滾瓜爛熟，加百也算得又快又準，有時候不用算盤就能做一些簡單的算數。

只是琬兒畢竟小，喬明瑾教她的時候，其實只是想著讓她專心學一樣東西，練練她的腦力、眼力和手指的靈活性，又能磨磨她的性子。

不過琬兒的記憶極好，之前喬明瑾教她唸一些簡單的古詩時，就發現女兒記性極佳。

一般來說，教她的東西，給她唸上兩、三遍就能記住了。

喬明瑾便試著教她背珠算口訣，一天教她三句，還讓她反覆在算盤上練習，到如今，她竟然磕磕絆絆地把口訣背熟了。

速度雖然不快，但唸著口訣已是能準確地在算盤上撥出珠子，一百以內的加法，她已能撥出正確的數字來。

喬明瑾很是欣慰。

之前一天教她三句口訣，看她反覆地在算盤上練，連喬明瑾看了都覺得枯燥，女兒卻能一個人搬張小凳子坐在院子裡，把算盤放在她的膝蓋上，安安穩穩地坐著，一邊唸一邊撥，磕磕絆絆地練熟了。

自女兒學了算盤之後，喬明瑾在忙碌的時候，回過頭都能看到女兒小小的身子坐在簷下或院子裡，拿把算盤自己玩，嘴裡默默地唸，一邊唸一邊撥算珠。

那個專門為她做的小算盤已是成了女兒不離手的玩具，連睡覺都把它放在枕頭邊。

女兒自從她在家裡忙活根雕的事後，也總是懂事地不吵著她，就跟前跟後地跟在小姨的身邊。小姨在廚房忙著弄大夥飯菜的時候，她就搬張凳子坐在院子裡，一個人拿算盤玩，每每就在喬明瑾轉身能看到的地方，讓喬明瑾見了心裡又酸又澀。

「琬兒，娘今天有空，娘幫妳紮小辮子好不好？」

小東西一聽，兩隻眼睛立馬就睜得圓溜溜的，亮晶晶得如同一汪清泉，點頭如搗蒜。

「嗯，娘，琬兒去拿梳子和頭繩。」

她說完隨即離了小凳子，搖搖擺擺地跑向了屋裡。

「姊，妳也幫我梳頭好嗎？」明琦睜著大眼睛看向喬明瑾。

「好，姊今天也幫我們明琦紮頭髮，就紮個好看的！」

「嗯。」

九歲的明琦雖然很懂事，幫她做著各種家務，洗菜做飯幫她帶孩子等等，但到底還是個孩子。

喬明瑾看著她風風火火地衝向房間，搖頭笑了笑。

很快地，姨甥兩個便抓了各自的東西跑出來，懷裡還各自捧著一個小木匣。

那小木匣是何曉春他們來了之後，這些天為她們兩個做的，兩個小東西很喜歡，把平時她們最珍愛的東西都放在裡面。

「娘，先幫琬兒梳！」

「好，那妳搬張凳子坐到娘前面來。」

「姊，我去搬。」明琦立刻去院裡搬了兩張凳子跑過來。

小琬兒從她手上接過一張，跑到她娘面前，轉身背對著她娘坐下，還用手去拽頭上的兩個抓髻，弄得一團亂蓬蓬的。

喬明瑾坐在凳子上，拿了梳子慢慢梳理著女兒的頭髮。

她已是好久沒能幫女兒梳頭了……

每天起來的時候，女兒還在睡，所以琬兒的頭髮都是明琦幫她梳的。

喬明瑾雖然每天看著女兒亂糟糟的頭髮總是莫名心酸，但也沒時間顧得上。就是她自己的頭髮她都懶得打理，只隨意用一支木釵插上固定了事。

之前一直忙得腳不沾地，日日天不亮就去山裡砍柴，為了能吃飽飯，有時候連飯都顧不上做，哪裡有空打理自己？

如今雖然不砍柴賣了，但還有一堆事等著她。

第二十二章

女兒的頭髮很細很軟，之前偏黃，跟著她住到村外後，倒慢慢養得黑了，摸在手裡，軟軟的很舒服。

「琬兒想綁什麼樣的髮髻啊？」

「娘綁什麼琬兒都喜歡。」

「真乖。」

「姊，就兩邊各綁一個，先編辮子，再把它們盤起來，然後再紮上表哥買回來的頭花。」

「好。」

「用表舅買的頭花！」

「好……」

喬明瑾很有耐心地幫兩個孩子梳頭髮，難得享了一回清閒。

在給明琦也纏上頭髮之後，兩個小東西便高興地手拉著手去外面獻寶去了。

喬明瑾高高興興地看著她們出門，正搬了幾張凳子要放回簷下，又見兩個小東西朝她飛跑回來。「娘、娘，舅舅回來了，舅舅回來了！是大舅舅，還有小舅舅……」

喬明瑾聽了很意外，起身走到門口。

遠處，兩個身影步伐很快地朝她走來。

兄弟倆有些不一樣了，好像多了一分讀書人的儒雅。

「姊、姊，我們回來了！」

明珩還是那樣喜歡大呼小叫的。

喬明瑾細細打量著兩個弟弟，養了一個月，臉上神采煥發不說，明珩臉上也好像長了不少肉，明玨則是越發俊秀了。

她很是高興。

「今天怎麼回來了？」

「本來早就該回來了，別人家的書院每旬還有一日假呢！只是劉員外怕劉淇好不容易定下心，卻因放假又野了，就一直等到現在才讓我們回來；夫人也要帶劉淇回娘家，所以就放了三天假。」

喬明瑾聽了明珩的話，笑著摸了摸他的頭。

「那你們回家了嗎？」

「回了，我們是前天天黑時到家的。昨天在家待了一天，奶奶便打發我們今天來看看姊。」明玨對喬明瑾說道。

還真是多虧了他這個姊姊，如今他又有機會可以安安靜靜地看書了。

「那快進屋吧，且歇一歇，明天中午吃過飯，姊再送你們回城。」
「娘，給舅舅做好吃的！」
小琬兒趴在明玨的懷裡大聲說道。
「好，娘給兩個舅舅做好吃的。一會兒妳去問問呂奶奶，看她家還有沒有南瓜，我們給妳舅舅做南瓜餅和南瓜圓子吃。」
「姊，我去！」
「小姨等等我，琬兒也去！」
小琬兒掙扎著從明玨的懷裡下了地，兩個小東西很快便牽著手跑遠了。
進了屋，兩人又向雲錦等人打了招呼。
兄弟兩人看到他們這才走了一個月，家裡就有水井了，很是高興，興沖沖地撲上去輪著打了一桶水，高興地在臉上、手上又是潑又是洗的。
「姊，這水真清，好涼的。」
「嗯，這井水就是地下水，冬暖夏涼，有了這口井，姊如今可省事多了。」
「姊之前太累了，我在城裡還一直替姊擔著心呢，怕我們走了後，姊一個人忙不過來。」明玨不無擔心地說道。
「把你表哥當什麼了？紙糊的嗎？」
雲錦從廚房端了兩碗米漿出來，故作生氣地說道。

明珩很快就把米漿接了過去，明玨則對雲錦說道：「多謝表哥，有表哥在，我們也放心多了，我姊可全靠你了。」

雲錦拍了拍明玨的肩膀道：「都是一家人，哪需要這麼客氣。」

幾個人便坐了下來，聽明珩兩人說起他們這一個月在城裡的生活。

喬明瑾聽說明玨如今已是在一邊教書，一邊備著來年的秋闈，很是欣慰。

而明珩在城裡也是如魚得水，這孩子本來就聰明，又有明玨拘著，將來定是能學出一些本事來的。

喬明瑾遂放心了不少。

兄弟倆和喬明瑾聊了一陣子，就去看何父等人創作木雕，對那些木雕很是驚奇，讚嘆不已，跟前跟後在一旁幫忙。

下午，兩人隨著喬明瑾進了一次山。

兩人看別人挖了一會兒木樁，又帶著明琦和琬兒在林子找山貨。

幾個人還撿到了幾個野鴨蛋，又用漁網兜了一隻來不及逃走的野鴨；像是歡迎兩人歸來似的，更有幸撲到了一隻來溪澗邊喝水的野雞。

最後，幾個人便一路蹦著跳著回去了。

當天晚上，喬明瑾把那隻野鴨子燉了，再切了一半的野雞肉和著蔬菜炒了，另一半則用黃泥裹了起來，放到灶膛裡煨著，給幾個孩子撕著吃。

明珩、明琦和小琬兒最後差點連雞骨架都啃進嘴裡，吃得滿手滿臉的油。

次日一早，村裡好些跟明珩交好的小子便拉他到外頭去了，明琦和小琬兒也跟去，明玨則跟在喬明瑾身邊幫些忙。

中午吃過飯，雲錦就用牛車送他們兄弟倆回城。

明琦和小琬兒也跟著爬上牛車送兩人一程。

臨走時，喬明瑾給兄弟兩人分別塞了一個荷包，兩人均推了回來。

「姊，我上個月得了十兩的束脩，祖母還讓我留了一些在身上，如今我身上還有一兩銀子呢，在劉家有吃有喝也用不上，這錢我不要。」

「姊，娘也給了我銅板。」

明珩也急著把喬母給他的荷包抖出來給喬明瑾看。

喬明瑾看著明珩的荷包，裡面銅錢磨擦的聲音叮咚作響。

喬母是不掌錢的，得了幾個銅錢都會主動上交給婆母藍氏，好像那錢會咬人一樣，她又能給明珩多少錢？無非是喬父省下來讓她塞給明珩的罷了。

喬明瑾把荷包塞到他們懷裡，說道：「拿著吧，姊現在身上有錢了，不缺你們這幾個。在外頭也不要太省，明玨或許還要應酬，總要帶些銀子在身上，別讓人看低了。以後明玨你的束脩就都拿回家裡，你們倆要用錢，跟姊說，姊以後供著你們。」

明玨和明珩聽了，眼眶都紅了。

「嗯……姊，我們知道了。」

牛車很快就在喬明瑾的眼前駛離。

喬明瑾還看到兩個弟弟拚命地朝她揮著手……

喬明瑾因著如今木椿越挖越多，將來若是周晏卿在別處挖了木椿，她仍是要讓人在現場做完處理再運回來。

目前她忙著在林子裡收木椿訂價、忙著做初步處理、忙著教雲錦等人一些工藝流程的東西，也沒空去管兩個孩子。

所幸兩個孩子都很懂事，很快又跟前跟後地幫著喬明瑾處理起家事來。

現在家裡的事，洗衣做飯幾乎都是明琦在做，其他人的衣服，則是他們各自洗。明琦則把她和琬兒、喬明瑾和雲錦的衣物都包攬了，炒菜做飯也越做越熟練。

原本在喬家，多是明瑜忙著廚房裡的事，她就幫一些小忙，而今在喬明瑾這邊，她倒是樣樣在行了。

然後院裡和房前屋後的菜，是全由琬兒包了澆水的事。

小東西提不動大桶的水，就央著雲錦做了一個小桶子給她，來來回回地往外搬。

喬明瑾不讓她往井裡打水，怕她掉進去，為了方便她用水，便每天一早打了水到石砌的池子裡，裝得滿滿的供她用。

小東西要用水時，就踮著腳、拿著葫蘆瓢從裡面舀水。

喬明瑾找秀姊要了兩個葫蘆，一個劈成兩半，分一半給她舀水，一半放在廚房；另一個只切了個口，做了個活塞，還在葫蘆身上鑽了密密麻麻的小洞，做成前世澆花的器具，讓琬兒澆菜用。

琬兒見之愛不釋手，連她小姨都捨不得給，成了她專用的東西，天天樂此不疲地往她的小葫蘆裡灌水，然後每天如小蜜蜂一樣樂呵呵地給瓜菜澆水，還抱怨她娘種的瓜菜太少，不夠她澆。

兩個小東西懂事，喬明瑾也省心了不少。

又過了兩日。

這一日，小琬兒正拿著小葫蘆在房子外頭圈起來的籬笆地裡澆菜。

她先是拔了小葫蘆上面的木塞子，又拿起一半葫蘆瓢，從小木桶裡舀了水，往小葫蘆裡面灌水。

那水一面往葫蘆裡灌，一邊往外噴，所幸噴得並不多，那洞眼也小，倒不至於灌滿就漏完了。

她見那水往外噴，忙站起身，把小葫蘆往水桶裡塞。

只是這樣，那水還是灑在她的衣服上。

她往身上看了看……呀，衣服又濕了，等會兒娘又該說她了。

她老是記不住要把葫蘆往水裡放，都是先提起來，所以水就總是往她的衣服上噴。

不過只是轉瞬，小丫頭又偷偷笑了起來。

現在都是小姨在洗衣服呢，一會兒找小姨偷偷換了去，娘今天一早就進山了，娘看不見的。

她歪著腦袋想明白後，便高高興興地伸直了手，提著她的小葫蘆去澆菜去了。

這裡的菜都是她管的呢！

娘說要是菜菜長得好就獎勵她，帶她去城裡吃麵，到時她就可以去看大舅舅、小舅舅，還有……

她忙用手捂緊了嘴，緊張地左右看了看。

差點說出來了，這是她的秘密，不能讓人知道，娘也不可以。

她好久好久沒看到爹爹了呢……

她癟了癟嘴，眼淚差點掉了下來，連忙用手背往眼睛上抹了下，又在菜地裡蹲了下去。

不能讓娘知道，這是琬兒一個人的秘密，娘會不高興的。

很快地，一葫蘆的水就澆完了，她又起身去裝水……等灌完一葫蘆，再跑過去澆菜地。

見菜葉上有蟲，她不害怕，撿起兩根棍子就把它們挾了下來，小心翼翼地裝在竹筒裡，等著晚上拿去餵雞。

娘說雞吃了蟲蟲就會多生蛋呢，這樣大家每天都能吃到蛋了，多的還能拿去賣錢，等有了多多的錢，娘就不會那麼辛苦了。

娘說再等一些時間，雞就會生蛋了，不過到時若是雞雞在林子裡生了蛋，就會找不到了。

她想著，嘟了嘟嘴。

不過可以把雞放到菜地旁邊啊，到時琬兒天天都要來撿雞蛋。

琬兒又高興了起來，查看菜葉上有沒有蟲子，有的話就用棍子挾下來。

那菜是琬兒照顧的，琬兒那麼辛苦，你們還要來吃我家的菜葉，把菜葉啃成一個個洞，又難看，還害得我和娘都沒菜菜吃了！

哼，我要把你們全捉了，去餵我家的雞……

岳仲堯站在籬笆門口，看到的就是這樣一副景象。

他的女兒，蹲在地上，嘴裡不停念叨著什麼，一隻手拿著一個漏著水的葫蘆，一隻手拿著兩根小木棍，地上還放著一個小竹筒。

小小的身子此時正蹲在地上，一點一點往前挪，小身子在菜地裡穿梭，那菜葉都快蓋過她了。

岳仲堯看得鼻頭發酸發脹。

他的女兒還這麼小，就會幫家裡做事，也沒人陪她，一個人在菜地裡玩……

「琬兒……」

小丫頭一直在念叨，一方面為有蟲子餵雞而高興，一方面又覺得蟲子太多了，害得她和娘還有小姨都沒菜菜吃，一臉糾結，並沒有聽到岳仲堯在叫她。

岳仲堯又柔聲喚道：「琬兒……」

她這回聽到了，連忙扭著身子朝聲音處看去。

看到籬笆門口站著的岳仲堯時，她愣了愣，眼睛睜得大大的，眨了眨，良久才怯怯地道：「爹爹？」

「是爹爹，琬兒不記得爹爹了？」

小東西一聽，連忙迅速直起身來，邁著小短腿就朝岳仲堯撲了過去，手中的棍子、葫蘆都不要了，裝著菜蟲的竹筒也被她弄倒了，蟲子就高興萬分地往外爬……

小東西全然不顧，眼裡只有眼前那個人影。

岳仲堯見女兒小小的身子朝他飛撲過來，眼眶頓時便是一陣濡濕，往前疾走幾大步，接過女兒把她騰空抱了起來，緊緊摟在懷裡。

小東西一被父親抱到懷裡，就圈著父親的脖子哇哇哭了起來。

岳仲堯心頭發澀，忍著淚意，手足無措地安撫女兒。

他一手托著女兒小小的身子，一手在女兒軟軟的背上撫摸安撫，喉頭梗澀難言，吐不出一個字來。

小東西在父親的安撫下，哭得越發大聲。

岳仲堯顯然從沒見女兒哭得這麼傷心過，抱著女兒就在菜地裡轉圈，嘴裡喔喔哄著。

他高大的身子在種得滿滿的菜地裡轉圈圈，青菜瞬間就被他的一雙大腳踩壞了不少。

在廚房忙活的明琦豎著耳朵聽了聽，確定是琬兒的哭聲，馬上扔下東西飛奔了出來。

琬兒還從來沒哭過這麼大聲呢，是誰欺負她了？還是被什麼東西嚇著了？

明琦跑得飛快，被門檻絆倒，差點摔了一跤，又穩住身子踉蹌著往外頭跑。

只是才跑到籬笆地，她便停住了。

那個之前叫做「姊夫」的人，此時正抱著琬兒，笨手笨腳地哄。

這人都消失好久了，什麼時候出現的？是他惹琬兒哭了？

明琦遠遠地站住，埋頭想了想，才提步朝他們走了過去。

「琬兒？」

「小姨……」

琬兒帶著哭腔從岳仲堯的肩上抬頭看明琦。

若是往常，小東西早就朝明琦伸手要抱了。

「明琦。」岳仲堯朝明琦笑著打招呼。

明琦瞪了他一眼，又看向琬兒。「琬兒為什麼哭啊？」

小東西立刻又趴回父親的肩上，兩隻小手緊緊地圈著她爹的脖子不說話。

岳仲堯安撫地拍了拍女兒的後背，對明琦說道：「沒事，許是太久沒見到我了才哭成這樣的，哄一哄就好了。」

明琦狐疑地看了兩人一眼，伸著脖子往菜地裡看了看。

只見除了琬兒扔在地下的葫蘆和竹筒，以及岳仲堯踩壞的一大片菜地之外，並沒什麼異樣，她才放下心來。

不過看到那被踩平的菜，她對岳仲堯氣呼呼地說道：「你把琬兒的菜地踩壞了！」

岳仲堯一聽，往地上看去，訕訕地摸了摸鼻子，一雙腳更是不知如何放了。

琬兒直起身子，扭著身往地上看去，道：「小姨，一會兒我和爹爹會把它們種好的。」

明琦站了一會兒，沒看到琬兒朝她要抱抱，恨恨地跺了跺腳，轉身進屋裡了。

真是小白眼狼！她和姊姊天天都陪著她，還沒她這麼念叨呢！哼，小白眼狼，白疼她了。

琬兒在岳仲堯的安撫下，漸漸平靜了下來。

「琬兒想爹爹了是嗎？」

小東西對著岳仲堯連連點頭，眼淚似乎又要滾出來。

岳仲堯又是高興又是難過。

眼前這個小小的人兒是他岳仲堯的女兒，是他的骨血，他在外奔波了那麼久，也不知還有誰惦記著他，如今看到女兒這麼依戀自己，他只覺得此生值了。

「是爹爹不好，這麼久才回來看我們琬兒，琬兒打爹爹兩下啊……」

他說著便抓了女兒的手要往他臉上拍。

小琬兒卻把手縮了回來，小手摸了摸他的臉，說道：「爹爹，你怎麼曬黑了？」

岳仲堯心裡脹得滿滿的，用臉擦了擦女兒的小臉蛋。

「爹爹做事去了啊，要攢錢給琬兒買好多東西呢。這次爹爹有給琬兒帶禮物回來喔。」

岳仲堯以為女兒聽了會高興，沒想到只看到女兒淚水漣漣的大眼睛眨巴地望著自己。

「爹爹說過十天就見琬兒一次，可是爹爹說話不算數。」

她說完哇的一聲又哭了起來。

岳仲堯聽了，心頭像打破了調味瓶一樣。

他這次走了這麼久，以為小孩子都是把話聽在耳裡，過後就會忘了的，沒想到女兒竟把他的話記在心裡了。

「琬兒乖，是爹爹不好，爹爹做事去了啊，下次爹爹去得久就會告訴琬兒一聲好不好……」他又哄她道：「看，菜地都被爹爹踩壞了，我們把它再種起來好不好？不然妳小姨要生氣喔。琬兒跟爹爹一起種好不好？」

「好。」

小東西也很心疼自己的菜地，聽岳仲堯這麼一說，就扭著身子下了地。

父女倆便蹲在菜地裡忙活了起來。

喬明瑾走到家門口的籬笆地就停住了。

她習慣了從外頭回來，都要在屋外尋一尋自己的女兒。

琬兒很乖，多數喬明瑾去哪，她都會跟前跟後；若是喬明瑾不方便帶她，叮囑她一個人在家裡玩的時候，女兒都會乖乖待在家裡，即便有人來找她玩，也是不出門或是不會離了屋子太遠。

喬明瑾已習慣了進家門的時候，去籬笆地找女兒。

這孩子自從知道娘親忙得沒空顧那塊菜地之後，就一個人包攬了下來，早晚都不忘去澆一次水，從來都不假他人的手。

現在她看到了什麼？

女兒一如既往地蹲在菜地裡忙碌，今天似乎格外開心，小嘴巴講個不停，而她旁邊那人……是岳仲堯？

他什麼時候回來的？

喬明瑾不可能不知道女兒這段時間的變化，小孩子的情緒哪裡是能隱藏得好的？她無非就是想父親罷了，又怕她這個娘聽了生氣，經常抿著嘴趴在她懷裡沈默，或是瞪著一雙大眼睛看著她欲言又止。

喬明瑾從沒主動開口問過她，她總想著女兒還小，這樣也好，久而久之，沒準兒就能忘了，將來就是再有什麼變故，孩子也能承受。

可現在這是什麼情況？

父女兩個正高高興興地蹲在菜地裡，一個在拔草，一個在旁邊澆水，一邊幹活一邊說話，兩人還不時抬頭對望一下，滿臉的笑意。

喬明瑾心裡多少有些複雜。

她真的不能同時扮演父親和母親的角色嗎？

岳仲堯正轉身要繼續弄的時候，就看到喬明瑾正一臉沈思地站在籬笆門口。

他忽然有些慌張起來，連忙站了起來，兩手攏在一處拍了拍，只是都是濕土，手上還是留有黑黑的泥印子。

他記得瑾娘最愛乾淨了，瞧不得他一身髒亂的模樣。

岳仲堯把雙手背在身後，有些無措地喚道：「瑾娘。」

小琬兒看到父親站了起來，也扭著小身子往後看，很快也看到了她娘，立刻歡歡喜喜地扔下東西，往她娘那邊撲了過去。

「娘，妳回來了！」

喬明瑾看了岳仲堯一眼，沒應話，只接住女兒奔過來的身子。

見自己裙上沾上了泥印，她佯裝生氣，嗔道：「看娘的裙子，又被妳弄髒了，要幫娘洗嗎？」

小東西絲毫沒被嚇到，趴在母親的兩腿間，仰頭笑嘻嘻地說道：「嗯，琬兒幫娘洗，看小姨洗衣裳，琬兒都會了。」

喬明瑾無奈地拍了拍她的頭，牽著她的手面對岳仲堯。

琬兒好像才想起來，大聲說道：「娘、娘，妳看，爹爹回來了！爹爹剛才還跟琬兒一起種菜，還捉了一竹筒的菜蟲！爹爹好厲害喔，對吧？娘。」

喬明瑾看著女兒對她爹滿滿的崇拜，心裡不知是什麼滋味。

岳仲堯聽了女兒的話，正揚著嘴角笑得開心，就聽喬明瑾問道：「什麼時候回來的？」

岳仲堯眼睛亮了起來，眼睛望著眼前的妻子，聲音裡有著激動，道：「才回來不久，之前被知縣大人派到別縣去了，事情有些棘手，待的時間就長了些……」

喬明瑾見岳仲堯一臉著急解釋的樣子，往他臉上看了一眼。

之前她還真沒正經瞧過他，如今倒是能看出來，他好像有些不一樣的地方，黑了許多。

「娘，爹黑了好多是吧？也瘦了是吧？娘，我們給爹燉一隻雞吃吧。娘不是讓小姨吃雞皮嗎？也讓爹爹吃好不好？」

琬兒說完一臉期待地看著她。

喬明瑾有些無語。

她也不是天天殺雞吃的，偶爾捉到野雞養不活的情況下才會殺了吃。她見明琦不吃雞皮，為了不浪費，便苦口婆心地勸說雞皮吃多了對皮膚好，哄著明琦吃了。

沒想到這小東西竟然記住了，只是她爹要皮膚那麼好幹麼？

喬明瑾看著仰頭看她還一臉期待的女兒，有些哭笑不得。

「妳爹是男人，跟我們不一樣。」

小東西似懂非懂，眼睛轉了轉，又拽著喬明瑾的裙角說道：「那娘，可不可以留爹爹在家裡吃飯？」她小聲說道：「琬兒都跟爹爹說好了的。」說完噘起了嘴，生怕喬明瑾不答應。

喬明瑾摸了摸她的頭，見對面的岳仲堯也是一臉的期待，因為不忍拂了孩子的意，便說道：「好，就讓妳爹在家裡吃飯吧。」

小東西聽完立馬跳了起來，快速跑到她爹的身邊，向她爹要誇獎。

「爹爹你看，我說娘一定會同意的吧。娘是天底下最好的娘了，是不是？爹。」

岳仲堯歡喜地把女兒抱在懷裡，向喬明瑾投去溫柔的一眼，說道：「是，妳娘是天下最好的娘了。」

喬明瑾臉上有些熱，轉身往家走。

「琬兒，要記得把籬笆門關上，要是讓雞鴨進去吃了菜，娘可要打妳屁屁喔。」

小東西趴在她爹的肩頭，很是開心地應道：「知道了，娘。」說完也不下地，就賴在她爹身上，指揮著她爹又是拎小木桶、又是拎竹筒、又是關門。

岳仲堯抱著女兒關好籬笆門，把自己放在上面的一個包袱取了下來，這才抱著女兒，跟在喬明瑾的身後進了院子。

雲錦看到岳仲堯抱著琬兒進門時，恨恨地瞪了他一眼，沒好氣地說道：「呦，這是誰啊？」

小琬兒絲毫不懂大人間的暗流，開心地掙扎下地，對表舅大聲說道：「表舅舅，這是我爹爹！」

雲錦嘴角抽了抽，轉而對琬兒說道：「喔，是小琬兒的爹啊。瞧妳這雙手，快去洗一洗，妳小姨好像生氣了喔，去看看吧，不然下次她可不帶妳玩了。」

「小姨為什麼生氣？」小東西仰著頭好奇地問道。

「表舅舅也不知道呢，琬兒要不要去看看妳小姨？」

小東西連連點頭，飛跑著往廚房去了。

雲錦看著她跑遠，轉身面對著岳仲堯，正想刺他兩句，就看到岳仲堯朝他躬身施了一個大禮。「大表哥。」

雲錦有些意外，嘴張了張，很快又閉上了，也不回話，憤憤地甩手往後院走去。

岳仲堯瞧著後院有人聲，把包袱往堂屋裡放了，也跟了過去。

他上次來這的時候，喬明瑾還沒決定做算盤，所以後來做算盤、賣算盤、挖木樁，準備做根雕的作坊……這一切，岳仲堯都不知道。

所以岳仲堯瞧著後院這麼多人，很是吃了一驚。

他是聽家裡人快嘴說了幾句喬明瑾在收木樁的事，也知道這時間喬明瑾定是在山上的，便沒上去，而是直接到家裡找女兒。

事實上，他並不知道喬明瑾要做什麼，也還沒聽到家人說起她家如今有這麼些人。岳仲堯有些驚訝。

而何父、何曉春等人來喬明瑾家裡之時，自然已經知道喬明瑾的遭遇。住了這麼些日子，他們瞧得出她是個什麼樣的人，是個寧可自己啃地瓜配鹹菜，都要給他們弄些熱飯吃的。

相處得越久，越是覺得喬明瑾不容易。

一個女人若不是真的過不下去了，誰會帶著那麼小的孩子出來單過呢？

所以何曉春、何夏等人見了岳仲堯都是沒什麼好臉色，只看了他一眼就轉身做活去了，只有何父淡淡地對岳仲堯點了點頭。

岳大雷見幾個人對岳仲堯都沒什麼好臉色，不免有些尷尬。

他家跟岳仲堯是鄰居，他雖比岳仲堯大了幾歲，但因兩家離得近，小時候也是一直在一起玩，後來又因為兩人娶了同一個村子出來的妻子，更是親近，兩人好得跟嫡親兄弟一樣。

岳仲堯徵兵離開之時，還特地到他家裡拜託他們夫妻關照喬明瑾。

只是他也覺得岳仲堯在平妻這事上做得有些不妥當，對於為他守了四年的喬明瑾不公道，心裡也有些怨言的。

不過，看岳仲堯跟他親熱地打著招呼，他沒辦法漠視，只好拉著岳仲堯介紹了起來。

岳仲堯這才知道自己的妻子找了這麼多人要做些什麼。

他心裡湧上一些不知名的情緒，酸酸的、澀澀的。

這些日子他在外頭，別人不想出的任務，他爭著搶著去，只想著要為她們母女多攢些銀子，好讓她們能過得好一些。

可是現在看來，娘子好像沒了他，過得反而更好了……

當晚，喬明瑾親自做了晚飯。

為了不讓女兒失望，她還真的捉了一隻雞殺了。

雲錦知道喬明瑾養這些雞的辛苦，所以他帶著何曉春等人進了山，本想要捉一隻野雞或野鴨、山兔什麼的，但是一無所獲，不過卻找了好些黑木耳回來。

有些黑木耳在樹上多時，已是乾掉了，但喬明瑾卻沒有當天就吃，而是洗了一遍，把它們鋪在蓆子上，放在簷下陰乾。

她拿了以前儲存的黑木耳，泡發後準備弄一盤木耳炒蛋。

當晚岳仲堯在喬家，忙前忙後，幫著做一些體力活，小琬兒也喜孜孜地跟前跟後，生怕一眨眼她爹就不見了一樣。

小東西拿著岳仲堯買給她的玩具——一套十二個形態各異的小瓷人，興高采烈地逢人就獻寶，看得喬明瑾一臉鬱悶。

岳仲堯還給明琦帶了一些女孩子的頭花，明琦雖然臉上一副不在意的樣子，嘴上也不說，但看得出來，她拿到禮物還是很開心的。

岳仲堯又給明玨和明珩帶了筆墨一類的東西。他這次回來，才知道兄弟倆已是到城裡讀書去了。

而他給喬明瑾帶的則是一支雕了梅花的銀簪。

喬明瑾猶豫了好久，最後才收下。

岳仲堯見喬明瑾收下他精挑細選的禮物，心裡鬆了一口氣，臉上頓時神采飛揚了起來。

這一天，岳仲堯努力扮演一個好父親，陪著女兒、哄著女兒，很是盡職盡責。

當天晚飯做好後，眾人合力抬了桌子放在庭院裡，擺了長凳準備吃飯。

現在喬明瑾家裡吃飯，都是在日落前，把桌子抬到庭院裡吃的。如今是盛夏，廚房也小，擁擠得很，倒不如庭院裡開闊舒適，還有晚風徐徐撫面。

岳仲堯正幫著搬凳子的時候，就有人叫門了。

「三叔、三叔，奶奶叫你回家吃飯！」

聲音很大，是孫氏的兒子岳東根的聲音。

這孩子被孫氏和吳氏慣壞了，不懂事又任性不說，看到什麼好的還都要拿到手，不拿到就會撒潑躺在地上哇哇哭。

自喬明瑾帶著琬兒搬到村外後，大人倒沒怎麼上門，但這個孩子經常跑來。

有時候他見琬兒有些什麼好東西，一定是要搶了走的。

或者，在喬明瑾他們正要吃飯時，他還特地跑上門來，就巴巴地站在桌邊不走。

喬明瑾看不過去時便會給他盛飯，讓他一塊吃，這孩子也不客氣，大口大口地往嘴裡扒飯，像是許久沒吃過飯一樣，還拿筷子在菜碟裡扒來扒去，米粒撒得一桌子都是。

喬明瑾瞧了幾次，又見他老是搶何曉春給琬兒做的木頭玩具，就不再歡迎他上門了。

但這個孩子還是經常會出現在她家的周圍，等著琬兒出門，看琬兒拿什麼東西，上去搶了就跑，讓喬明瑾頭疼不已。

所以喬明瑾讓琬兒出門的時候，要跟在明琦旁邊，不大放心她自己出門。

這會兒，東根用力在門上拍打，喚著岳仲堯回家吃飯。

雲錦有些嫌惡地看了岳仲堯一眼。

多寶貴呢，怕在他妹妹家不讓吃飽還是怎麼的？像他們多願意留他在這裡吃飯一樣！

岳仲堯神情訕訕地看了喬明瑾一眼，見喬明瑾並沒有看他，又看到眾人也是一副很奇怪的臉色，頓時就有些羞惱。

他起身很快就到了大門邊，把扭著身子想往屋裡鑽的東根拎了回來，喝道：「不是跟家裡說了，三叔要在你妹妹這裡吃飯的嗎？怎地又來叫？」

東根伸長脖子往屋裡看，他都聞到肉香了，但三叔就是不讓他往裡面進去，他氣惱地往他三叔的身上拍了好幾下，沒好氣地道：「我怎麼知道？是奶奶讓我來喊你的！」

他三叔愛回不回，他才不管呢！他願意跑來喊三叔回家，真以為是三叔面子大？不過是他想著三嬸這裡的飯食罷了。

岳東根扭著身子使勁要往屋裡鑽，卻發現自己動彈不得，便用腳去踢岳仲堯。

岳仲堯被他踢中小腿好幾下，眉頭皺了皺。

這孩子比琬兒還大了兩歲多，可瞧著哪裡是個懂事的，竟然這般對待長輩？

岳仲堯使力把他提到門外，掩上了大門，對他喝道：「成什麼樣子！這會兒不好好在家吃飯，跑來做什麼？」

岳東根無論如何進不去院子，恨恨地看了岳仲堯一眼，掙扎著脫了身，轉身回家，一邊跑一邊大聲道：「誰愛來叫你？你就在這裡多吃幾塊肉吧！」

岳仲堯眉頭越發皺得死緊。

這孩子怎麼變成這樣了？看來他得找時間跟二哥說上一聲，不然這孩子遲早要被養壞了。

岳仲堯轉身進了門，見眾人已都坐到桌前了，只是沒有動筷，女兒也眨著一雙大眼睛看向他。

他訕訕地看了喬明瑾一眼，正想張口解釋一番，便聽喬明瑾拿起筷子，淡淡地說道：「吃飯吧。」

岳仲堯又訕訕地看了大夥一眼，對何父等人說道：「早知道你們都住在這裡，我就從城裡帶些酒回來了，我還要多謝你們在這裡幫襯瑾娘——」

雲錦不等他說完便打斷道：「別往自個兒臉上貼金，我們來幫瑾娘可跟你一點關係都沒有，也不需要你來感謝。」

喬明瑾裝作沒聽見，只顧著往女兒和明琦琬裡挾菜。

何父見桌上氣氛不好，這會兒都在吃飯，也沒必要弄得大家心情不好吃不下，就打圓場道：「還真不用你謝，我們來這裡，不是幫襯瑾娘，反而要感謝瑾娘給了我們活計做，若不是她，我們還閒在家裡呢！琬兒這孩子多日不見你，天天在想你，你還是要常回來看看她才好。」

岳仲堯往琬兒那邊看了一眼，摸著女兒的頭對何父說道：「我曉得的，還是要多謝何叔、何夏你們幾個人幫襯她們，不然瑾娘要上哪找些知根知底的人用。」

雲錦嗤笑了一聲，正想開口堵他一、兩句，就看到喬明瑾朝他瞪了一眼，嘴巴張了張便又閉上了，恨恨地去挾岳仲堯面前的菜。

琬兒見了，立刻用她的小筷子護住。「表舅舅，吃你那邊的嘛，為什麼挾我爹爹面前的菜菜！」

雲錦摸了摸鼻子，說道：「哎呀，是表舅舅挾錯了嗎？來，琬兒，表舅舅給妳吃一個大雞腿。」

小東西護著碗，搖頭。「琬兒才不吃雞腿，琬兒要吃雞翅膀。」

雲錦笑罵了聲。「小東西，妳倒是知道什麼東西好吃。」說完在碟子裡翻了翻，找了一根雞翅膀挾給她。

小東西又嚷道：「還有一個呢，表舅舅挾給小姨吃。」

「妳就記得妳小姨，表舅舅給妳做了那麼多好玩的東西，妳怎麼不記得給表舅舅吃好吃的？」

小東西連忙用自己的小筷子伸往裝雞肉的碟子裡，努力想挾那根雞腿給雲錦。

「表舅舅吃雞腿。」

雲錦便逗她道：「可是表舅舅跟琬兒一樣，不喜歡吃雞腿怎麼辦？琬兒要不要跟舅舅換一換？」

小東西看著自己碗裡的雞翅膀，擰著眉，有些糾結，良久，嘆了口氣，道：「好吧。」頗有壯士斷腕的悲壯。

眾人紛紛笑了起來，桌上氣氛也跟著好了起來。

岳仲堯悄悄鬆了一口氣，偷偷朝自家娘子那邊看了一眼，挾了一筷子雞肉放在喬明瑾碗裡。

喬明瑾愣了愣，看了他一眼，想了想才把那雞肉吃了下去。

岳仲堯見狀大舒了口氣，心情也跟著飛揚了起來。

第二十三章

次日是作坊開工動土的日子。

喬明瑾早早就起了。

雖說吉時在巳時初刻，但她還是早早爬了起來，作為主人，她還是有好些事要做的。

在廚房給兩個孩子煮白水蛋的時候，她多煮了一個，一會兒熟了後，她要剝了殼，放在眼睛處滾上一圈。

昨晚惦記著動工，很晚才入睡，今天頂著一圈黑青出去見人也不好。

家裡只置辦了一面銅鏡，沒有多餘的胭脂膏粉，只有一盒上次明玨從劉家拿回來的塗臉膏泥，雖不如前世的護臉霜什麼的，但也聊勝於無，而且在她看來這個不遜於前世的霜粉，起碼沒那麼多化學的東西。

在鄉下的這些日子，她的臉被吹裂了不少，自己有時候摸上去都覺得粗糙得很，不過她沒空關心。

喬明瑾在廚房做早飯的時候，雲錦等人也陸續起了，各自梳洗就去院裡整理工具。

今天開工動土，他們也是要去幫活的。

辰中的時候，一家人剛吃過早飯，因為大家都要去工地那邊，喬明瑾也難得給她自己和兩個孩子穿上了新衣。

兩個孩子都很是高興地摸了又摸，一臉的喜意。

喬明瑾也難得地打理了一下自己的頭髮，梳了個髮髻，看了看盒子裡的那支梅花銀釵，拿起又放了下去，仍是拿了支木釵別上，出了房門。

不一會兒，周晏卿也坐著馬車到了。

雲錦打開大門，把他迎了進來。

周晏卿便招呼著同來的小廝把車上的東西卸下來。

每次周晏卿過來，只要在家裡用飯，都會自帶食材過來，有米有麵、有菜有肉，還有各種糕點，不只是他自己，讓喬明瑾等人吃上幾天也足夠了。

這次仍是這樣，除了米麵油鹽，還拿了不少糕餅點心、茶葉等物，這次他還拿了兩套茶具過來。

周晏卿看著喬明瑾開玩笑地道：「妳可別再拿那米漿出來待客了。今兒來的可是城裡有名望的工匠，那還是看在我的面子上，人家才捨下臉來這鄉下幫妳這工坊，那關師傅不知有多少人請他去建房建院的。」

喬明瑾訕訕地不說話。

雲錦笑著說道：「我妹妹就請你喝了一回米漿，就被你念叨到現在，能不能忘了啊？你以為我妹妹不想拿什麼頂級雪芽、高山雲霧請你喝啊？那得有那條件不是？」

周晏卿聽了便打趣道：「行啊你，在外頭跑了幾日，倒知道雪芽和高山雲霧了。」

雲錦訕笑地撓了撓頭，嘿嘿地笑了兩聲，不知要怎麼接話。

幾個人打趣了一陣，周晏卿又抱著琬兒哄了一哄，給她餵了幾塊點心，哄得琬兒親親熱熱地叫了好幾聲周叔叔，喜得他抱著琬兒顛了好幾圈。

待關師傅領著工匠們全都到了之後，喬明瑾就和周晏卿等人一起前往工地。

村裡已是陸陸續續有人等在那裡了，見喬明瑾帶著城裡的那位老爺到了，都圍了上來，紛紛打招呼。「周老爺……周老爺好……」

周晏卿猛地被人叫「老爺」，嘴角抽了兩抽，也跟打招呼的人回應。「好，都好，以後就叫我周六爺吧，這段時間要辛苦你們了，我不會少了你們工錢的，只要好好做，等工坊建成了，若是需要人手，也優先從手腳勤快的人中找。」

眾人聽了心裡大定，均高興地紛紛表態。

之前跟喬明瑾打聽，問作坊要不要人，喬明瑾不知道除了雕工師傅還缺什麼樣的人，又缺多少，加上不是很清楚這些人的品性，都沒應下來。

如今周晏卿給了眾人定心丸，自然得了村裡人的擁戴。

喬明瑾往周晏卿那邊看了一眼，衣裳合身，玉帶玉冠的，整個人又手神俊美，站在一群鄉人中間，顯眼得很，還惹得村裡一群大姑娘、小媳婦偷偷地瞥他。

他身上的富貴人家氣勢，在一群鄉人中間還真是鶴立雞群得很。

喬明瑾看他被一堆人圍著，便自己抬腳去看給工匠們中午做飯的婦人。

她找到了馬氏，跟她吩咐了一番。

這時間做飯還早，喬明瑾就吩咐做飯的幾個婦人先去弄了灶，一會兒好方便架鍋煮水給工匠們喝，又把周晏卿帶來的茶葉遞給了馬氏，讓她一會兒拿去泡茶，馬氏便跟其他人忙活去了。

關師傅帶來了十幾個工匠，喬明瑾在村裡又找了幾十個人，一般雇主是要包中午這頓飯的，這幾十個人，飯一定不能少做了。

巳時初刻，吉日吉時，關師傅領著人燃了炮仗，作坊便正式動工了。

村裡請來的人也紛紛拿了工具，聽關師傅的安排。

而喬明瑾則和周晏卿一起到各處看著。

岳仲堯遠遠地看著兩人站在一塊，親親密密，旁若無人地說笑，心裡跟貓抓一般，又像是被人潑了一盆冷水，那手攥了又鬆，鬆了又攥。

岳大雷在旁見了，嘆了一口氣，上前拍了拍他的肩膀道：「她現在還是你的娘子。」

岳仲堯猛然間像被人兜頭澆醒一般，眼睛復而晶亮地點頭。「對，她還是我的娘子，還是我的娘子……」

岳大雷看他一個勁兒地在旁邊唸著，搖了搖頭走開了。

周晏卿往岳仲堯那邊看了一眼，抬著頭點著脖子。「那個，就是妳相公？」

喬明瑾被「相公」這個詞雷了一下，出了一身疙瘩，怎麼聽怎麼彆扭。

不過她還是往那邊看了一眼，點頭說道：「對。」

「妳想和離？」

喬明瑾看了他一眼，沒有說話。

周晏卿又道：「妳為什麼不能接受三妻四妾？妳為他守了四年，還給他生了一個女兒，他還能虧待了妳？時人不都是這樣的嗎？當然鄉下會少一些。」

喬明瑾很奇怪地看了他一眼，反問：「那你能接受你妻子養三、四個面首嗎？」

周晏卿噎了一下，這是什麼邏輯？他笑著搖頭道：「這面首跟妾室能一樣？」

「如何不一樣？」

「妾室通房是合法的，大戶人家哪家沒個妾室通房？沒有的還會被人取笑，被人誤會自身是否有問題，或是不是被妻子箍著；而面首則有悖於常倫的，也沒有哪部律法上寫著女人可以養面首。」

周晏卿搖頭笑了起來。

這女人腦子裡都在想些什麼？這種話都能說得出來？還知道面首呢，嘖嘖。

「那若是律法允許呢？」

他聞言，哈哈大笑。「律法怎麼會允許這種東西？妳也真敢想，那豈不亂套了？」

「律法是男人訂的，自然不會有這樣的法典，若是律法是女人訂的呢？面首且不說，若是哪一天女人也能三夫四侍呢？」

周晏卿被她說得嗆了一下，若是有茶水在口，真要噴出老遠。

他一臉驚訝，轉頭奇怪地看向她，三夫四侍？還有這樣的詞？

周晏卿看著她說道：「不會有女人撰寫律法的那一天，若有，我寧可死了去。自來男人就是三妻四妾的，也就是鄉人無錢養不起罷了，若有了錢財，妳看鄉人還養不養妾室通房。」

「有錢就一定要養妾室通房嗎？」

「嗯……也不是說一定要養，只不過有些身分的人，都不會只有一個女人的，有時候，是身分需要。」

「不養難道會被人說閒話？」

「……」

「男人不管美醜、好壞，喜歡於否，就是厭棄了，也要箍著女人在家裡一直到老死，不讓女人出門，看不得女人跟別的男人在一起，卻又要讓女人看著自己的男人三妻四妾的；女人不能接受，就說女人不可理喻，是潑婦行徑，還會被世人說不賢德，不被世人所容，你不覺得很好笑嗎？」

喬明瑾說完，搖了搖頭走開了。

跟這年代的人講不通，若跟他說一夫一妻制，他可能還要拉她去醫館，搞不好會覺得她腦子壞了。
周晏卿在她走後，愣在原地，細細琢磨她說過的話，好像說得對，又好像有些不能理解。
這女人的腦子果真長得跟旁人不一樣，都是什麼亂七八糟的邏輯。
看來若她男人真要娶什麼平妻，這喬氏定是要離開的了……

當天的工地一派熱火朝天的景象。
對於下河村來說，這絕對是件轟動全村的大事。
下河村比別的村子要富裕了那麼一點，不過從來沒有人在村裡建過作坊。之前喬明瑾說動了全村的人到山裡挖木樁，讓村裡很多人家既解決了剩餘人力，又得了不少工錢，給家裡多了好些添補，把族長都驚動了。
這回的事更大，連城裡的大老爺都驚動來了。
族長夥同幾個族老，忙不迭地找到周晏卿，左恩右謝，很是表了一回態，讓周六爺且放心大膽地把作坊開在下河村，有他和幾個族老看著，不會有人出什麼么蛾子，還隱晦地問人家還要不要再開第二家。
周晏卿自小在生意場上打滾，自然知道族長和幾個族老的意思，一副赤誠地說道：「晏卿在這裡謝過族長及幾位族老了。晏卿借了貴地，以後還要多仰仗諸位多多幫襯，畢竟以後我也不一定能時時來這裡照看。」

族長聽了，笑得臉上的皺紋都快擠成一朵花了，很是高興地說道：「只要周六爺用得著的，儘管使喚去，以後我還希望周六爺若是看上了我岳家哪位後生，能多多提攜。」

「一定一定……」

眾人相談甚歡。

周晏卿眼睛四下轉了轉，咦，那個女人哪去了？

作為合夥的一方，這作坊自然也算是喬明瑾的期待之作，自然要在工地上看著，只是琬兒非要跟了來，她為了不讓女兒被太陽曬到，只好拖著她躲在一處陰涼處，遠遠地站著看。

關師傅領的人是一支跟了他很久的施工隊伍，裡頭有木匠、泥瓦匠、花匠、看風水的、設計畫圖的，還有做小工的，都是不同地方的人，領了活，得把活兒做完才能獲准回家。有時候，可能要一年、半年或是更長，而短的可能也要一、兩個月。

所以當初周晏卿跟喬明瑾提了這事，喬明瑾想著她自家住不開，把他們安排在村裡有餘房的人那裡住著，再給一些房錢，村裡人定是千肯萬肯的。

就是讓村裡人把自己住的房間騰出來，只怕有人看在錢的分上，也是願意騰出來為家裡添個家用。

所以喬明瑾不擔心這些人住宿的問題，而且之前周晏卿說這事由他來解決，她也沒多管。

只是周晏卿聽她說完，便道：「關師傅聽說了你們村裡有口水井，村裡人就是洗浴都是到水井邊去的，他覺得便利得很，現在天也熱，就決定在工地上搭幾個帳篷歇息就成，不過晚飯妳就要幫著解決了。」

喬明瑾聽完一愣。

「要在工地上搭帳篷嗎？可是沒床，且什麼東西都沒的……」

周晏卿看著她笑了笑，說道：「無妨，他們也就是被請到大戶人家幫著建房改院時，才被人好吃好喝地伺候著，別的時候，也都是走到哪睡到哪的。前兩年，關師傅領著他們幫北邊一個縣城修渠，連帳篷都沒有，都是席地而臥；只要我們在吃食上弄得精心一些，結算的時候多給些銀錢，就皆大歡喜了。」

「那……要很多銀錢嗎？」

周晏卿看著她那副樣子，一臉戲謔。「沒瞧出來妳還是個心疼銀子的，妳一個鄉下婦人，從我這裡就拿去不少銀子了吧？揣在身上也不怕被人搶了。」

喬明瑾瞪了他一眼，說道：「我那點銀子在你眼裡都不夠你打賞別人，要搶也是先搶你的，搶我一個鄉下婦人的幹麼？腦子壞了不成？」

周晏卿哈哈大笑。

還從來沒有哪個女人這樣跟他說話過，他不由得心情一陣舒爽。

遠遠看著他們走在一起的岳仲堯就沒他那分愉悅了，他緊緊抿著嘴，下唇都快被他咬破，那鋤頭的木柄險些被他使力擰斷了。

岳仲堯說不上自己是什麼滋味，心裡又是苦又是澀，像在茫茫大海裡漂浮了許久的旅人，掙扎得太過痛苦，想要放棄，卻又有那麼一絲不甘。

岳大雷怕他出什麼事，一直在他身邊跟著他一起做活，不時聊上一、兩句，這會兒見他沈默了下來，也順著他的目光往喬明瑾那邊看了一眼，不由地嘆了一口氣。

誰又能怨得著誰呢？

當初岳仲堯看上了喬明瑾，還偷偷地到他家裡找他妻子打聽過，日日尋機來遛達，就是想從他娘子嘴裡問問喬明瑾的情況。

後來終於讓他得償所願，岳大雷對他的欣喜若狂看在眼裡，也能感同身受。

可以說兩人的結合是他從最初看到現在，現在看到好兄弟這般難受，他也很心痛。

可是喬明瑾又有什麼錯呢？

守了他四年，好不容易把人盼回來，喔，好了，說你這條命是別人救的，人家家裡的頂梁柱沒了，你要幫著挑起來。

可是瑾娘怎麼辦？她的頂梁柱沒了，誰又幫她挑起來？

岳大雷跟喬明瑾相處了多日，多少知道她的一些性情。

原則上，她是個很好說話的人，和氣又不失大氣，跟她在一起做事很是舒服；可是若是碰上原則問題，她絕對不會妥協的。

岳大雷又看了岳仲堯一眼，這事他管不了，他娘子說了，什麼因種什麼果，有些人就是欠收拾，且受著吧。

午飯時，工地上停了下來。

馬氏等人把工匠們的飯菜準備好了。

本來為了顯示尊重，喬明瑾是打算讓關師傅帶來的這些人去自家吃的，只是關師傅婉拒了。

周晏卿也說沒必要，說關師傅不是那種講究形式的人，喬明瑾便只好作罷。

岳仲堯尋了一圈沒發現自家妻子，只看見琬兒跟幾個孩子在玩。

「琬兒。」

小琬兒正蹲在地上，和柳枝及村裡的幾個孩子在一起玩石頭，被人一喚，扭過身子轉頭去看。

「琬兒，我要回家吃飯了，我娘該喊我了，妳也回去吧。」

「嗯。」

幾個孩子蹬蹬蹬地跑遠後，就剩了琬兒一個人在那裡，岳仲堯上前把女兒抱了起來。

「爹爹抱琬兒回家吃飯好不好？肚肚餓不餓？」

小琬兒歡快地點了點頭。

岳仲堯貼著女兒的臉，高興地蹭了兩下。

「回娘和琬兒的家吃飯。」

岳仲堯愣了愣，看著女兒的小臉，應道：「好，回我們琬兒的家。」

但他剛抱著女兒走了兩步，就聽到有人在後面叫他。

「岳大哥、岳大哥……」

岳仲堯看著朝自己走來的身影，眉頭不由自主地皺了起來。

小琬兒圈著他脖子的手臂緊了緊。

「岳大哥！」

「妳怎麼來了？」

可能因走得太快的原因，柳媚娘臉上染上一層紅暈，額頭沁出一層細密的汗，倒不見狼狽，反而添了一層顏色。

柳媚娘略略平復了下，回道：「我聽你們衙門裡的人說你這次會休好幾天的假，之前你一直幫我娘請大夫，照顧我們家，我娘一直過意不去，這次得知你回來，我娘便讓我過來幫吳伯母的忙，再讓我帶一些尺頭過來，給你做身衣裳。」

「不用了，我還有衣裳穿，在衙門裡也穿不上別的衣裳。」

「我包袱都帶來了，吳伯母讓我和小滿一塊住，說到時跟你一塊回城。」

岳仲堯眉頭皺得死緊，他這個娘做事之前能不能先問過他的意思？

正想說些什麼，就看見女兒正扭動身子掙扎著要下地。

岳仲堯怕傷了她，把她往地上一放，琬兒一下地，就飛快地朝家的方向跑了。

岳仲堯愣了愣，待反應過來，往前邁了幾步，喚道：「琬兒，妳等等爹啊！」

琬兒卻只顧著朝前跑，彷彿聽不到一樣。

柳媚娘想了想，上前拽著岳仲堯的衣袖說：「岳大哥，我已幫著吳伯母把飯做好了，你和我回家吃飯吧。」

岳仲堯被她猛得這麼一拉，女兒的身影漸行漸遠，小小的身子跑得比往日都要快。

也不知女兒看了這一幕會想些什麼，他也不知道孩子懂不懂大人間的事，只是覺得好不容易哄得女兒跟他親近了起來，又被人攪了，心下越發氣惱。

「柳姑娘，我雖然答應了妳爹要對妳家多幫襯一些，但我娘的意思代表不了我的想法。妳也看到了，我有妻有女，從沒想過要在她們中間多添一個人，妳一個大姑娘，住在我家好像也不是很妥當，一會兒若有車子出村，我會幫妳安排送妳回城。」

柳媚娘沒想會聽到岳仲堯說出這一番話來，呆在原地，半晌才道：「可是我們兩家如今不正在議親嗎？」

岳仲堯沒理會她，抬腿走開了，往女兒跑走的方向邁了兩步又想了想，撿起地上的鋤頭，大步往自己家的方向走了。

「岳大哥、岳大哥……」

柳媚娘反應過來後，忙出聲喚道，一邊小碎步跟了上去。

好多人都看到了這一幕，有一些人搖頭，也有不少人豔羨岳仲堯的福氣。

「嘖嘖嘖，你說這岳老三運氣怎麼這麼好？上了戰場，不僅沒死，活著回來不說，還撿到這麼好看的黃花大閨女，這嬌妻美妾的，嘖嘖，豔福真他媽不淺！」

「仲堯不是那種人，是他娘要他娶的，那家也糾纏得緊，沒有辦法。」

「怎麼會沒有辦法？牛不喝水，人家還能強按著頭啊？」

「你怎麼知道岳老三他自己不樂意？沒準兒人家正樂呵著呢……」

一堆人看著岳仲堯和柳媚娘的背影，討論得異常熱烈。

這天的午飯，喬明瑾覺得家裡可能要多準備一些，吩咐明琦把周晏卿帶的一些吃食早早就洗好了，沒想到周晏卿和關師傅卻被族長拉去了。

喬明瑾除了把吃食送去工地之外，又親自做了幾個葷菜，讓雲錦和周晏卿的小廝幫著送到族長家裡。

沒想到周晏卿的小廝回來說，族長把雲錦一起留在那邊了。

喬明瑾只好在庭院裡搭了兩桌，請了岳大雷和何父等人，及周晏卿的兩個隨從、一個車伕，一起在院裡吃了起來。

今天周晏卿給作坊安排管事的周管事沒來，說是家裡有些事讓他處理。

喬明瑾對於周晏卿安排周家的人做作坊的管事，倒沒說什麼。

她雖跟周晏卿說了，安排了雲錦，讓他也當了管事，可是她知道雲錦跟人家比起來，要學的東西還很多，雲錦短時間內也只是跑跑腿的角色罷了。

不過，喬明瑾也希望雲錦能跟著那周管事多學些東西，以後她不能總跑外面，一切都要仰仗雲錦幫忙了。

喬明瑾拉著女兒給她洗漱，準備吃飯，卻發現女兒有些悶悶不樂的。

「琬兒這是怎麼了？跟小朋友吵架了？」

小琬兒搖了搖頭。「沒吵架。」

「喔，那怎麼不高興了？」

小琬兒一直抿著嘴不說話，等到喬明瑾把她兩隻手都洗了一遍，小東西才望著她娘小聲說道：「娘，我看到那個女人了。」

「哪個女人？」

「娘，他們說，那個女人是琬兒的後娘，是不是？」

喬明瑾眉頭緊皺，這又是誰在琬兒耳邊嚼舌根了？她一個四歲的孩子能懂什麼？

「誰跟琬兒說的？」

小東西抿著嘴不說話。

「咱不理他們，我們琬兒只有一個娘，娘就在琬兒的眼前啊，看到沒？」

喬明瑾蹲下身子與女兒平視，額頭抵著女兒的額頭，瞪圓了眼逗弄女兒。
琬兒被她逗得格格笑了起來。
「嗯，琬兒只有一個娘，除了娘，琬兒誰都不要。」
「好孩子……」

午飯過後，喬明瑾收拾好了桌椅，周晏卿和雲錦就帶著關師傅回到喬家來。
喬明瑾連忙叫明琦燒水沏茶。
今天有周晏卿帶來的好茶葉，還有好的茶具，她不怕怠慢了客人。
關師傅是個健談的人，五十歲上下，精神矍鑠，衣裳不是什麼名貴的料子，就是一般的布，但看起來讓人覺得很舒服。
在喬明瑾看來，這關師傅也不是那種只認身分不認人的人，倒是和雲錦他們聊得熱鬧，還逗弄了琬兒幾句。
眾人喝了一會兒茶，喬明瑾看到關師傅一副疲憊的模樣，就讓雲錦帶關師傅到屋裡歇息。
關師傅推託了一番，就到雲錦房裡歇去了。
她讓周晏卿也去，但他沒去，只在院裡逗弄琬兒。
沒過多久，他就和琬兒很熟悉的樣子，還被琬兒拉著去看她的菜地。

喬明瑾去工地走了走。

關師傅帶來的人吃過飯也不歇著，都在忙著搭竹棚。

其中有兩個工頭模樣的人，之前已是跟著周晏卿和關師傅來過，認得喬明瑾，見喬明瑾走來，便帶著人過來跟喬明瑾打招呼。

喬明瑾跟他們打過招呼，問了那位姓全的工頭，說道：「你們這竹棚什麼時候能搭好？晚上能睡嗎？」

那姓全的師傅笑著說道：「能的，我們都是搭習慣了的，沒有多難。妳這地方還算開闊，我們有時候領的活都沒地方搭竹棚，夜裡都是席地而臥的。」

「睡地上嗎？這夏日，晚上可能會有蚊子。」

有幾個師傅就一邊搭竹棚子一邊笑著說道：「晚上弄些稻草一鋪，哪裡還需要什麼床？再點些艾葉，蚊子也不敢近身。我們可不比妳們女人，這一身皮糙肉厚的，怕是它的牙崩了都咬不進去。」

同在搭棚的漢子們都笑了起來，還露著黑黝黝的胳膊示意喬明瑾看。

喬明瑾也沒覺得有什麼不妥當，前世見過赤著上身的人還少嘛，沒什麼好臉紅的。

倒是那位全師傅喝斥了眾人幾句。

喬明瑾站在邊上看了看，便對那全師傅說道：「一會兒我幫著你們在村裡問問看，誰家有稻草的，再看誰家有蓆子的，替你們找些來，再給你們幾盞油燈，夜裡起夜就會方便些。」

全師傅對著喬明瑾謝了又謝。

喬明瑾回家後對著雲錦吩咐了幾句，他便出門去了。

她又陪著周晏卿聊了幾句，周晏卿見工地上沒他什麼事了，略交代了幾句，就坐上車子走了。

車子駛離的時候，他還撩起車簾子跟琬兒揮手，引得琬兒小跑著跟了幾步。

喬明瑾拉著琬兒看著他走遠。

琬兒神秘兮兮地湊到喬明瑾的耳邊說道：「娘，周叔叔剛才還抱我坐上馬車了，還帶我騎馬呢！」

「喔？這麼好啊？那坐馬車舒不舒服啊？」

小琬兒連連點頭。「嗯嗯，舒服，比坐牛車舒服。馬車裡好寬啊，還能躺下來，裡面還有桌子，還能一邊坐車一邊吃果子喝茶呢。」看喬明瑾盯著自己笑而不語，她搖著她娘的手說道：「娘，我們家能不能也買一輛馬車？這樣下次娘帶我和小姨進城，就不用坐在牛背上睡覺，可以在馬車裡睡覺了。」

喬明瑾聽著笑了起來。

「可是我們以前進城是賣柴的是不是？要是用了馬車，還怎麼拉柴火啊？」

小東西想了想，便說道：「我們不是不賣柴了嗎？那下次我們去外婆家，也可以坐在馬車裡啊，下雨就不怕淋到了。」

「可是馬好貴呢，娘沒錢買怎麼辦？」

喬明瑾很有閒心地逗著女兒。

小東西看了看自己的娘親一眼，又轉頭看了看站在旁邊的小姨，撓了撓頭，才小聲說道：「那我們可以不買馬啊，只買車車，用咱家的牛拉車車好不好？要做個有蓋的篷子，讓何爺爺他們幫著做，好不好？」

喬明瑾摸著女兒的頭笑了起來。

「好，下次等何爺爺他們有空了，娘就吩咐他們給琬兒做一個不怕淋雨的車廂。」

小東西立刻就歡快地跳了起來。

「娘，那我去找柳枝姊姊他們玩了！」她說完一溜煙地跑了。

喬明瑾也沒拘著她，女兒活潑些總比悶著好，只吩咐了明琦兩聲就任由她們姨甥倆跑遠。

下午開工後，喬明瑾也去了。

在工地上，她看到孫氏、于氏帶著柳媚娘到處溜達著找人說話。

喬明瑾只瞟了一眼，就把目光移開。

柳媚娘本想找喬明瑾說說話的，只是她發現自己每次要往喬明瑾那邊走的時候，喬明瑾都像知道她的動作一樣，立刻轉身避開。

柳媚娘只好做罷。

不過她得了吳氏的許諾，可以在岳家住好多天呢，便也不著急。

倒是秀姊一臉憤憤地找到喬明瑾，當著她的面罵了柳媚娘好一會兒。

喬明瑾看著她笑道：「妳嘴巴都快冒火了，還說？」

「我就是看不慣她那一臉的狐媚樣！不知情的還以為她是要嫁過來的大婦呢！逢人就打招呼，也不管認不認識，那嘴巴甜得都快膩死人了，不要臉！」

喬明瑾哭笑不得。

「妳管人家要不要臉呢，她愛幹麼隨她去，妳哪有閒空理人家的閒事。」

「這哪是閒事！這是關係到妳和琬兒的大事，怎麼是閒事？」

「我都不理會，妳這是生哪門子的氣。對了，我表哥有沒有找妳，說是讓妳在村裡找找看誰家有稻草或是蓆子的？」

秀姊一下子就被喬明瑾帶開了。「欸，不就是稻草和蓆子嗎？哪家沒有？過不了多久，家家又要收稻打糧了，正等著把各家柴房、倉房收拾出來呢。妳就算不給錢，人家沒準兒都還要謝妳呢。」

「真的嗎？那蓆子呢？要打糧了，不是要用蓆子曬穀子用的？怕是分不出一張、兩張的吧？」

「那能值個什麼？誰家只備一床、兩床的？妳要是過意不去，給個五文幾文的，人家連睡覺的薦子都能給妳扒下來。」

「真的？那我們快去問問看吧，讓他們住在工地的地上，我還真有點不忍心。」

「都是粗皮糙漢的，哪個不是泥地裡滾的？管吃飽就成，哪裡講究那些……」

秀姊嘴上雖是這般說著，還是跟了喬明瑾往村裡走去。

許是如今村裡人都正等著作坊建好，好安排自己進去掙銀子，對喬明瑾都極盡巴結和熱情。

喬明瑾很快就要到了稻草和薦子，荷包裡裝的那些銅板都沒花出去，還跟村裡有條件的幾家人買了幾盞油燈。

等她和秀姊夥同幾個熱心的村婦拿著薦子和稻草到工地時，那些工匠們也把竹棚子搭好了，接過喬明瑾送來的東西，很是謝了一番。

關師傅見了，還說要跟工匠們一同睡在工棚裡，被喬明瑾勸住了。周晏卿和她早安排好關師傅住在她家。

下午的時候，因是夏日，天黑得晚，到收工時，工地已是被平整了一半，想必明日就能把餘下的地平整好，後日就能打地基了。

喬明瑾還真是希望能快些弄好，一是秋收要到了，二是當地的雨季就要來了。

如今林子裡已是曬了好些木樁，她帶著何父等人處理過，前次的幾根也都乾燥得差不多了，拉回來就能開始進行雕刻。

這若是淋了雨可不妙。

下午的時候，岳仲堯試圖找女兒親近親近，只是每次琬兒一看到他接近，就遠遠地跑開了，讓岳仲堯很是難受。

而吳氏下半午的時候也來了，還拉著柳媚娘在工地上到處找人搭話，一副好婆媳的模樣，讓很多人看了一回熱鬧。

岳仲堯對自己那個唯恐天下不亂的娘，恨得牙根都要咬碎了，看他娘拉著柳氏到處與人攀談，一個人在那裡杵著鋤頭差點憋出內傷。

當天下午收工後，關師傅和他帶來的工匠從喬明瑾家借了木桶等物，便去了村裡的水井處沐浴。

像下河村這樣有個公用水井的村子還是少數，關師傅等人對那位為族人建了這個便民水井的族人連誇了好幾句。

如今炎炎夏日，村裡的男人不管老少，都要跑到水井邊沖澡。

井水冬暖夏涼，勞作了一天的工匠們，很是痛快地洗了一回澡，跟村裡的大小男人很快就打成了一片。

沖完澡，關師傅才跟著雲錦回喬家吃飯，其他工匠則回了工地。

岳仲堯在水井邊碰到了雲錦，試圖跟雲錦說話，怎奈雲錦並沒有搭理他。

岳仲堯把木桶等物交給兩個兄弟，跟在雲錦的身後去了喬家。

「我們家可沒做你的飯。」雲錦瞪著岳仲堯說道。

「我吃過了。」岳仲堯淡淡回道。

雲錦被噎了噎，又道：「快回去吧，今天不是你那位平妻也來了嗎？還不趕緊地回家陪你那嬌滴滴的娘子去。」

岳仲堯皺著眉頭說道：「我只有你表妹一個娘子。」

「哼，說得比唱得還好聽！」

走在前頭的關師傅不大知道這一家人的恩怨，奇怪地往兩人身上看了一眼。

雲錦見狀，也不好太攔著他，只好讓他跟在後面進了門。

今天因為有關師傅在，喬明瑾沒上桌，只在院裡擺了桌子，擺好碗碟飯菜後，就準備帶著明琦和琬兒到廚房裡去吃。

關師傅請了她兩次，說他不講究這些，喬明瑾只推說自己不會喝酒，還有小女兒要餵飯，不好耽誤了他們，就退了下來。

今天周晏卿還帶來了兩罈好酒，正好讓雲錦和何父等人陪關師傅小酌幾杯。

琬兒看到岳仲堯在院裡沒人搭理，不知為什麼忽然有些難過，腳下蹭了蹭，往她娘那邊小心地看了好幾眼，發現她娘沒看著，埋頭想了想，就小步小步地蹭到岳仲堯那邊。

岳仲堯看女兒向他走來，眼眶有些發熱，蹲下身子扶著女兒小小的肩膀，與女兒對視，道：「琬兒，今天爹爹餵琬兒吃飯好不好？」

小東西扭著身子又往她娘那邊看了看，這才對著他點了點頭，看岳仲堯咧著嘴笑，也跟著笑，問道：「爹爹吃過飯了嗎？琬兒幫爹爹盛飯。」

「好女兒……」岳仲堯無限感慨，伸手摸了摸女兒細嫩的臉蛋，柔聲說道：「爹爹吃過飯了，琬兒去把飯端出來，爹爹在堂屋餵妳好不好？」

小東西連著點了兩下頭，轉身小跑著進了廚房。

廚房裡，琬兒又把桌子上的菜往自己碗裡扒了些。

明琦在旁邊見了，奇怪地問道：「琬兒，妳吃得了這麼多嗎？要是吃不完，看妳娘不打妳屁屁。」

小東西對著小姨猛點頭。「能吃完，琬兒今天餓了。」

明琦很是狐疑地看她小心翼翼地兩手端著碗往外走，跟在後面問道：「琬兒，妳不在這裡吃飯，要把飯端去哪裡？」

「琬兒要去外面吃。」

小東西一邊應著，一邊小心地捧著比往日要重了好多的碗，小心地邁過廚房的門檻。

這時，喬明瑾正朝廚房走過來。

明琦忙對著喬明瑾說道：「姊，妳看琬兒，今天怪模怪樣的，裝了這麼多飯菜不說，還不知道要端去哪裡。」

喬明瑾看了低垂著頭的女兒，又往堂屋那裡站著的岳仲堯看了一眼，便對明琦說道：「隨她去吧。」又對琬兒說道：「可得小心端著，別把碗弄破了喔。」

「嗯嗯，琬兒小心端著，不會掉地上的。」

小東西咧著小嘴對著喬明瑾說完，就歡快地往堂屋那邊去了。

堂屋裡，岳仲堯正拉了兩張小凳子，讓女兒坐在上面，他自己也端了碗，面對著女兒坐下。

小東西很是高興地笑。「爹爹餵。」

「好，爹爹餵。」

小東西張大了嘴巴吃了一口，無比香甜的樣子，岳仲堯見了，心裡脹得滿滿的。正待餵第二口的時候，小東西把木勺子往岳仲堯那邊推了推。

「爹爹吃。」

「爹爹吃過了，琬兒吃。」

小東西頭偏了偏。「琬兒吃不完，幫爹爹裝了多多的。」

岳仲堯往碗裡看了看，定是女兒幫他裝的，她一個小人兒哪裡吃得了這麼多。

他只覺得眼眶酸澀難耐，差點對著女兒滾下淚來。

「好，爹爹也吃。」

他張嘴就著木勺子也吃了一口，瞧著女兒一臉高興的模樣，只覺得夏日的晚風撫去了一天的煩躁，涼意沁人……

工地上連著幹了好幾天，地基挖好了，周晏卿也讓人運了石料、石板等板材過來，建屋用的木料，關師傅也領著人進山裡選好砍來。

一切有條不紊地進行著。

這些天，岳仲堯日日來幫忙，來得比他那兩個正經領了活的兄弟還早。

若是柳媚娘不來工地，小琬兒就跟前跟後的，陪她爹說話；若是吳氏和柳媚娘出現，她就跑得遠遠的，讓岳仲堯對他娘越發生氣。

而他有時候晚上過來給女兒餵飯，但更多時候，都是被人半途叫走，或是因了種種緣故留在家裡，只能在夜裡大家睡下後，才在房前屋後轉上幾圈，也不知是否聽得見母女倆甜甜的呼吸聲。

而這期間，喬明瑾也讓人帶了信回娘家一趟。

因不是正經地建房，只是作坊，又為了避人耳目，開工沒請人吃飯準備酒席之類的，所以也沒知會娘家人。

直到工地開工之後幾天，娘家人才得了信。

許是聽說了那柳媚娘住進了岳家，喬明瑾的娘家滿滿當當地坐了一牛車的人過來。

除了喬父、喬母、兩個舅舅、舅母，還有雲錦的妻子大表嫂何氏，又擔心雲錦好久沒見到兒子，怕他想兒子，何氏也帶了雲錦四歲的兒子雲巒過來。

雲錦見了兒子果然高興得很，把兒子高高地往上拋了幾回，惹得小雲巒興奮地哇哇直叫。

何氏見了自己的父親和弟弟，也很高興，跟喬明瑾打了招呼，就進父子兩人的房間搜刮髒衣髒被去了，一刻都不得閒。

而喬明瑾的兩個舅母則是一下牛車就和喬母一起扯著她，到一邊說話去了。

「瑾娘，妳不要怕，想欺負我們家的人，沒門！我們家人多著呢！豈會怕她？」

喬明瑾看見娘家來了這麼一車人，哭笑不得，這陣勢好像怕她吃了虧一樣……

當天中午，喬明瑾讓秀姊幫著在村裡買了一些菜，又抓了兩隻雞殺了，還讓人幫忙到上河村割了兩刀豬肉，弄了兩桌豐盛的飯菜招待娘家人。

岳仲堯得知後，也拎著一罈酒上門來了。

只是大家對他的熱情好像不怎麼高，兩個舅舅還拉著他到一邊問他這麼快就讓柳氏上門住著了，是什麼意思？當初大家不是說好要一年後再娶的嗎？

也不知岳仲堯跟喬父、喬母還有兩個舅舅說了什麼，反正一堆人臉上瞧不出什麼東西，但好歹午飯是讓岳仲堯上桌了。

中午的時候，吳氏得了訊，決定領著柳氏上門叫岳仲堯回家吃飯，只是半路上被秀姊帶著蘇氏攔住了。

秀姊那兒子岳長河，還很機靈地跑到岳家喊了老岳頭，最後還是老岳頭來拖了她們回去。

一堆人都瞞著喬明瑾，喬明瑾還想吳氏這次怎麼這麼識趣呢？

若是讓她知道了，根本不會讓岳仲堯靠近桌子的。

第二十四章

喬母和喬父看著喬明瑾如今過得不錯，母女倆不僅能得了溫飽，還有事做，也有了細水長流的收入，遂把心放下了一半。

只是喬母見了岳仲堯，心裡還是不免有解不開的怨懟，難免對喬明瑾母女倆後面的生活擔心了起來。

喬母覺得女兒如今太過辛苦，連穿衣吃飯的事也要操心，還要一個人養孩子，又掉了一回眼淚。

但喬父倒是覺得女兒現在很好，有些事做，又能打發時間，省得心裡頭亂想。

那孩子不僅長得跟祖母相似，就是性子也是同樣堅韌得很，不會輕易妥協。喬父也說不好女兒這性子好不好，只是如今在他看來，女兒有事做，過得開心，他也就能略略放些心了，回家對自己母親也多少有個交代了。

喬父、喬母走時，喬明瑾又把一千兩銀子給了他們，讓家裡繼續幫著在雲家村附近買些田地，到時是租出去也好，或是請長工、短工都好，都由著家裡人決定。

喬母不想這才多久時間，女兒又拿出一千兩銀子讓她買地，很是驚訝。

「瑾娘，妳這是哪裡來的這麼多錢？」

喬母不認識字，雖認得銀票，但銀票上面的面額還是喬父跟她說的。

「娘，就放心拿著吧，您還不相信女兒嗎？這次也跟上次賣算盤一樣，女兒想了一個東西，就是今天在山上見到的那個滑輪。你們不是也說好用得很嗎？舅舅還說要讓雲錦表哥也到城裡給家裡打幾個，那個滑輪就是女兒想出來的，女兒把它賣給周六爺了，得了一些錢。」

喬父聽完瞪了喬母一眼。「自個兒的孩子是什麼樣妳還不清楚嗎？」

喬母歷來就有些畏懼喬父，此時聽了喬父的喝斥低下頭，小聲說道：「我也是擔心……」

「擔什麼心？還擔心自個兒女兒做什麼不妥當的事？她到底是不是妳生的？」

喬明瑾看了自家父母一眼，笑了笑，有時候覺得這兩人不搭得很，但有時候又覺得他們異常地和諧。

喬明瑾笑著挽了喬母的手臂，對她說道：「娘，妳不要聽別人的那些閒言碎語，女兒行得正、坐得直，別人愛說什麼隨他們去，女兒的錢都來得正當，你們放心拿去用。這一千兩你們在附近買些地，剩下的就留給家裡用，女兒這邊還有，不用替女兒擔心。」

喬母看了自個兒的女兒一眼，欣慰地用手在女兒手上拍了拍。

這個女兒從小就被婆母抱到房裡親自養了，除了餵奶，其他事都不讓她插手，她也知道若不是婆母和相公落難了，他們是看不上她這樣大字不識一個的村婦的。

她跟婆母生活久了，也知道婆母的本事，後來的幾個孩子幾乎都是婆母在教養，她只不過是擔心罷了。

喬父看了喬明瑾一眼，對她說道：「妳祖母叮囑妳，說是想做什麼就去做，不用擔心別人怎麼看，自己過自己的日子，冷暖只有自己知道，關旁人什麼事。」

喬明瑾朝喬父點了點頭，應道：「是，爹，女兒記住了。」

除了一千兩銀子，喬明瑾還給喬父包了些她讓周六爺找的一些補身藥材。

喬父這些年身子已是養得差不多了，只是季節交替的時候，還是偶爾會病上那麼一場，他早年跟著母親流浪，傷得有些狠了。

喬明瑾自從跟周晏卿合作後，便開口讓周晏卿幫著找一些好的藥材。

周晏卿沒要錢，只說是從府裡藥庫拿的，不值什麼。

喬明瑾也不矯情，道了謝便收下了。

喬父看了自家女兒一眼，點了點頭，讓喬母收了下來。

一行人仍是坐了牛車回去，不過雲巒和何氏被喬明瑾留了下來。

雲錦到下河村之後，好久沒回鄉了，跟妻兒也是好久沒見著。

喬明瑾瞧著他一家子依依不捨的樣子，又看何父等人這些天忙，那衣物也沒有時間洗，就讓表嫂何氏留了下來。

當天晚上，關師傅把雲錦的房子讓了出來，不顧眾人的勸說去工地睡了，倒讓雲錦挺不好意思，晚上拎著一罈酒到工地，陪關師傅和全師傅等人喝了個盡興才回來。

小琬兒對於忽然來了個比她只大一個月的小哥哥這件事，興奮得很，拉著小雲巒的手屋前屋後地亂竄，害得明琦跟在兩人身後累得夠嗆，氣呼呼地插著腰，罵也不是，打也不是，只直念叨小鬼頭不聽話。

當天晚上岳仲堯沒來，琬兒有些失落，不過很快就被雲巒拉著到院中去玩，沒多久便傳來兩人格格的笑聲。

工地上很是順利，這期間，天氣雖熱，但並沒有下雨影響到工期。

岳仲堯入八月就回城了，十天的假期對於他來說已是足夠多。

柳媚娘也跟著走了。

這期間，她頻頻出現在工地上，許是嘴巴甜又一副無害的樣子，倒是博得了一些村裡人的好感。

仔細想想，這閨女也是無辜得很，只有一個父親頂著家業，就為了救岳家的老三，說沒就沒了，不然她一個城裡閨女，沒準兒還能嫁得更好一些，真是可惜了。

而柳媚娘雖然一直想找機會跟喬明瑾說話，但顯然喬明瑾並沒有給她這樣的機會。

柳媚娘逮不著喬明瑾，卻是逮著兩次周晏卿來的時候，跟周晏卿搭上了話，還婉轉打聽了喬明瑾都幫他做些什麼事。

周晏卿很顯然是與人周旋的好手，哄得柳媚娘笑得花枝亂顫，一副海棠花不勝春雨的嬌羞。

連秀姊都來跟喬明瑾說她看到兩人談笑風生的樣子，言語間對柳媚娘的行徑很是不齒，狠狠數落了一番才甘休。

喬明瑾見到周晏卿的時候，沒多問，她還不習慣過問別人的私事。

只是周晏卿卻是盯著她連看了好幾眼，還很奇怪地對著喬明瑾搖頭，嘴裡發出嘖嘖聲，看到喬明瑾看了自己，還擺譜地不願解釋，弄得喬明瑾很是莫名。

岳仲堯依舊試圖從女兒那邊迂迴，準備用女兒來打動喬明瑾的心防。

只是也不知是有吳氏和柳媚娘做怪的原因，還是小琬兒太聰明，總之琬兒在她娘的面前沒提過她爹一句話，喬明瑾更是懶得問。

周晏卿雖然住在城裡，可竟是隔三差五地來，有兩回還帶來了跟屁蟲周文軒。

這孩子永遠那麼精力充沛，一下馬車就四處奔跑，自來熟地跟村裡的小子們打成一片，在下河村的那條河裡撈魚、網蝦、撿泥螺，玩得不亦樂乎……

直到八月十三那天，周晏卿又來了。

工地的作坊經過二十幾天的勞作，再過幾天就能封頂。

八月十五不說當地，就是在整個魏朝都是個大節日，熱鬧程度堪比過年。

喬明瑾跟周晏卿說好了，活計就做到十三日中午為止，工地放三天假，一直到十七那日才正式復工。

為了讓眾人過個好節，喬明瑾和周晏卿決定十三號收工前，把之前的工錢先發給大家。

「怎麼又帶了這麼多東西來？」

喬明瑾看著周晏卿的小廝從車上搬著眾多東西進門，皺著眉頭問道。

周晏卿看了她一眼，說道：「哪有多少，這不是馬上仲秋了嗎？我想妳必是沒空進城採買的，順便就給妳多帶些吃的喝的來。」

他回頭瞧見喬明瑾皺著眉頭，仍是一副欲言又止的樣子，又說道：「這些東西值個什麼？都是莊子上的管事送來的，家裡吃用不了，也都是到處拿去賞人。妳那滑輪我交給京城的本家了，聽說宮裡給本家下的賞賜可不少，只是我這也沒辦法拿一件、兩件的給妳。這些東西哪裡能跟那些東西相比？這次我給妳帶了幾疋布料過來，妳看著和孩子們做幾身衣裳穿。」

周晏卿說完往喬明瑾身上打量了起來，嘖嘖嘖，還是一身灰撲撲的粗布衣裳。跟他周晏卿站在一塊兒的女子，什麼時候穿過這種布料的衣物？就是他府中的粗使婆子，衣服料子都比她身上這身好太多了，真是白長一副臉蛋，何時才懂得打扮一下？

喬明瑾順著他的目光也往自個兒身上瞧了瞧，看完狠瞪了他一眼，就轉身進了院子。鄉里鄉下的，一個孩子的娘，又天天忙個不歇，還指望她穿蜀錦杭綢呢？

周晏卿對喬明瑾的目光絲毫不以為意，還挺高興的。這女人有時候瞧著不像是個正常女人，臉上淡淡的，像閱盡千帆，偶爾惹得她回瞪一眼，還能顯出一絲人氣。

周晏卿搖頭笑了笑，也跟在後面進了院子。

中午吃飯時分，發了工錢之後，關師傅和工匠們都各自告辭走了。村裡幫活的人拿到工錢興奮得很，領了錢高高興興地往家裡走。

周晏卿看著兩個小廝發完工錢，在喬明瑾家吃完午飯也沒急著走，就在院中逗弄琬兒。

明琦跟他熟悉了，兩個孩子便教他玩撿石子。

吃過飯，雲錦、何家父子、何夏和何三也向喬明瑾告辭回家。

前兩日，何氏和小雲巒已是先回去了，喬明瑾怕雲錦他們路上耽擱的時間太長，趕不上天黑前到家，便把家裡的牛車讓雲錦駕了回去。

雲錦看著喬明瑾給他帶的一些吃食點心，推讓了兩下，見推卻不掉，只好收下了。

喬明瑾帶著兩個孩子站在門口相送。

「牛車還是太慢了，若是馬車的話，到雲家村大概用不了一個時辰吧。」

周晏卿站在喬明瑾身後悠悠說道。

喬明瑾看了他一眼，道：「馬車是很快，可鄉下還是用牛車的多，當然也有些人會買驢車。在鄉下，牛和驢一來能做勞力，再者牛和驢也很溫順，鄉下人能駕馭得了牠們。」

周晏卿聽完後點了點頭。

喬明瑾又道：「再者，馬車很貴，而且我們鄉下人家不懂得怎麼挑馬，可能也買不到馬吧？大半年前可還在打仗呢，馬哪是那麼容易買的？」

周晏卿朝她撇了撇嘴，道：「妳還真的想把那些銀子留著當傳家寶啊？如今妳還沒有錢買一輛馬車？」

喬明瑾斜了他一眼。「我如今也不是買不起，只是我一不會駕馬車，二是我怕我制不住牠，三呢，我怕我們鄉下人沒那門路買到馬。」

周晏卿笑得很是得意。「別人買不到，不代表六爺我也買不到。別說一輛了，就是再多，妳家六爺也能給妳買了來。」

喬明瑾聽了嘴角抽了抽。

「六爺什麼時候成了我家的了？」

周晏卿看了她一眼，道：「妳說什麼時候是妳家的，六爺我就什麼時候是妳家的。」

喬明瑾聽完，愣愣地看向他。

周晏卿見喬明瑾看向他，回望過去，眨了兩下眼睛，這才反應過來。

自己剛才說了什麼？

他不由得一陣懊惱，難道是中午喝多了？他連忙移開視線，強裝鎮定。「咳……咦，琬兒哪去了？琬兒？小琬兒……」

喬明瑾看他不慌不忙地往院裡去，晃了晃頭。

這廝中午喝多了吧？口沒遮攔的。

喬明瑾跟著進了院子，看到周晏卿正一臉興致地坐在木椿上看女兒和明琦玩石頭。

「你還不回去？」

「爺等會兒再回去，咱有馬車。」

喬明瑾搖了搖頭，決定不管他，逕自到柴房搬了一捆稻草出來，準備搓草繩。

周晏卿往喬明瑾那裡瞟了一眼，朝她走了過來。

「原來草繩是這麼搓的？」

他站在一邊看喬明瑾撿了幾根稻草和在一起，在手裡只那麼一搓，一截草繩就出來了，很是好奇，也蹲在一邊有樣學樣，只是搓了半天，那草繩都鬆垮垮的，沒黏在一起，不由得一陣氣餒。

喬明瑾好笑地看了他一眼，笑道：「六爺哪是幹這種活的？快別弄了，沒得浪費我的稻草，這可是我昨天就灑了水捶打過的，再弄要給你糟蹋了。」

「這草繩還得要灑水捶打啊？不是拿來就能用的？」

「不是。」喬明瑾便對他解釋了幾句。

周晏卿聽完點頭。「這看起來挺簡單，沒想到這裡面還有這麼多門道呢。」

他說完見喬明瑾頭也不抬，又問道：「妳要不要買馬車？有了馬車妳也方便一些，回娘家就不用起早貪黑的；再者以後作坊建成了，周管事不方便過來時，作坊萬一有什麼要緊事，妳也好安排人駕了馬車帶快信給我啊。」

他見喬明瑾依舊埋頭不說話，便又問道：「妳是怕買了馬車，在村裡太惹眼？」

喬明瑾仍沈默著。

「我看妳不像是那麼在意別人眼光的人啊。」

「我是不在意別人的眼光，可不代表我喜歡處理一堆麻煩事。」喬明瑾頭也不抬地回了一句。

周晏卿聽了若有所悟。

看她濃密的烏髮上只插了一支木釵，他不由嘀咕道：真是的，留著那些銀子當傳家寶呢？

「買了馬車，妳只說是我留給妳用的便成。馬的事妳不用擔心，雖然管制了幾年，不過現在停戰了，戰場上淘汰下來的戰馬也很多，原本一匹馬五十兩銀子就夠了，不過現在可能會貴一點，不過百兩左右應該差不多了，不算太貴……」

喬明瑾想了想，便點頭應了下來，她還真缺一輛速度快些的交通工具。

對於她來說，十幾里遠的距離要花上半天，真的讓人頭疼，這時代交通太不方便了。

馬車的事談妥後，兩人就各自坐在小板凳上，一個搓草繩，一個在旁聚精會神地看，似乎想從上面看出花來。

過了一會兒，喬明瑾抬頭問他。「城裡有鋪子賣嗎？」

「妳要買鋪子？」周晏卿扭頭看向她。

「嗯，除了讓我娘家幫著買了些田地外，我手裡還有一些錢。田地畢竟是靠天吃飯，將來收成如何誰都說不好，所以我想看有沒有鋪子可以買下來，平時收收租，有個細水長流的進帳，將來也可以留給孩子。」

「妳想得倒挺遠。」周晏卿撇嘴道。

喬明瑾沈默了一會兒，才道：「大人怎樣都能熬，我只怕將來讓孩子委屈了……總要為孩子多想一想。」

周晏卿又往喬明瑾臉上看去，不知為什麼，心裡忽然有些難受。

他想了想才道：「妳若是不用自己經營，只買來收租，那選擇的餘地會大些，等我回城裡就幫妳問問去。」

「那就多謝周六爺了。」

「呦，怎麼變得這麼客氣起來？」

喬明瑾看了他一眼，笑了笑。

「妳還是得多笑笑，妳笑起來挺好看的。」

周晏卿覺得兩人距離得很近，那女人臉上細小的茸毛都能清晰看見。

喬明瑾聽了周晏卿這話，覺得臉上有些熱，連忙低頭搓起草繩來。

十三日下午，周晏卿臨上車時，吳氏氣喘吁吁地趕到了。

周晏卿聽她巴巴地喘著粗氣說完之後，就呆愣在那裡。

喬明瑾卻好像是意料之中一樣，淡淡的沒什麼表情，只是直直地站在那裡。

「妳是說，讓我給妳家老三發工錢？是這個意思吧？」

吳氏連連點頭，說道：「我家三兒難得休一次假，卻整整十天都在工地上，沒能在家歇息過一天，而且幹的活還是旁人的兩倍，雖然不好讓六爺給雙倍的錢，但起碼一份工錢總得發吧？」

周晏卿愣愣地看了吳氏好幾眼，實在是不知道說什麼好。

吳氏絲毫沒覺得這麼做有什麼不對，兒子好不容易休假在家，還沒給家裡幹丁點活呢，倒是給喬氏幫活來了，她來拿工錢有什麼不對？

周晏卿看著她，著實是不知該說什麼好，他也不是心疼那幾個錢，十天的工錢在他眼裡還不夠打賞下人用，他只是覺得有點不可思議罷了。

這還沒和離吧？男人給自家娘子幹點活，還要工錢？他沒聽錯吧？

周晏卿往喬明瑾那裡看了一眼。

喬明瑾只淡淡地說道：「就麻煩六爺發十天的工錢吧。」

喬明瑾一副不願攬事的模樣，實在是怕周晏卿走了，吳氏會跑來纏上自己。

周晏卿又往吳氏和喬明瑾身上來來回回打量了好幾趟，這婆媳也共同生活過幾年吧，怎麼跟前世有宿怨一樣？自家兒子來幫兒媳幹幾天活，婆婆竟巴巴地跑來要工錢？

他本來還覺得喬明瑾這女人因丈夫要娶小妾就要鬧和離，實在有些小題大做，可如今在他看來，這女人是怎麼在那個家生活了這幾年的？

周晏卿暗自搖了搖頭，便吩咐旁邊的小廝結工錢給吳氏。

「謝謝周六爺，謝謝周六爺。」

吳氏拿到工錢也不多待，捧著幾百個銅錢歡歡喜喜地走了。

「她真是妳婆婆？」周晏卿指著吳氏的背影問道。

喬明瑾不接話，只淡淡地瞟了他一眼，這還用問？

「嘖嘖嘖，妳是撞了哪路衰神，嘖嘖……」

「得了，別在那亂感慨了，快些走吧，不然日落前都到不了城。」

周晏卿本還想打趣喬明瑾幾句的，只是沒想到這女人這麼沒趣。

好吧，天色確實也不早了。

車簾放下來後，喬明瑾才轉身進了自家院子，並關起了院門。

「六爺，您說怎麼會有這樣的人哪？兒子來給兒媳婦做活，婆婆卻來收工錢？」兩個小廝中的一個嘖嘖感慨道。

另一個小廝見周晏卿並不阻止，也附和道：「我當初還以為這喬家娘子一定是個悍妒的，才不能接受自家男人納小妾，還有點看不上她呢，可沒想到她婆母竟是這種人。跟這樣的婆婆一起生活，倒貼錢給我，我還得考慮考慮。」

另一個小廝也點頭道：「爺，您說這喬娘子是不是挺可憐的？我聽村裡人說她男人不在的四年裡，都是她忙裡忙外，做繡活賣錢養活一大家子，可她男人一回來，就要另娶美妾了。」

旁邊的小廝點頭道：「是挺可憐的，不然一個女人哪裡願意帶著小女兒獨自過活，一定是沒辦法了。」

周晏卿閉著眼睛倚在車廂壁上，沒有說話。

當兩個小廝以為他已經睡著時，周晏卿卻睜開眼睛看了兩人一眼，道：「回城後，你們去看看有沒有好的馬賣，然後把這個車廂收拾一下，送去給喬娘子。」

「爺要把這個車廂送喬娘子？何不乾脆把這匹馬一併給了喬娘子？」

另一個小廝傾身過來在他的腦門上彈了一記。「這匹是什麼馬你不知道嗎？這可是爺的愛馬！日行千里，難得的良駒，整個青川都找不出第二匹。」

被彈打的小廝揉著腦門齜了齜牙，才小心翼翼地看了周晏卿一眼，道：「爺，小的說錯話了。」

周晏卿搖頭。「不是你家爺捨不得這匹馬，只是這匹馬若給了喬娘子，沒準兒會給她帶來一些不必要的麻煩；而且這匹馬是個烈性的，喬娘子不一定制得住牠。回城後，你二人只管找匹溫順些的母馬就成。」

「是，我們記下了。」

周晏卿底下的人辦事效率很快，當天就買到了一匹溫順的母馬。

賣馬的得知是周六爺要買，只收了一百兩銀子。

買到馬的次日，也就是十四日那天，周晏卿的兩個小廝就把馬車給喬明瑾送去了。

當時，喬明瑾正帶著兩個孩子在自家籬笆地裡摘菜。

等一家人聽清楚他們的來意後，兩個孩子興奮得跳起，特別是琬兒，立刻就讓那個小廝抱了她坐到車廂裡去了。

那天下午，得了周晏卿吩咐的馬車伕留下來教喬明瑾如何駕馬車。

喬明瑾學得很認真，那車伕帶著她走了幾圈後，喬明瑾就能磕磕絆絆地上手了。

其實喬明瑾駕過牛車好多趟了，馬跟牛雖然不一樣，但也有共通的地方。

且這馬挺溫順的，比那倔起來的牛還好使喚。

喬明瑾駕了那麼久的牛車，多少有些心得，所以學得還算快。

周晏卿的小廝在收了喬明瑾遞過來的一百兩銀票之後，便和車伕駕著馬回城去了。

而明琦和小琬兒等人走後，午飯也顧不上吃，姨甥兩個抓了幾塊糕點，就揹著簍子到山坡上給馬割草去，看得喬明瑾哭笑不得。

等她們回來，喬明瑾見她們一臉的新鮮興奮，便帶著她們去遛馬，再牽著馬到河邊給牠刷毛。

「娘，我們給馬取個名字吧？」

「好啊，那妳和小姨給馬兒取個好聽的名字吧。」
「姊，牠全身都是紅栗色的，就叫紅紅吧。」
喬明瑾抖了一身疙瘩，還沒說話，小琬兒就叫了起來。「不好聽！才不要叫紅紅！」
「姊，不好聽嗎？」
喬明瑾眨了眨眼睛。「嗯，還好……」
琬兒搶著道：「娘，牠長得高高的又壯壯的，就叫壯壯吧。」
「壯壯才不好聽呢，哪有馬叫壯壯的？」
喬明瑾見兩個小東西為了給馬取名字，爭得面紅耳赤的，很是好笑。
那馬似乎對這幾個名字也有些不滿，不停地噴著氣。
「娘，給牠取個好聽的名字吧。」
喬明瑾想了想，問兩個小東西。「妳們喜歡吃娘做的元寶嗎？」
兩個小東西點頭。「喜歡。」
「那就叫元寶吧，還喜慶呢。」
「好，就叫元寶！元寶，你有名字咯，元寶、元寶，好聽嗎？」
紅栗馬朝天打了個響鼻，不知道究竟是喜歡還是不喜歡，總之從今以後牠就是喬家的元寶了。

岳仲堯直到十四那天的下午才回到下河村。

他這次回來，柳媚娘並沒有跟著來。

岳仲堯回到家，連水都顧不上喝，也不管吳氏在後頭又跳又叫，拿起個小包袱就往喬家走。

只是喬家門戶緊閉，岳仲堯奇怪地轉了兩圈，又在院牆處趴著聽著，院牆裡面安安靜靜的，一絲人聲也無。

這一處是村外，附近也沒個鄰居可以相詢，岳仲堯在門口等了等，久不見人回來。

難道是回娘家了？

岳仲堯有些焦急，想了想，又往山上走去。

正巧他在山上看到岳大雷和秀姊在幫村裡人挖的木椿估價，便上前搭話。

「大雷，你知道瑾娘帶著孩子上哪了？可是回娘家了？」

岳大雷看了妻子一眼，道：「沒聽說要回娘家啊？昨天雲錦他們回去的時候，把牛車駕走了，她們娘倆要是回娘家，會來向我們借牛車，可她們沒來啊，想必還在村裡呢。」

「可我找了一圈都沒見到人。」

「那你往河邊看過了嗎？有時候，瑾娘會帶著孩子到河邊釣釣魚什麼的。」

「還真沒去過，那我去河邊找找看。」

岳仲堯走後，秀姊瞪了自個兒男人一眼，道：「幹麼告訴他？他有心還不會自己找啊？

這點耐心都沒有？」

「妳啊妳，他也沒什麼大錯，妳就忍心看著琬兒沒了親生爹嗎？那麼小的孩子，就算別人對她再好，也不是親爹。」

秀姊哼了一聲，扭頭不說話了。

岳仲堯到河邊的時候，就見喬明瑾正領著兩個孩子歡歡喜喜地舀著河水刷馬毛，三個人看起來都是高高興興的。

喬明瑾正用毛刷在刷馬，而兩個孩子則嘻嘻哈哈地往馬身上潑水，一頭紅栗馬溫溫順順地站在河中間，模樣舒坦。

三人身上的衣裳都有些濕，裙子的下襬也都掖到腰間，褲腿則捲至膝蓋處。

岳仲堯見了，眉頭皺了皺。

瑾娘什麼時候這麼不講究了？她一向是個謹慎知禮的人，不會輕易做這樣的不雅行為，那匹馬又是哪裡來的？

岳仲堯一時愣怔在那裡。

喬明瑾三人只顧著刷馬，沒看到站在河岸上的岳仲堯。

「娘，元寶太高了，琬兒淋不到。」小東西委屈地噘著嘴。

喬明瑾往女兒那邊看了一眼，她特意尋了個下游水淺的地方，那水大約高過她的腳踝一些，但對琬兒來說水都到小腳上了。

小東西得了馬正新鮮著，此刻正用小手拿著水瓢子舀了水往馬身上淋，可她人小，拿水往上一淋，那水便又順著她的手澆到身上，胸前的衣裳都濕了不少，但小東西還是樂此不疲，還抱怨自己只能淋到馬肚子。

喬明瑾想著女兒難得有此興致，天氣也正熱著，不怕她著涼，便任她玩。

明琦笑著說道：「那妳就洗馬腿好了，那馬腿走的路多，琬兒可要用心洗喔。」

小東西用手窩了窩，舀了些水在手心，就往她小姨那邊潑了過去。「臭小姨，等我晚上多吃一碗飯，就能長高高了！」

「哈哈哈，妳就是吃兩碗也長不到小姨這般高。」

小東西見她小姨取笑自己，又往她那邊潑起水來，兩個人就各自站在馬的一邊玩鬧起來。

「好啊，看小姨不好好治妳！」明琦抖了抖衣裳上的水珠，作勢要追她。

「咯咯咯，娘、娘……」

小琬兒圍著馬跑了起來，不一會兒突然又站住了。

「爹爹……」

明琦一時不察，追到近前，沒煞住，把水兜頭往琬兒身上一潑，登時她就被潑了個滿頭滿臉，琬兒忙偏頭閉上眼睛，用小胖手去揉。

「笨琬兒，妳怎麼不躲？」
明琦上前來看是不是有髒東西進到她的眼睛裡了。
那頭，岳仲堯見狀已是大步走了過來，也不顧鞋子是不是會濕掉，立刻就下了河。
「琬兒，快讓爹爹看看。」
岳仲堯一把將女兒攬了抱在懷裡，彎身查看起來。
「爹爹給妳吹一吹……吹一吹就好了啊。」
喬明瑾看到岳仲堯走過來，愣在了那裡。
「爹爹回來了？」
小東西被她爹這一吹，馬上就笑逐顏開了，手腳並用地掛在她爹身上。
岳仲堯把女兒抱進懷裡，又對著喬明瑾的方向喚道：「瑾娘。」
喬明瑾收回目光，淡淡地應了一聲，就又扭頭過去舀水刷起馬來。
岳仲堯眼神黯了黯。
「爹爹，你到家裡找我們了嗎？」
岳仲堯很快地斂了神色，衝著女兒笑道：「是啊，爹爹到家裡找琬兒了，沒想到沒找著呢。」
「咯咯咯，我和娘還有小姨給馬洗澡澡來了，爹爹當然找不到。」
「喔，那琬兒告訴爹爹，這馬哪裡來的啊？」

「是周叔叔給娘親的喔，還給了一輛車車呢，以後我和娘去城裡就不怕沙子吹到了，也不怕雨淋到呢。爹爹，是不是好棒？」

「嗯，是呢，那琬兒高不高興？」

「高興！」

明琦看這父女一眼，暗自撇了撇嘴，又往姊姊那裡看了一眼，也低頭舀水刷馬，她對琬兒的這個爹可沒什麼好臉色。

「瑾娘，我來弄吧，站水裡久了，小心著涼。」

「不用了，已經好了。」

喬明瑾淡淡地開口拒絕，隨後對兩個孩子吩咐道：「回家了。」便牽著馬上了岸，在河堤上套了鞋，把衣裳弄好，就往家裡走。

岳仲堯愣愣地看著。

「爹爹，你的鞋子濕了。」

「沒事，一會兒就乾了。爹爹給妳買了好吃的喔。」他說著很是高興地從懷裡把揣著的那個包袱拿出來，拈了裡頭的糕點餵女兒。

「好吃！」

岳仲堯聽了女兒奶聲奶氣的聲音，高興地揚起了嘴角，又給小東西拿了兩塊，往喬明瑾那邊示意了下。

小東西聰明得緊，從他懷裡滑下地，往她娘和小姨那邊跑去。

「小姨，爹爹買的好吃的糕餅。」

「不吃。」明琦把頭偏了偏。

小琬兒愣了愣，小手又舉了兩下，她家小姨還是沒接，小琬兒癟了癟嘴，很快又跑到她娘身邊。「娘，爹爹買的。」

喬明瑾低頭看了女兒一眼，看她小手高高地舉著糕點，踮著小腳，正試圖把糕點湊到她的嘴邊，兩隻大大的眼睛就那麼巴巴地望著她。

喬明瑾暗暗嘆了口氣，也不用手去接，只略低了身子，含著那雲片糕，一點一點吃進嘴裡。

小東西看她娘吃了，高興地咧著嘴笑了起來。

「馬給我牽吧。」岳仲堯趕緊往前走兩步，把馬繩子拽在手中。

喬明瑾看了他一眼，順勢把繩子鬆開了。

幾個人到了家，喬明瑾便拉著女兒進了廚房，雖然天氣還熱著，但在河裡待的時間長了，她怕女兒著涼。

「妳乖乖在灶口邊坐著烘一烘，娘給妳燒水泡一泡。」

小琬兒點了點頭，捧著她爹給的油紙包乖乖在灶口前坐著。

很快，喬明瑾往灶膛裡生了火，轉身想往鍋裡倒水，那鐵鍋大得很，灶臺有些高，木桶也有些大，她提不動，只能一瓢一瓢地往裡頭舀。
正好岳仲堯進來，接了過去，把整個木桶提了起來，就把整桶的水往鍋裡傾去。
「還是爹爹力氣大。」小東西見了高興地直拍手。
喬明瑾瞪了她一眼。「一會兒該吃晚飯了，別吃那麼多糕點。」
小東西看了她娘一眼，便乖乖地把油紙包又小心地包了起來。
岳仲堯看了母女倆一眼，接了琬兒手中的油紙包，幫她把糕點放在碗櫃裡。
「爹爹，你也來這裡坐，烤烤火，你的鞋子都濕了。」
喬明瑾聽了往他的腿上看去，看到岳仲堯抬頭看自己，喬明瑾便說道：「你和琬兒在這裡烤火吧，等鍋裡的水燒開，再舀水幫她泡一泡。」
岳仲堯的心情立刻多雲轉晴，高興地應了一聲，看喬明瑾要往外走，便道：「後院也沒個拴馬的地方，前院停了馬車就有些擠了，要不我幫妳在屋外頭搭個棚子，把馬安在外面？」
「爹爹，元寶在外面會被偷嗎？」
「應該不會，可現在家裡也沒地方安置牠。」
喬明瑾並沒有接話，轉身走了出去。
她在家裡的前院後院來來回回地看了一遍。
前院放了個馬車廂，又有幾分菜地，還挖了水井，建了井臺，已是沒地方了。後院又放了幾個木樁，幾乎已經成了何父等人工作的地方，也不能搭棚子，若是把馬安在前院也不像話，而且家裡還有一頭牛。

那就只好在外頭搭棚子了，家裡沒有客房，連廂房都沒有，只有兩間雜房，一間做了柴房，一間放了雜物，也沒地方了。

要不要趁作坊正在興建，再建幾間廂房呢？客人來了也可以住；可是這院子太小，要是建了廂房，不就沒院子了？

喬明瑾又往屋子外頭看了看，走了一遍，才折回家中。

屋裡頭，明琦已是從地裡摘了菜，開始準備晚飯了。

如今他們家吃菜已不再向村裡人買了。

院子裡雖然因為挖井建井臺，平了兩分菜地，不過還剩了兩塊地，絲瓜也在架上，屋後籬笆地的菜就足夠他們吃了；還有那南瓜和冬瓜，都堆滿半間雜物房了，就是連吃幾個月都還夠。

喬明瑾沒事做，也跟著明琦弄起菜，拿了一個南瓜切了一圈便削起皮來。

琬兒很喜歡吃南瓜，南瓜做的各種菜她都喜歡吃。

那孩子有一點挺好，就是不挑食，如今家裡條件好了，也不鬧著要吃要喝，不知是見家裡南瓜太多還是真喜歡吃，天天都要吃南瓜

當天晚飯，在琬兒的要求下，岳仲堯留下來吃了晚飯。

第二十五章

當天吃完飯，一直和女兒玩到很晚，哄了女兒睡去後，岳仲堯才離開。

明琦躺在喬明瑾身邊，小聲問道：「姊，我們明天不回雲家村了嗎？」

良久才聽到喬明瑾應道：「不回了。」

今天琬兒透露說明天要回雲家村，岳仲堯就說要幫她們趕車，送她們回去。

他不怕喬家人給他難堪，但喬明瑾不大樂意和他一起回去，讓吳氏知道，恐怕又有得糾纏，沒準兒車子都沒辦法走出下河村。

喬明瑾也不知道自己對岳仲堯究竟是個什麼感覺。

她跟岳仲堯實際上並沒有什麼感情糾葛，更談不上有什麼恩怨情仇，只是偶爾心裡的執念會讓她難過一把。

但她知道，那不是她的感覺。

她對岳仲堯只不過是比陌生人還熟悉一些罷了。

她刻骨銘心的疼來自另一個地方——

那裡，有個男人牽著她的手，和她在鏡頭前笑得燦爛。

他拿著鑰匙，抱著她在空蕩蕩的房間裡旋轉。「我們也有房子了……」

那個男人在醫院的走廊裡抱著她，和她一起難過。「現在我們要不起他，以後我們會再有的，回家我給妳熬雞湯……」

他總是說居大不易，於是她省吃儉用，一年下來沒買過一件新衣服，也從不敢上館子吃飯，買什麼東西都是算了又算。

他總是說還不到生孩子的時候，於是她為了他，連著放棄了兩個孩子。

她那樣用心經營著他們的小家庭，連週休都不肯休息，除了自己的工作，還接了幾個小公司的兼職財務，就為了多攢一些錢，好買房、買車，準備養孩子……

只是到最後，都是在為別人作嫁衣。

喬明瑾的淚順著面頰滾落，在漆黑的夜裡，晶瑩透亮。

次日一早，喬明瑾還在床上躺著的時候，就聽到了房門外小心翼翼的說話聲。

「……娘和小姨說今天不去外婆家了……」

「怎麼又不去了？」

「……不知道，娘還沒起來……」

喬明瑾躺著沒動，靜靜地聽了一會兒，又轉過身子蒙著臉睡了過去。

等她再次醒來的時候，只有明琦在井臺邊搓著衣裳。

「姊，妳起了？」

喬明瑾點頭。「琬兒呢？」

「和她爹牽了馬去餵食了。」

喬明瑾往院裡看了看，馬果然不在了。

等她吃完早飯，兩人還沒回來，喬明瑾便又到屋子外頭餵了雞。

等喬明瑾和明琦洗好衣物，再把家裡的活計都做完了，姊妹倆一同在院裡搓草繩的時候，父女倆才牽著手回來。

「娘、娘，爹爹帶我騎馬呢，爹爹會騎馬喔。娘快來讓爹爹教妳，以後我們就可以騎馬去外婆家了，爹爹說比坐馬車快呢！」

喬明瑾很是意外地看了岳仲堯一眼。

岳仲堯撓了撓頭，對喬明瑾說道：「在軍中的時候就會了，雖然是步兵，不過也學會了騎馬。」

「那你會駕馬車嗎？」

「會。」岳仲堯點了點頭。

喬明瑾想了想，便起了身。

於是一家人套了馬車往外走。

一個是有心學，一個是用心教，很快喬明瑾就熟練了起來，駕著馬車已是不成問題。

雖然她騎馬還是不敢快速奔跑，但小跑著兜幾圈是可以的。

等岳仲堯扶著喬明瑾從馬上下來的時候，喬明瑾已經手軟腳軟了。

岳仲堯圈著她的腰抱著她下了地，又攬著她直到她緩了過來，才不捨地鬆開了她。

有多久沒這樣與妻子親近了？

岳仲堯只覺得心裡怦怦跳得厲害，癡癡望著身邊的娘子。

他覺得瑾娘好像變得比以前更堅強了，而且對他有著淡淡的疏離感。

雖然方才他坐在馬上教瑾娘騎馬，兩人靠得那樣近，但瑾娘對自己好像對著一個陌生人一樣。

岳仲堯心口揪疼。

娘子就在身邊，連半臂的距離都不到，可他就是覺得娘子離他離得好遠。

如果那時候他在戰場上沒了，娘子會多想著他、念著他嗎？

「爹爹、爹爹，娘會騎馬了嗎？」

直到琬兒扯著岳仲堯的衣襬，他才回過神來。

不，他怎能沒了呢。

他死了，憑瑾娘的心性，定是不會再嫁人的；等琬兒大了，出嫁了，瑾娘一個人要怎麼辦呢？

她一個人孤單單的，守著空曠的屋子，沒個人陪著說話，也沒人遞茶倒水，病了痛了都沒人知道……

岳仲堯光是這麼想著，心裡就疼得厲害。

他要活著，要好好活著，要陪著瑾娘幸福地過完這輩子才行。

他的娘子、他的女兒就在身邊，一切都還來得及。

岳仲堯把女兒抱了起來，刮了刮女兒的鼻子，笑著說道：「妳娘好聰明喔，已經會騎馬了喔。」

他轉頭又看向喬明瑾說道：「這馬沒有馬鞍，妳坐在上面會打滑，身子繃得太緊，不過能學成這樣已非常不錯了，等下次我回來，我給妳配副馬鞍，到時會騎得更好。」

喬明瑾聽了岳仲堯的話有些興奮。

馬匹是這時代最好的交通工具了，別人學會是別人的，只有自己學會了才是自己的，這樣的話，將來她才不會被禁錮在某一個地方。

「娘，我們下午再去學吧，等我們學會了，以後就可以騎馬回外婆家了，啾一下就到了，啾一下又回來了，好快呢。」

喬明瑾看著女兒笑了起來。

明琦拽了拽喬明瑾的衣裳，小聲道：「姊，我也要學。」

喬明瑾愣了愣，才道：「妳還太小了，等妳再大些再學。」

明琦嘟起嘴。「我不小了，都十歲了，以後姊要是走不開，我還能幫著姊去送送信什麼，也能回雲家村。」

喬明瑾看了她一眼，道：「妳是不是想奶奶和爹娘了？」

明琦低頭不語。

岳仲堯看了她一眼，對喬明瑾說道：「她也不小了，我在邊關那邊聽說，好多軍中將官的子女才幾歲就學會騎馬了，京中好多富貴人家的子女，也都是小小年紀就學會騎射了，小娘子們還騎著馬打球呢；何況這馬不算太高，還溫順，她學一學應該沒關係。」

喬明瑾往明琦那邊看了一眼，發現她聽到岳仲堯的話後，眼睛變得晶晶亮的，倒讓她想拒絕的話也說不出口了，便對岳仲堯說道：「那你下午有空就教教她吧，帶著她多跑幾圈。」

「好。」

「真的嗎？謝謝姊姊！」明琦高興地跳了起來。

「娘，琬兒也要騎！」

「不行，等妳像小姨這般大了再說。」

見小東西嘟起了嘴，岳仲堯把她抱到馬背上。「爹爹牽著琬兒回家。」

小琬兒這才高興起來。

岳仲堯牽著馬走了一段，扭頭問道：「瑾娘，妳不回雲家村了？今天是仲秋……」

今天是仲秋，本來是一家團圓的日子。

可是且不說他娘願不願意接了瑾娘母女回岳家過節，就是瑾娘自己想必一定是不願意回岳家的。

而她又不回雲家村……

「前幾日爹娘才來過，這次就不回去了。」岳仲堯聽自家娘子淡淡地說道。

事實上，喬明瑾很怕這樣的節慶日子，喜慶美滿的日子裡，她總會想起前世的家人，想起被她壓在心底深處的人或事……

「爹，今年會舞火龍嗎？」

岳仲堯從喬明瑾那裡移回目光，回道：「會，晚上爹爹也會執火龍喔。」

「真的嗎？那琬兒要去看！娘，帶琬兒去看！」

「好。」喬明瑾點頭應了。

往年的這一天，下河村都會夥同上河村舞起火龍。

那火龍由柴枝稻草紮成龍的樣子，長長一條，由十幾二十幾個青壯舉著，前頭一個人敲著鑼鼓，後頭執火龍的人就搖擺著做出各種動作，圍著村裡村外、屋前屋後、田間地頭來回跑，而男女老少就都跟著看，非常熱鬧。

有時候小孩也學著，三三兩兩地舉著執得四不像的火龍跟在後面搖擺，圓月下，很是逗趣。

以前岳仲堯沒回來，喬明瑾也是跟著村裡相好的幾個小婦人一起去看舞火龍的。

今年岳仲堯才回來，竟是選了他執火龍嗎？

下河村的仲秋之夜十分熱鬧。

不管大人小孩，還是垂垂老者，都扶兒攜女地出來賞月看舞火龍。

喬明瑾的記憶裡有過幾次這樣的畫面，皎潔的月光下，火龍飛舞，村人嬉戲相隨，夜晚的村落亮如白晝。

但記憶是一回事，親眼所見又是另一回事。

她不得不感慨時下的人們雖然沒有什麼娛樂，日落而息，大多數人也沒出過村子、出過縣界，但還是掩不住他們對慶典的熱情。

岳仲堯做為從戰場上活著回來的倖存者，被村老們挑了去舉龍頭，很是威風了一把。

吳氏站在路的兩旁，逢人就說她兒子千好萬好，養了一個在縣衙當差的兒子，吳氏長臉得很，言語間不無得意。

岳仲堯火光映紅的臉頻頻他顧，尋著人群中的妻女。

只是喬明瑾掩在人群中，並沒有對他投去太多關注，反而是琬兒被明琦和柳枝幾人帶著，指著他爹又叫又跳……

這晚的仲秋，火龍一直舞到凌晨才散去。

岳仲堯抱著昏昏欲睡的女兒跟在喬明瑾的身後，把女兒送回了喬家，任他娘在身後又喊又叫都沒理會。

岳仲堯把女兒送到床上，又坐著看了女兒好久，才出了院門。

一直站到更深露重，他才默默轉身回了家。

十六那天，喬明瑾跟著岳仲堯又學了一天如何駕馬車，連帶著明琦都學得有模有樣。

下午，岳東根從他娘那裡得知堂妹家有人送了一匹高頭大馬之後，立刻興奮地跑了過來，鬧著要讓他三叔教他騎大馬。

琬兒不樂意，有她爹在場，膽子也大了些，頂了他兩句，被岳東根一把推倒在地，兩手都被地上的沙礫磨破了。

喬明瑾抱著哭得大聲的女兒直接回了家，馬也被憤憤的明琦牽走了。

三人連同馬一起關在了家裡，任岳仲堯在外面如何拍門都不開。

喬明瑾哄女兒止了哭之後，就教她寫字。

只是小東西念著她爹，沒有耐性，寫的字比狗爬還不如。

喬明瑾喝斥了幾句也不見效，心疼她浪費了筆墨紙張，把東西收起來，又不願開門，只好哄她。「琬兒，娘陪妳玩撿石子好不好？」

「不想玩。」小東西懨懨的。

「那我們和小姨比賽打算盤好不好？」

「也不想打，我打不過小姨……」

「那小姨陪妳去挖蟲子餵雞好不好？」明琦看她姊無計可施，也在一旁想辦法。

小東西眼睛亮了亮，瞬間又暗了下去，怯怯地看了她娘一眼，軟軟地說道：「娘，我想出去找爹爹。」

「不行！」

她被喬明瑾猛地這麼一喝，一雙大眼睛裡立刻就起了霧。

喬明瑾可能也覺得自己語氣太重了，把女兒拉到面前，柔聲說道：「我們一開門，妳堂哥又要進來鬧，不給他騎馬，他肯定會在地上打滾的，等會兒他娘又會鬧上門來，娘耳朵又不清靜了，這樣琬兒還要開門嗎？」

小東西被圈在喬明瑾面前，聽了她娘的話，也想起她那不著調的堂哥，埋頭在她娘懷裡不說話了。

她良久才道：「可是我想和爹爹玩，爹爹剛才都在外頭拍門了。」

喬明瑾無法理解女兒對父親的孺慕之情。按理說，這兩人該沒有太多接觸，感情不至於那麼深厚才是，難道真是因為血濃於水的父女天性？

喬明瑾嘆了一口氣，接著哄道：「一會兒妳堂哥走了之後，娘再開門，好不好？」

她揉著女兒的頭髮，可能是這兩天騎馬兜風的緣故，她的頭髮上有了一層灰，便哄著道：「娘給琬兒洗頭好不好？」

小東西這才歡喜起來。「好，娘給琬兒洗頭。」

琬兒很喜歡喬明瑾給她洗頭梳頭，一聽要給她洗頭，立刻就扭著身子搬凳子去了。

喬明瑾看女兒一副迫不及待的樣子，笑了起來。「等娘給妳燒些熱水再洗，不然得受涼了。」

「姊，妳也給我洗。」明琦跟在後頭討福利。

「好。」

姨甥兩個便高高興興地牽著手去廚房燒水。

等燒好水，喬明瑾把水舀在桶裡，提到井臺邊，在井臺邊倒扣了一個木盆，又把要洗頭髮用的木盆子架了上去，在木桶邊放好兩把凳子，又在木盆裡添好冷熱水之後，打散了琬兒的頭髮正要洗，就聽到安靜了好久的院門又響了起來。

「琬兒，給爹爹開門，就爹爹一個人。」

小東西剛扯開頭髮，想趴下來，聽到拍門聲就迅速抬起頭，扯著她娘的衣袖直搖。

「娘、娘，讓爹爹進來嘛，堂哥走了。」

喬明瑾嘆了一口氣，把她放開，小東西立馬就歡快地跑向院門，惹得明琦在她背後狠瞪了好幾眼。

喬明瑾看著抱著女兒走過來的岳仲堯，眼神複雜。

「瑾娘。」岳仲堯小心地看了喬明瑾一眼。

喬明瑾不看他，只對著女兒說道：「下來，還要不要洗頭？」

「要洗。」小東西立刻從她爹的懷裡溜下地。

喬明瑾沒再說話，讓女兒在凳子上坐好，就把她的頭放到盆子裡。

可能是這個新的盆架得太高，凳子又有些矮，琬兒的頭始終搆不到盆裡。

喬明瑾想著是不是要搬張長凳過來，或是把木盆拿下來，把木盆架在另一個木盆之上，架得高一些，也免得女兒低著頭久了會充血暈眩。

這古代洗個頭真是不方便。

女兒的頭髮不長，還好一些，她自己每次洗頭，起身時，都是一副暈乎乎的，脖子好像不是她的一樣；這長髮還不能剪，因此每次洗頭對她來說都是一次煎熬。

喬明瑾正皺著眉頭想辦法，岳仲堯看母女倆這樣，便說道：「我抱著琬兒吧。」

他說著就把琬兒抱了起來，自己一屁股坐在凳子上，又把女兒轉身過來，背著他，抱著女兒的肩，讓女兒的頭伸到盆子裡。

喬明瑾看著愣了愣。

小琬兒倒是興奮得很，兩手支在她爹的腿上，在旁邊一個勁兒地催她娘。「娘，快給琬兒洗啊！」

喬明瑾回過神來，也拉了一張凳子坐在旁邊，把手伸進盆裡試了試水溫，就用手舀了水，把女兒的頭髮慢慢打濕了。

等女兒適應了水溫，才把女兒的頭按在水裡，接過明琦遞的皂角搓了搓，放在女兒的頭髮上揉了起來。

岳仲堯抱著女兒小小軟軟的身子，再看著妻子輕柔的動作，鼻子裡充斥著妻子的體香，整個人好像都活了過來。

剛才被妻女拒在門外，他心裡灰暗一片，一個人愣愣地站在門口，像被人拋棄了一樣；而現在女兒就在自己的懷裡，妻子就在自己身邊，岳仲堯只覺得整個人都愉悅了。

他臉上帶了笑，看女兒格格笑著扭個不停，便說道：「快別動，一會兒水都進嘴巴鼻子裡了，把眼睛閉好，不然一會兒眼睛進了水會痛喔。」

小東西用小手在臉上抹了一把，格格笑著回道：「閉著呢。還是爹爹抱著舒服，下次還要這樣洗。娘，妳這次要洗得久一點，洗得乾淨一些，要香香的喔。」

喬明瑾一陣無奈，笑著說道：「好。」

明琦從水井裡又打了一桶水，說道：「快點洗，小姨還要洗呢，洗乾淨就好，洗那麼久幹麼？快起來，該換水了。」

小東西再怎麼不願，換了兩次水之後還是洗好了，起身後還很不情願的樣子。

「娘，還沒洗好呢，還沒香香的。」

「去去去，都洗三遍了，再洗頭髮要掉光光了。」明琦唸著她。

「才不會。」小東西嘟起嘴看向她娘。

喬明瑾便笑著說道：「已經香香了，讓妳爹幫妳把頭髮擰乾，娘幫妳小姨洗。」

「好吧。爹爹，我去拿帕巾給你，你幫琬兒擰乾頭髮喔。」

岳仲堯才應了一聲，就看見女兒飛快地朝房裡跑去了。

等喬明瑾幫明琦洗好，岳仲堯把一桶熱水拎到喬明瑾的面前。

「妳也洗洗吧，這熱水若不夠，我再去舀，鍋裡還有。」

喬明瑾看了這一大桶的熱水，又看了岳仲堯一眼，暗嘆一口氣，開口說道：「這些就夠了。」

她每次洗頭都是糾結。

前世洗個頭，站在蓮蓬頭下沖一沖就好了，或是在美容院閉著眼睛一躺，什麼事都不用做，很快就好了。

而現在洗個頭費時費力不說，等洗好頭，前後衣裳還都得濕一大片，又沒有吸力強的毛巾可以擰乾頭髮。

有時候，她都恨不得拿把剪刀把一頭長髮絞了才痛快。

岳仲堯看她洗得費力，稍一抬頭，那水還順著領子往她身子裡淌，便默默地拿起水瓢，舀了水往她頭上澆。

「妳拿著凳子坐到石臺子上，我來幫妳澆水吧，這樣要好一些。」

喬明瑾本想拒絕，可她實在趴得脖子疫疼，也不矯情了，低著頭，一把抓了濕髮，一手拎了張凳子就往石臺子上坐。

她兩手搓揉頭髮，岳仲堯則站在旁邊，幫她往頭上舀水。

岳仲堯站在妻子的身邊，那水飛濺起來，滴到他的鞋上、衣襬上，但他似乎看不到，眼睛裡泛著濃濃的情意，嘴角邊含笑，只想著這一刻能夠永遠停住……

仲秋過後，工地上又熱鬧了起來。

十六那天下午，明珩和明玨帶著全家人的問候，從雲家村過來看望喬明瑾母女。

喬母和藍氏也做了好多吃食讓兄弟倆帶過來，把明琦喜得眼淚直流，兩手各抓著一個油炸芝麻糰，笑得見牙不見眼的，直說家裡人沒忘了她，高興得直蹦躂。

喬家得了喬明瑾的資助，又有明玨的束脩銀子，日子也漸漸好過了起來，如今已捨得買一些白麵，也捨得放油做一些油炸的吃食。

如今喬家只剩了明瑜在家，做的吃食多半都給明琦和小琬兒帶過來了，剩下的給兄弟倆帶著到城裡吃，喬家自己大概沒留多少。

明玨還跟喬明瑾說起一千兩買地的事。

那一千兩銀子又買了四十畝的一等良田，十兩一畝，總共花了四百兩。如今正逢秋收時節，沒多少人在這當口賣地的，所以喬父、喬母聽了祖母藍氏的話，在附近尋了一個七百畝左右的小山頭買下。

那小山頭也不陡，並不是那種石頭山，山上還有一些灌木，平了後也是能開荒做為旱地，種些果樹，放養些雞鴨兔等活物也是好的。

許是看了喬明瑾在下河村的林子裡養雞得了啟發，在目前沒有良田的情況下，正好有一個七百多畝的山頭要賣，按荒地一兩的價錢總共要七百多兩，不過主家賣得急，最後只要了六百兩。

喬家和雲家都覺得划算得很，就一起到縣裡過了戶。

喬明瑾拿著兩處地契，妥當地收好，心裡多少也有了些底氣，如今她也算小有資產了，對未來更放心了些。

娘家口風緊得很，她更是沒什麼好擔心的。

明珩和明玨兄弟倆住了一個晚上，十七日中午吃過飯就往城裡去了。

岳仲堯死活要和兄弟倆同去，還雇好了一輛牛車等在門口。

本來喬明瑾是想用馬車送送兄弟倆的，只是拗不過岳仲堯的熱情，再者兩兄弟都說不要喬明瑾送，怕返程的時候太晚了。

最後明珩他們只好咬著牙和岳仲堯一道走了。

十八日正式復工，一大早工地上就熱鬧了起來。

巳時中，周晏卿也帶著周管事到了。

喬明瑾和他在工地上轉悠了小半個時辰後，周晏卿就領著她駕起馬車。

他對喬明瑾的領悟力大為讚賞，連番誇讚，讓喬明瑾很是得意了一把。

「這才幾天妳就這麼熟練了，看來是我們周府的師傅會教啊。」

喬明瑾白了他一眼，也好心情地跟他開玩笑。「是我聰明好不好？」

周晏卿聞言哈哈大笑，斜了喬明瑾一眼，說道：「不管怎麼說，妳如今會駕馬車了，怎麼著都得記著我這一分功勞吧？」

「你想怎麼著？」

喬明瑾看不慣他那副得意的樣子。

「今天給我做頓好吃的吧。當然除了這個，還有一樣，妳也得感謝我，我只討一頓飯吃，妳可不虧。」

喬明瑾擰眉想了想，還有什麼事值得他討要一頓飯吃？很快，她眼睛就亮了起來。「店鋪有著落了？」

周晏卿又看了她一眼。「妳就不能晚點再想起來？」

喬明瑾很是高興，也不跟他計較，掉轉馬頭就回了家。

周晏卿覺得有些奇怪，他周六爺什麼好吃食沒吃過？可就是戀上這個女人做的一頓尋常農家飯，幾日不吃還惦得慌。

到了喬家，周晏卿讓他的小廝把車馬接過去，跟著喬明瑾到了堂屋，把懷裡的房契拿了出來。

「妳讓我用三千兩找，我想妳手裡頭也就三千兩銀子了吧，真的要全部用完？」周晏卿很不確定。

「我手裡的確只有這麼多了。我有多少銀子，你大概也能估得出來，若是買店鋪要用去三千兩，那我手裡只剩三百兩左右了。」

「妳就不留一些下來？」

「我一個鄉下女子也不好留太多銀子在手裡，沒準兒還留成禍了；再過幾天，秋糧就下來了，留夠半年一年吃的糧，接下來就沒什麼大的開銷了。」

「妳不會除了吃之外，就不準備在別處花錢了吧？」

周晏卿實在無法想像這女人怎麼只想到要備著吃食的銀子呢？難道她不用穿衣、不用打扮、不用首飾、不走人情了？這些都不用銀子？

喬明瑾似乎瞧出他所想的事情，斜了他一眼，說道：「我們鄉下地方跟你們城裡不一樣，除了吃，有些人一年到頭都做不了一件新衣，一戶普通的莊戶人家，一年都用不到三、四兩銀子，我已是留得多了。」

「一年三、四兩銀子？」周晏卿嘴巴張了張，有些不敢置信。

「是啊，還用不了那麼多呢。」

周晏卿聽了，嘖嘖嘆了聲。

若不是遇上喬明瑾，這些東西他什麼時候接觸過？三、四兩銀子在他眼裡能幹麼？打賞下人都不夠。

他搖了搖頭，把幾張房契向喬明瑾推了推，說道：「這裡面有三處鋪子，有一處很小，是做麵食的鋪子，只要五百兩；另一處是個雜貨鋪，又是東街旺鋪，雖然只一層，不過有一處後院，有挖井，還有三間房舍，所以要價一千二百兩，最後因為周家的緣故，談了一千兩買下來。

「另一處在南街，是間小酒肆，面積大，上下兩層，挖了三層地基，將來生意好了，還可往上再添一層；因在南街，也不算旺處，主家又急著脫手，一千五百兩要了下來。

「三處正好三千兩。這三處鋪子我都看了，都還不錯，雖然只有東街的雜貨鋪在旺處，但另兩處也不算偏僻，人流還是有的，買過來也不吃虧；如果妳不要，我就吃下來。如今這三處都有人在那裡做生意，妳要是沒什麼生意做，就仍是讓他們經營。那小麵館一個月五兩租金，雜貨鋪一個月十兩，酒肆那處是一個月二十兩。」

喬明瑾聽完，起身向周晏卿行了一個大禮。「謝謝六爺為我操心了。」

「這禮可有點大啊，只不過是舉手之勞罷了，在城裡尋幾處鋪子，對於我周家來說也不費什麼事。」

「還是要多謝六爺了，若不是六爺，我怎麼能找得到這樣的好鋪子，而且也不知要尋到什麼時候。這三處鋪子我都要了，就維持現狀吧，我沒想過要自己做生意，暫時也沒那個心力，孩子還小，我也無法輕易出門，每月收些租金夠我們母女兩人過活就好。」

喬明瑾一臉的平淡，面上瞧不出多歡喜。

周晏卿很是認真地看她，這女人似乎任何時候都是這般淡淡的，像一朵空谷幽蘭，不招人，卻總讓人忘不掉。

「這是那三處的房契，我想著妳定是要的，就作主全改成妳的名字了，租約也幫妳重新簽過，以後妳要是不方便，就讓周管事幫妳去要租金，我已是吩咐過他了。」

「那就多謝了。」有周家幫著要租金，一來不怕要不到，二來也省了她好些麻煩，三來又能避著些耳目。

喬明瑾拿著三處房契看了看，上面都寫著她喬明瑾的名字。她往周晏卿那邊看去，說道：「你就不怕我不要？這麼快就寫了我的名字？」

「我怕什麼？妳那三千兩不還在我身上嗎？再說妳不要，我不過就是麻煩些到衙門裡改個名字回來罷了，又不是多大的事。」

周晏卿閒閒地在椅子上晃著腳，那杭綢繡了碧竹的衣襬跟著一晃一晃的，好像輕風吹過，竹子在輕輕地跳舞，很讓人賞心悅目。

喬明瑾看了他一眼，笑了。

兩人在堂屋裡聊了幾句，就看到小琬兒笑咪咪地撲了過來。

周晏卿眼明手快，把小東西撈在懷裡，高高地舉了起來。「想不想周叔叔啊？」

「想了！」

小東西大聲應道，很是中氣十足。

「周叔叔聽了真高興，走，周叔叔帶妳去看看，這次周叔叔給小琬兒帶什麼好東西來了。」

他說著抱起小東西就往堂屋裡堆著的幾個籮筐走去，是之前周晏卿的小廝搬下車放在那裡的。喬明瑾因為跟著周晏卿去學駕馬車，還沒來得及歸置。

「你別每次來都帶這麼多東西，又是一筆花費，我們也吃用不了這麼多。」

喬明瑾心裡有些不安，對周晏卿說道。

「哪裡值什麼，又不是什麼好物事，都是尋常過日子用得上的吃食。這次仲秋，莊子裡送了不少肉啊菜的過來，還有不少鮮果，放著吃不完也是要壞，沒得還浪費；且跟妳送我們周家的算盤和滑輪相比，這點東西算得上什麼？妳就放心收著吧。」

喬明瑾聽了只好做罷。

第二十六章

每次周晏卿送來東西，喬明瑾心裡都挺不安的。

雖然對於周晏卿來說，這些只是自家莊子送上來的東西罷了，每次都有多的，不是拿著去送人，就是分給府裡的下人，他把這些送過來，不過是順手人情而已。

在他心裡覺得拿了喬明瑾做的算盤和滑輪，得了聖上的賞，讓他周氏一族得了臉，完全抵不過他送來的這些不值幾兩銀的東西。

可是這些東西被下河村人看到後，每次都會惹來幾天的閒語。

總是有那麼一些眼紅的人，在吳氏若有還無的明示暗示下，會說一些酸話。

等閒人都遇不上這種貴人呢，她一個鬧和離的婦人，怎麼能交上這樣的好運？不過這喬氏長得可比村裡的婦人好看多了。

喬明瑾對於這些歪話，全然不在意，跟自己說她只是在等一個離開的契機而已。

「哇，娘，快來看，好大的石榴！」

小琬兒兩隻小手各抓著一個大石榴，興奮地舉著給喬明瑾看，喬明瑾這才回過神來。

「娘，看，像不像燈籠？而且比我們家的石榴大多了！」

「原來琬兒家也有石榴樹啊？」周晏卿扶著小東西的肩膀問道。

小東西聽了連連點頭，衝周晏卿說道：「嗯，琬兒家的院子裡也有兩棵石榴樹喔，還結了好多石榴呢，不過沒有這麼大。嗯，只有這麼大……」

小東西把手裡的石榴揣在胸前，騰出手向周晏卿比了比。

「娘還說我們家的石榴還沒熟，要過段時間才能吃呢。周叔叔家的石榴已經能吃了嗎？」

周晏卿笑著揉了揉小琬兒的頭，朝旁邊的喬明瑾說道：「這石榴我不大喜歡吃，瞧著挺好看，就是吃起來費事，看丫頭、小廝們剝皮，還要一粒粒剝下來放到盤子裡才會送到我面前，瞧著倒是晶瑩剔透，只是這麼麻煩，也就沒有吃的興趣了。」

喬明瑾聽完笑了笑，沒有接話，只是拿起一顆石榴看了起來。

這石榴著實大得很，一個估摸著能有半斤多了，那外皮都紅得發紫，她笑著對周晏卿說道：「吃水果還得自己動手，這樣吃著才有味道，讓下人幫你剝好，一粒一粒地放好，和直接送到你嘴裡有什麼區別？有時候吃東西就是吃一個過程。」

周晏卿點頭表示贊同。「我當然願意自己動手，可這石榴吃起來著實費功夫，我實在是不樂意吃。」

他邊說邊擺手，一副深惡痛絕的樣子。

喬明瑾瞧他那樣，不厚道地笑了起來，說道：「這石榴可是好東西，有助消化，健胃提神、增強食欲不說，還能止瀉止血，對於煩渴、久瀉、久痢、便血、解酒都有奇效呢。」

見周晏卿一副不敢置信的樣子，她又說道：「我今天就教你一種簡單的吃法，讓你能享受到吃的這個過程，包準你以後再不想假他人之手，絕對會愛上石榴。」

周晏卿覺得喬明瑾有些誇大了。

喬明瑾不理會他，轉頭吩咐明琦到廚房拿一把小刀和碟子來。

她帶著琬兒挑了幾個石榴洗乾淨並拭乾，在堂屋的一張案几前坐了，接過明琦的小刀，對周晏卿說道：「你可看著，我只演示一遍，若要再多演示一遍那可是要收錢的。」

周晏卿一臉鄙夷。「呿，什麼時候妳這麼愛錢了？」

「不好嗎？」喬明瑾一臉戲謔，一邊與他鬥嘴，一邊舉著小刀在石榴尾部花蒂那頭準備動手切，再比了比食指，食指有三節，在頂部比了食指第一節左右的距離，用小刀小心地切了一圈。

她淺淺地切了一個環形，這不能切得太深了，不然會切到裡面的肉，汁水會溢出來。

然後，她再揪著突起的花蒂部分，輕輕晃幾下，很快就從花蒂部分把一個蓋子揪了起來。

蓋子被掀起來後，整個石榴殼裡面晶瑩剔透的果肉都顯現了出來，紅裡透著紫，是最好的成熟狀態，這時的石榴也是最甜的。

不只是周晏卿，就是明琦和小琬兒也是驚喜連連，在旁邊樂得直拍手。

「呵，沒想到，這麼切下來，能看到這麼好看的一面。」

周晏卿拿著開了蓋子的石榴在手裡轉了又轉，看得琬兒在旁邊眼饞得很，又不好嚷嚷著要周叔叔也給她看一看，在一旁乾著急。

小琬兒和明琦哪裡有這樣吃過石榴的經驗？就是往年也吃不到一個半個石榴。

雖然這青川縣生長石榴，可是琬兒在岳家是得不到吃水果的待遇的，而雲家村的喬家那邊沒種，家裡平時也捨不得買上一個半個。

喬明瑾看著周晏卿一臉驚喜，說道：「這樣還不能完全窺到裡面果肉的精華部分，只是第一步而已，你不會覺得我掀了個蓋，就是讓你用手指頭去摳吧？」

她拿過他手中的石榴，示意他來看。「你看，這石榴中間有五道白色隔膜，順著這五道白膜下刀，不可深不可淺，深了易傷肉，汁水外溢，流得到處都是，濺到衣裳上那可是洗都洗不掉；劃得淺呢，又剝不開……」

喬明瑾邊劃邊示意，順著白膜劃到底，然後放下小刀，再輕輕一掰，就成了五瓣了，晶瑩剔透的果肉立時展現在面前，像水晶一樣，能清晰的見到裡面的條紋，每一粒都紅裡透著紫，看著不僅賞心悅目，更惹人食欲大增。

周晏卿連連讚嘆。

「這可比丫頭、小廝們一粒一粒地剝到琉璃盞裡更讓人賞心悅目，看著就忍不住想吃。」

他說完兩手拿起一瓣就往嘴邊送，送了幾粒進嘴裡，便細細地品了起來。

這有錢人的教養還真不是唬人的，光這一分舉手投足之間的優雅，尋常人就比之不過。明琦和小琬兒欣賞完好看的石榴肉，也迫不及待地下手搶了一塊，送進嘴裡嚼了起來。兩個小東西眼睛瞇著，很是享受。

「妳也吃啊。」

周晏卿一邊優雅地往桌上的骨碟裡吐籽，一邊對喬明瑾說道。

「我看你們這樣子，一個是不夠你們吃的，我再幫你們切一個。」她說著就要拿起桌子上的刀。

「哪裡要妳動手，爺現在手還癢著呢，一會兒爺來試試。」

周晏卿伸手抓了喬明瑾的手制止了她。

喬明瑾的手被他抓在手裡，溫溫的、燙燙的，她往外掙了掙，抬頭看了他一眼。

周晏卿也像被火燎了一樣，反應過來，很快就鬆開了喬明瑾的手，裝作若無其事地對著小琬兒和明琦說道：「好不好吃？」

兩個小東西「唔唔」地直點頭，嘴裡沒閒著。

「一會兒叔叔給妳們切，這次叔叔帶了半籮筐來呢，夠妳們吃了。」

兩個小東西聽了，眼睛晶晶亮得就像石榴籽一樣。

喬明瑾看周晏卿往外吐石榴子，說道：「牙口好的，把這石榴子咬碎了吃進肚，還能有助於消化呢；而且這厚皮曬了泡水，也能有助消化的作用。」

周晏卿眼睛亮亮地看了喬明瑾一眼，忍了要吐出口的石榴籽，嚼了嚼。

「琬兒別咬啊，這石榴籽硬著呢，沒得把牙給崩了。」

他說著，很快吃完一瓣，拿起小刀撿了一個大的，學著喬明瑾的樣子切了起來。頭一個用的力氣太大了，汁水濺了出來，他也不吃，又下手去切第二個、第三個……

似乎吃對他來說，真不是什麼緊要的事，享受這個過程才是最重要的。

只是喬明瑾看著案几上被他切了一堆的石榴，有些頭疼。

倒是明琦和小琬兒喜孜孜地一邊吃一邊看，還不住地瞎指揮，並評判哪個切得最好，姨甥倆高興得很，難得有這樣暢快吃鮮果的經歷。

當天中午，喬明瑾給周晏卿做了一頓農家飯，一半用了他帶來的食材，一半用了家裡種的小菜及土雞。

喬明瑾做的菜算不上多好，只不過比起時下的人來說，有了那麼一點點優勢而已。八大菜系、各地菜餚，甚至各國菜餚，不說會做與否，只說她見識過，就比時下的人多了些不一樣的見解。

做一桌能待客的菜對她來說，並不是什麼難事。

對於吃慣了千篇一律菜式的周晏卿來說，也算是一股清泉沁入。

「農家菜」這三個字也是喬明瑾叫的，周晏卿極為贊同，覺得聽起來很有道理。

他府裡還少得了大廚？什麼菜沒吃過？只不過這農家菜倒好像真的挺合他胃口。

在喬家吃過一頓美味的農家小菜，周晏卿帶來的小廝和車伕便幫著餵馬去了，而周晏卿則在喬家庭院裡閒聊，引得喬明瑾一陣鄙視。

完完全全一副富家公子的模樣，等吃等喝，吃完喝完閒著無聊。

「妳這是什麼表情？看爺不順眼？」

消完食，若在府裡，這會兒他會在美婢的伺候下睡上一覺，而在這裡，他只好在院裡看看村景了。

嗯，這藍天白雲，雞叫狗吠的，看似也不錯，至少沒人煩他。

喬明瑾瞥了他一眼。「六爺是不是很閒？要不要找些事做？」

「不是看工地吧？殺雞焉用牛刀？有周管事呢，用不著我。」

「你還真的要當個甩手掌櫃啊，就等著收錢吶？」

「有人代勞，爺我自然樂得逍遙。」

喬明瑾看他一副紈袴的樣子，一陣無語，只好又說道：「想必要不了幾天，作坊就能全部弄好了，你的工匠都選好了嗎？他們願意到這個窮山村來？還有木椿，你都讓人找了嗎？要想做一些好的根雕作品，好的木料是必不可少的，我們這處都是什麼木料，想必你也都看過了。」

周晏卿聽了她的話，從長凳上把腳放了下來，身子稍稍坐直了些。

「不必擔心，木料已在找了。別的我不敢說，那木樁還不好找？工匠我也都跟他們說好了，都是跟周府簽了契的，自然是主子吩咐去哪就去哪，哪有他們挑選的餘地。」他頓了頓又說道：「不過作坊弄好後，一時半刻也用不上他們。妳現在已經收了幾十個木樁了，到時這些就夠他們忙上一陣，倒也不急著把好的木料運過來，沒得讓他們糟蹋了，先讓他們用這些練練手……」

兩人在庭院裡就著作坊及木料的事聊了小半個時辰，聊得有些口乾，兩人停下來喝了一會兒茶水。

周晏卿看著喬明瑾，說道：「妳剛才說給我找些事做，就是這個？」

喬明瑾不想他還記得，看了他一眼，搖頭。「那倒不是。」

看他一副傾聽的樣子，她想了想，便問道：「你平時是怎麼洗頭的？」

「洗頭？」

這女人想幹麼？沒事幹麼問這個？是看他一路奔波，染了塵土，要給他洗一洗？

嗯，瞧著也不像啊……

若是他家裡的美婢，他自然是有些想法的，可這女人又不是那種人。

周晏卿看面前的喬明瑾兩眼清澈的樣子，覺得自己有些想多了，斂了斂神色，說道：「洗頭還不是那樣，有丫頭、小廝呢，爺又不管。」

喬明瑾聽了，一陣惡寒，能想像得出他脫得光溜溜的樣子，赤條條地躺在浴桶或浴池裡，閉著眼睛鬆展著眉頭，讓丫頭、美婢又是洗澡又是搓背揉肩的……然後，再讓丫頭、美婢柔弱無骨的手在他頭上輕揉慢捻，給他洗著一頭烏髮，還不時問他是否重了或輕了……喬明瑾抖了一下。

很輕微，周晏卿卻看見了。

「妳那是什麼表情？不都這樣的嗎？有什麼好奇怪的。爺這一頭青絲，難不成還得自己打理？供他們吃啊喝的，爺還得自己動手？」

哎，人比人氣死人。富貴人家的做派，哪裡是她這種要為吃喝犯愁的人能想像的？只怕這廝都沒自己穿過衣裳，早上起來，瞇著兩眼，伸展雙手，自然有美婢、丫頭、小廝的伺候；一頭青絲，自是有人搶破頭要為他梳理。

周晏卿看著喬明瑾一會兒擰眉，一會兒若有所思，一會兒了悟的樣子，實在有些不解。一個洗頭，都能讓這女人臉上有這麼多表情，平時跟他說話時都不見得有這麼豐富。

洗頭？有什麼不對嗎？

不就是躺在浴桶裡，脖子往後仰著，自然有丫頭幫他弄得妥妥當當的，待他一睜眼，自然就什麼事都好了。

當然有時候，往後仰得久了，脖子也會痠痛得很，非得要讓人按上一刻半刻的，不過二十多年不都這樣過來了？

「妳對洗頭有什麼別的想法？還能像切石榴一樣，想出別的什麼好法子來？」他又道：

「說到石榴，我今天可是跟妳學了一招，待晚上回去跟我母親好好說道說道，再哄著母親撈些好東西出來，哈哈……」

喬明瑾白了他一眼。「有你這樣算計自家母親的嗎？」

「這怎麼能說是算計呢？我那是幫她收著，要是落到我那幾個兄長、嫂嫂手裡，可說不定最後是誰家的。」

喬明瑾沒繼續這個話題，大宅門裡的人及那些彎彎繞繞，不是她所能瞭解的。

她只好轉入之前的問題。「看來你目前覺得洗頭還是挺舒服的，對於現狀感到很滿意？」

周晏卿看了喬明瑾一眼。這個女人不會無緣無故問這話，難道她又想到了什麼好東西？他眼裡帶了些驚喜。「也不能說有多滿意，只是洗頭梳頭的事我沒自己打理過，倒也沒覺得有什麼不方便的。」

看了喬明瑾那一頭長長濃密的青絲，他有些了悟。富貴人家的夫人、小姐們自然有人幫著打理，不過一般人家，這樣一頭青絲要打理起來，還真不是件容易的事。

且又不能剪了，這身體髮膚受之父母，是不容輕易毀損的。

「妳有什麼好點子？」

喬明瑾看了他一眼，這人眼光銳利，瞧出她有點子，不愧是個精明的生意人。

「雖然你有丫頭幫你打理一頭青絲，不過你就沒覺得有什麼不舒服的地方？或者說想讓洗頭變得更簡單、更舒適？」

周晏卿認真地想了想，說道：「若是有更舒服的法子，自然更好。每回洗頭，我都覺得時間太長，仰得爺脖子痛，兩手伸著在浴桶兩側，手都快僵了。有時候爺想瞇一眼，脖子又吊得難受。看來妳是有好法子了？」

「若是讓六爺躺著洗頭，順便瞇著眼睡上一覺，醒來頭也洗好了，全身也鬆泛，六爺覺得怎樣？」

「喔，還能躺著洗頭？若是那樣，倒是不錯。看來妳是有好的點子了，快跟六爺說說。」

喬明瑾也不再賣關子，細細地跟他說起前世的洗頭椅來。

她前世很喜歡讓人洗頭，工作很緊張的時候，覺得繃得很緊的時候，就喜歡進美容院，一整套做下來差不多一個小時，每次洗完頭，她都覺得渾身輕鬆，身上都輕了幾斤。

「妳是說做個躺椅或竹榻的樣子，讓人躺在上面，頭部下做個盆狀，再做個像琬兒那個葫蘆瓢一樣灑水的東西……」

周晏卿覺得有些興奮，好像眼前銀子已經在飛舞。

「哈哈哈，確實頗美的。嗯，不錯，這樣一來，爺也不需要每次在洗澡的時候仰著個脖子，洗的時間又長還累得很，以後想什麼時候洗頭就什麼時候洗頭，還能一邊躺著洗一邊聽下人們彙報庶務，兩不耽誤……」

周晏卿越說越興奮。「嗯，不錯。不說爺了，就是我母親、嫂子們也定會喜歡的，又不用寬衣，也不耽誤她們當家理事看帳本，不錯不錯，妳具體給我畫一畫……」

等兩人到了堂屋，喬明瑾攤開畫紙，給他畫了幾張洗頭椅，並做了一番講解之後，他便迫不及待地抓了幾張圖紙揣在懷裡，吩咐人備車了。

「我趕著回城，找鋪子的師傅們研究一下，讓他們趕緊做出來，可不能耽誤了，這東西哪家都少不了，越是沒人伺候的一般人家越是要備上一把。我先走了，等做好了，再來跟妳商議。」

走到院門口，他又回頭喊了一句。「放心，爺虧不了妳。」

喬明瑾對他倒是放心得很，不怕他拿了圖紙做過河拆橋的事。

周晏卿走後，連續幾日都沒露面。

只交代日日來查作坊進度的周管事帶來口信，說他這幾日正跟鋪子的木匠商議做洗頭椅的事，進行得很是順利，讓她放心。

喬明瑾也不去管他，反正具體不管怎麼分錢合作，她都虧不了。

作坊已是在收尾，收拾殘料，平整庭院，安窗晾曬等事也不須關師傅等人，關師傅本來提出要走，喬明瑾忙把他請到了家裡，跟他說了家裡要建廂房的事。

之前她已經是跟關師傅透過口風，關師傅也來看過，決定把院子右側的圍牆推了，往外擴一擴，把院子外面荊棘地養雞的那塊地方包進來，在那裡建上五間廂房，建好後再圍上圍牆，原來的圍牆也要往上再添高一些。

喬明瑾聽了關師傅的話很是滿意。

她買的這處院子，若只是她和琬兒住，是夠的；只是如今新建了作坊，想必偶爾也會有客人上門，另外明玨和明珩偶爾也會回來住，他們都已經大了，總不能老讓他們擠在一張床上。

也得給明琦和琬兒留出一間單獨房間，再加上娘家人偶爾過來，若是留宿的話也得有房間住。

本來她是想著要建兩排廂房的，只是好像太惹眼了些，又有些浪費了。

正房四間房，再加五間廂房，夠用了。

喬明瑾留了村裡請的人在作坊處做最後的收尾工作，讓雲錦幫著管理，她則請了關師傅等人來家裡建廂房。

好在她當初有遠見，在房前屋後買了四畝地，左邊圈了一塊地種了瓜菜，右邊圈了一塊地養了下蛋的雞，就是現在平了右邊的地要往外擴，將來也還有養雞鴨的地方。

她下手頗早，將來若是村裡有人家兄弟分家，瞧著作坊興起了，沒準兒會想要在她這邊建房。

她買了周圍那四畝地倒是買得好，就是不作任何用處，別人也不會把房子建得挨她太近，這樣視野也好多了。

關師傅等人幫喬明瑾推倒圍牆建廂房的消息，村裡人很快便得了訊，就連吳氏等人也很快就得知了這個消息。

吳氏在動工的第一時間就領著孫氏和于氏過來，站在一群鄉親中間，看著圍牆被推倒而起的陣陣輕煙，臉上一陣複雜。

「仲堯他娘，妳看妳兒媳婦如今這般風光，日子過得這般好，想必也是很開心的吧。妳可生了個好兒子哪，上了戰場，活著回來不說，還進了縣衙做事；娶了個媳婦，還是個能識文斷字的，如今看她又是建工坊、又是建新屋的，我可真是羨慕妳啊！」

吳氏能說什麼？

她也只能當著別人的面打哈哈，附和幾句。

最後聽得越來越多的人說她有福氣，娶了個好媳婦的時候，她甩了甩手擠開人群走了。

哼，她喬明瑾想一個人分家過日子，又想拖著我兒子，沒門！

今天，下河村的村民擠滿了喬明瑾的院子。

雖然喬明瑾家裡今天不上梁，也不請酒，但因為如今她在村裡也算是說得上話的人了，而且全村人挖的木樁還要等她來收；再者將來作坊建成後，也定是需要請人的，若能跟喬明瑾把關係搞好了，將來自然好處多多，故而喬家門前熱鬧非常。

有些人還拿來了自家種的菜、醃的鹹菜、雞蛋及一些山貨野果等來上門道賀。

喬明瑾瞧著他們帶來的東西也不值什麼錢，全都收了下來。

不過她也回了禮，或是一、兩顆大石榴，或是一些周晏卿帶過來的乾肉點心之類的，或是半斤一斤的白糖。

這些東西，每次周晏卿來都會帶上半車，她們三人就是加上雲錦、何父等人，一時半刻的也吃不完。

村裡人熱情，她便拿來回禮，這些在莊戶人的眼裡全都是稀罕東西，收到回禮的人家很是驚喜。

雖說喬明瑾不準備弄什麼酒席之類的，但當天晚上，抵不過眾人的熱情，她還是請了親近的幾家人家在家裡吃飯。

工地上，馬氏等人還在幫著做飯，所以有現成的幫手，也不費喬明瑾什麼工夫。

蘇氏、馬氏、張氏及秀姊等人都真心地替喬明瑾高興，她們幾家其實都不寬裕，自喬明瑾搬出岳家，雖然經常有幫襯，不過都只是拿一些自家裡種的一些菜、雜糧之類的，或是平時過來幫幫活。

她們瞧著喬明瑾過了一段苦日子，一個嬌娘子上山砍著男人都砍不動的柴火，真真替她感到心疼。

如今瞧著她把日子越過越好，家裡建了水井，現在又起了廂房，還有了細水長流的收入，羨慕的同時也是真心替她高興。

晚上，在喬家的庭院裡擺了好幾桌，何父、雲錦等人幫著招待關師傅及村裡一些相熟的人家，喬明瑾則被蘇氏等人拉著說話。

琬兒和秀姊等人的孩子也單獨起了一桌，十來個孩子湊在一塊，吃得高興得很。

「妳們瞧著琬兒如今這樣，可是開朗了不少，以前在岳家，吃喝輪不到她，好玩的也輪不到她，她奶奶又不待見她，看起來怯懦得很，如今又懂事又開朗，嘴巴也索利多了。我聽說她如今還會打算盤，還會寫字了呢，還教我那兒子數數，可是了不得。」秀姊在一旁很是感慨地說道。

大夥便向喬明瑾討教了起來，紛紛表示要把孩子送到她這來，不說有會識字的喬明瑾教導，就是跟著琬兒作伴，學會數數也不錯。

喬明瑾只好笑著說道：「妳們若不怕我虐待了妳們的孩子，儘管送來。平時我教琬兒的時候，他們在旁也一道學學吧；但我這段日子也沒太多時間，都是給琬兒布置幾個大字，讓她自己寫。不過這個孩子倒是會數數，讓她教幾個孩子算數也是好的。」

這一餐飯他們都吃得很開心，就是席罷，幾個人還在喬明瑾家裡待到很晚才各自歸家。

而另一邊，城裡的周府。

富麗堂皇的花廳裡，一位頭戴萬字吉祥抹額，髮上簪金戴翠，衣裳上繡著牡丹錦繡，打扮富貴的老太太正眯著眼睛在榻上享受幾個丫頭的捶腿按摩。

而兩旁也坐了好幾個打扮富貴的太太，七嘴八舌地向老太太說著一些討巧的話。

「母親，您說六弟也不知是從哪裡學來的剝石榴法子，真是讓人驚喜。我以前雖然知道石榴好吃，只是嫌它吃著麻煩，自己吃一手的汁水，別人剝了粒，又不願意吃。這回有這法子我自己也能剝得好了，這一瓣一瓣的，切好後，只須用銀針輕輕一刮，就一粒一粒的掉到盤子裡，好吃不說，還好看得緊，讓人光看著就賞心悅目得很。」

「大嫂，妳可是不知道，往年啊，我們府裡那石榴自莊子上送過來，都會剩的，哪次不是便宜了房裡的丫頭？這回，我那丫頭跟我說她一個都撈不到呢。」

幾個婦人便相對著笑了起來。

一個三十歲左右，容顏亮麗的年輕婦人對著榻上的老太太說道：「母親，這回莊裡送來的石榴是不是都被母親藏起來了？分到我房裡也就十來個，可都被我家那猴兒拿去剝著玩了，倒白白害得我沒辦法吃個夠。」

榻上那太太原是笑咪咪地聽著，這回倒睜開了眼睛，斜了方才說話的婦人一眼。「妳不是不知道文軒那孩子玩性大，哪是自己吃？還不是瞧著好玩，定是拿到書院裡跟同窗們顯擺去了。」

老太太說完，又對那婦人問道：「老三媳婦，今天不是休沐嗎？文軒又跑哪裡去了？」

那年輕婦人就是周文軒的母親，府裡三爺的嫡妻，老太太的嫡次媳。

「您還不知道軒兒嗎，一早上就跟他叔叔跑木匠鋪子去了。聽說他六叔前兒個做了一張專門洗頭的椅子放在您這，自個兒來洗了兩回不說，還拉著他六叔定要給他弄一張出來。這不，天天晚上在大門口等他六叔不說，今兒休沐，一大早就到他六叔房門口候著了，這會兒定是跟他六叔在木匠鋪子裡呢。」

老太太聽了，便揚著嘴角笑了起來。

下邊的幾個媳婦聽到洗頭椅，也七嘴八舌地開口說著。「母親，那麼好的東西，您可不能獨享，媳婦也正盼著呢！您可得跟六叔好好說說，得給我們房裡各弄一張，不然我們可不依。」

老太太聽完，樂呵呵地笑了。

「妳們不是不知道，他一得了好東西，就想著把它們弄出來掙銀子，這會兒怕是正想著如何把它們儘早弄出來換銀子呢。」

老太太的大兒媳婦瞧老太太心情好，便順著說道：「這府裡還真多虧了六叔，不然，這一府老小還不知拿什麼吃喝呢，我們家老爺可沒六叔那能耐。」

周大爺的太太說完，往上看了一眼，瞧著老太太一臉的高興樣，眼睛轉了轉又說道：「母親，您看，六弟妹也走了幾年了，是不是該給六叔說一門親了？」

老太太一聽，臉上的笑意突然斂了起來，嘆了一口氣，良久才說道：「妳們不是不知道他的性子，這幾年給他說的親還少啊？可他就是沒瞧上，只推說家裡庶務太多。我都不知那孩子心裡在想些什麼，這幾年也給他安排了幾個長相不錯的到他房裡，他收是收了，可是絕口不提成親的事，到如今，二十幾歲了，連個子嗣都沒有，我這心裡啊跟貓抓的一樣，那孩子還硬是不知道我的苦心，哎。」

周三太太看了大太太一眼，便說道：「娘，這青川縣哪有幾個入得了六叔的眼？要不，讓京裡的族叔幫著在京裡尋一尋？憑六叔的模樣及咱周家的家世，在京裡尋個京官的大家閨秀也是輕而易舉的事。」

在旁邊坐著的周二太太也附和道：「是啊，母親，可不能因著咱這一大家子，就把六叔的大事給耽誤了，我們二爺還說六弟現在太辛苦，要幫著他分擔一些呢。」

老太太斜了這個庶子媳婦一眼，不說話。

大太太來回看了一眼，又說道：「母親，我聽說六叔這段時間忙，都不太近幾個通房的身，就是劉姨娘也好久沒見著他一面了。現在府裡幾位爺，只有六叔沒子嗣，不如母親把外祖家幾個表妹都叫到府裡來，一來陪陪母親，二來也讓六叔看看有沒有合他心意的，就算正妻做不成，給六叔尋個知根知底的放在房裡，也能做個伴說說話。」

老太太一聽，好像有點道理，自家娘家幾個姪孫女都是好的，家裡也算門當戶對，可能是老六房頭裡的幾個人讓他看膩了，興許尋些新鮮的讓他看看也好？

老太太埋頭認真想了起來……

——未完，待續，請見文創風239《嫌妻當家》3

大器刻劃朝堂風雲　細膩描繪兒女情長／藍嵐

嫡女翻身計劃

全套三冊

穿越當嫡女怎麼會這麼命苦！
江家三姑娘沒爹沒娘沒人愛，簡直就是府中透明人。
她好歹也是個受過教育的新時代女性，才沒這麼容易認輸哩！
擬定計劃向前衝，目標直指人生勝利組——
窮困嫡女大翻身，變身貴婦樂呵呵～～

文創風 231 **1**

從備受寵愛的書香世家千金，穿成不受重視的二房嫡女，
生活品質的嚴重落差，江素梅花了不少時間適應，
畢竟要在大家族裡生存，不淡定機靈點怎麼行？
想她一個嫡女卻吃不飽、穿不暖，說出去只怕被別人笑！
可她背後沒有靠山，府裡上上下下誰把她當一回事了？
為了能安穩度過這段穿越人生，她得自個兒創造翻身機會。
靠著一幅賀壽聯，果真踏出了成功的第一步！
有了祖父的關注，原先在府裡像個透明人似的她，
日子總算也風風光光，像個正常的官家小姐了。
可這只是個開始，因為在這個女子做不了主的時代，
覓得好夫君，嫁得好人家，才能當上人生勝利組啊！

文創風 232 **2**

以江素梅沒爹沒娘的身世，即便出生官宦世家，
恐怕沒有大戶人家瞧得上，肯讓嫡子娶她為妻。
偏就這個出身望族、名滿京城的余文殊不但不介意，
還一副知她甚深，非卿不娶的自信姿態，
加上他一番驚人的告白，讓她紅著臉點頭應了。
不過雖嫁入名門，卻正逢余家百年來最艱難的時光，
聖上一道旨令，小夫妻便包袱款款，下鄉查稅去了。
出門在外，離家千里，他們能依靠的只有彼此，
雖是吃力不討好的工作，可夫妻攜手連心，還怕什麼難事？
只是他們都未曾想到，
眼看一切就要水落石出，背後竟又隱藏著莫測的危機……

文創風 233 **3** 完

離京數載，當年兩個人輕裝簡從，面對的是未知考驗；
而今歸來，已是幸福的一家三口，不變的，是家的溫暖。
只是這皇帝怕是見不得余文殊得閒，
一家老小欣喜團聚，都還沒能得享天倫之樂的喜悅，
他又急匆匆的趕赴下一個職位。
這些年官職一調再調，每次面對的挑戰只有更難，
不想只在丈夫身後為他持家生娃的江素梅，
大膽的替他出主意，想對策，竟也屢屢見效，
更以一介女子之力立下功勞，大獲賞賜。
可對她來說，做大官、發大財，這些都無關緊要，
能與他攜手守護這個家，一生不離，那才是世上最美的事！

清新微甜．機巧鬥智／十月微微涼

風華世家

全套五冊

劇情別出心裁、峰迴路轉
看男女主角耍花腔、鬥心機、甜蜜放閃光！

文創風 226 **1**

她叫季嬌嬌，是剛出社會的菜鳥小女警，出任務第一天就出意外，
雖然她一窮二白，但憑著體內流著伸張正義的熱血，
救了遭綁架的江寧大戶季家的小公子，成了季家的小養女，
說實話，這季家可不簡單，主事的老夫人有大秘密，
大夫人的狀元老公死得不明不白，二夫人的老公是活死人，
這麼懸疑刺激的季家人生，她不警醒幫著點兒怎麼行……

文創風 227 **2**

為了要她幫忙，他可以不顧禮教，大半夜的來人家未婚女子房間；
想請她加入他的陣營，還誇她是塊大肥肉，不占這便宜會睡不著。
把她這樣一個妙齡少女說成大肥肉，她看他才是討人厭的老混蛋！
偏偏這位楚大人怪叔叔來自刑部，若要探查謀害季家的真凶，
她只好忍著被氣死、被算計的風險，勉強跟他「一起」、「合作」了……

文創風 228 **3**

聽到皇上賜婚的旨意，她幾乎像是被雷劈了！
這皇上到底是給不給人活，她才十三歲而已啊，
居然指婚將她許給高齡已達二十八的楚大人，
在她心中，他可是超級不對盤的怪叔叔一枚，沒有愛的感覺啊……
她恨死他了！都怪他幹麼找她去協助辦案，招了皇上的眼，真的賠大了！

文創風 229 **4**

當初皇上賜婚時可是兩廂都不情願，
然而一起度過生死大劫之後，彼此的古怪都成了美好的特別……
兩人只要碰在一塊，就耍耍花腔，共商大計，
手牽手、心連心地面對朝廷的暗黑勢力，倒也是夫唱婦隨……

文創風 230 **5** 完

皇上好不容易找回失散的孫女，自是疼得不行，
深覺楚攸這老男人配不上自家孫女兒嬌嬌，天天給他排頭吃，
殊不知，扮豬吃老虎的可是嬌嬌小公主，把楚攸治得死死的！
兩人合作平息奪嫡大戰、聯手大破篡位陰謀，默契天下無敵……
要知道像嬌嬌這樣戰鬥力爆表的女人，也沒其他男人敢挑戰了。

有人穿越是為了談情說愛，還有人是為了種田營生大賺一筆，
而她的穿越，難道是為了展示在警校的學習成果麼？
好啦，辦大案，破奸計，安朝廷之外，她戀愛也談得真夠本了！
甜得旁人都快被閃瞎了……

文創風230《風華世家》5
收錄精采萬分的繁體版獨家番外篇兩篇 ！

文創風
238

嫌妻當家 2

國家圖書館出版品預行編目資料

嫌妻當家 / 芭蕉夜喜雨著. --
初版. -- 臺北市 : 狗屋, 民103.11
冊 ; 公分. --（文創風）
ISBN 978-986-328-375-1（第2冊：平裝）. --

857.7 103019961

著作者 芭蕉夜喜雨
編輯 張蕙芸
校對 沈毓萍 馮佳美
發行所 狗屋出版社有限公司
地址 台北市104中山區龍江路71巷15號1樓
電話 02-2776-5889～0
發行字號 局版台業字845號
法律顧問 蕭雄淋律師
總經銷 知遠文化事業有限公司
電話 02-2664-8800
初版 103年11月
國際書碼 ISBN-13 978-986-328-375-1
原著書名 **《嫌妻当家》**，由起點女生網〈www.qdmm.com〉授權出版

定價250元
狗屋劃撥帳號：19001626
網址：love.doghouse.com.tw E-mail：love@doghouse.com.tw